伊 尹

杨存富 / 著

中国文联出版社

图书在版编目（ＣＩＰ）数据

伊尹 / 杨存富著. -- 北京 ： 中国文联出版社，
2024.3
ISBN 978-7-5190-5381-9

Ⅰ．①伊… Ⅱ．①杨… Ⅲ．①长篇小说－中国－当代
Ⅳ．①I247.5

中国国家版本馆CIP数据核字(2024)第039554号

著　　　者	杨存富	
责任编辑	蒋爱民	
责任校对	秀点校对	
装帧设计	刘桐桐	

出版发行　　中国文联出版社有限公司
社　　址　　北京市朝阳区农展馆南里10号　　　邮编　100125
电　　话　　010-85923066（编辑部）　010-85923025（发行部）
经　　销　　全国新华书店等
印　　刷　　北京市玖仁伟业印刷有限公司

开　　本　　710毫米×1000毫米　　　1/16
印　　张　　15.75
字　　数　　240千字
版　　次　　2024年4月第1版第1次印刷
定　　价　　58.00元

目 录

引子

我将向你们讲述伊尹的故事。

在我们的历史教育中，他的名字很少出现在中学课本里。加之年代久远，他更与我们陌生。我最早接触到他的故事，是无意之中在一个旧书摊翻看一本有关商代甲骨文的书。那是罗振玉先生在20世纪20年代撰写的《殷墟书契考释》书中，提到的伊尹并非商朝王族，而受到后世历代商王把他与开国商王子天乙一起祭祀。书中的那些兽骨和龟甲，似乎在向我招手，提醒我不要忽视隐藏在这些文字后面的故事。

其实，一种社会形态的构建以及人们生活方式的习惯认同，均来源于这些龟甲和兽骨之中最容易忽略的历史痕迹。思考一种文明如果忽略了它所展现给我们的这些历史痕迹，其结论必定狭隘。占卜和祭祀，流露给我们的是信仰之光。伊尹即是先知。他的享祭，为商护佑。我想着重说的是，透过这些我们曾经习焉不察的微妙，我忽然感到，中华民族失去了本有的敬畏和信仰，深层次的原因是君王垄断了对最高神的祭祀。

即此，有必要沿着龟甲烧裂的纹路，反方向去探究中华文明的源头。显然，这个文明的核心和灵魂就是具有虔诚的信仰。毋庸置疑，伊尹生活在本源认知和启示的时代。他是带着智慧感恩的人。

伊尹被尊为"元圣"，他的砥砺之路铿锵又富有力量，他行走的每一步都在天国与人间留下了清晰的脚印。这些脚印的淡定，凝结出他精神高位的向往。有理由相信，他践履知行，完成他自己内心的维修。历史学家们在看到甲骨文上伊尹的名字时，才承认有关他传说的真实。他的生命本身就是一部创世史诗，而并非神话。理性的逻辑思维往往会产生教条，中国的后世儒生们在失去了信仰后，沦落成为了"天子"的门生，不再是天使。他们有意无意地在消除有关伊尹的文字，或者是按照他们的意愿来装扮他。我应该本着重塑中国精神的动机，在伊尹的血液中寻找这种模因。他富有激情的故事，已经被整个民族忽视了很久，而我必须持待信仰和敬畏的心态来看待他。

正如同没有人知道我们的祖先在占卜时烧裂龟甲的纹路在向我们昭示着什么，我在努力寻找伊尹作为奴隶时对爱情的渴望和冲动，也无法感知他在祭祀上帝时内心的祈求。我忽然意识到，他在带领商人走向辉煌时，既求助于宇宙深处本源的力量的救赎，又依靠强权，这种双重性格，给后世民族带来的影响。我想，这就是信仰的脆弱和人性的使然。

我将带着朴素的情感，开始讲述伊尹的故事……

第一章 天赐

1

古伊河刚流入齐鲁大地，便露出了凝视两岸的呆板的脸庞，她就像龟甲背上的脊梁，高高地凌驾于这片土地上。无数条支流蜿蜒而来，从高空看，隐隐约约形似龟甲上方的裂纹。这条深绿色的河流，不仅哺育着周边大大小小的湖泊，同时滋润着两岸一望无际的大片桑树林。这种属于桑科的落叶乔木，似乎是昊天上帝赐给中华民族的礼物，她滋养着一个民族。她的树干壮实而表皮粗糙，花朵鲜红而美丽。春去秋来，生生不息。她深绿色的带有锯齿的叶片，不但充实着大自然的多样性，更为人们所赞美的是，她带来了温暖、利益、光鲜和尊严，以此成为一个民族心灵中永久的珍藏。她的果实酸甜且多籽，这就引起欣赏她的人类无限的遐想。她作为人类繁衍的象征物，直至成为精神上的圣物。

有莘国往于鲁西南的曹县，它是夏王朝外防东夷的门户。在公元前1621年的春天，有莘国都城里是一个沉闷的世界。有莘国的贵族及下层民众，头上都挽着一圈白色的麻布。有莘国国君的宫门上，两盏平时点亮的宫灯也用白色的麻布严严实实地包裹起来。进入正门再穿过一处厅门，便是有莘国的议事大厅。此刻，身着白色麻衣的有莘国国君莘泽和大臣们围坐在一起，神色凝重。春天的阳光透过天窗走进来，亦像是被邀来参加他们的会议。时间已经接近正午，但却似乎没有一点儿散朝会的迹象。有莘国的国君莘泽，四十多岁，皮肤白润，这多半是得益于国君身份带给他的。他生来就是有莘国诸侯，良好的贵族教育，使其行为举止典雅，符合礼仪。谦逊的眼神在告诉人们，他从来都是按照大夏王朝的要求行事，从未有过逾矩的行为。

有莘国国君莘泽的母亲，即有莘国的老夫人，在三个月前去世了。按照礼法，诸侯的正室夫人去世，应停柩三个月举行葬礼，以使其灵魂还归祖庙，进而求得享配昊天上帝。直至走完作为一个贵族夫人完美的人生。有莘诸侯国，本是夏朝开国天子夏启封支子的封国，延续至今，立国已有400多年的历史。夏启赐国名为有莘，意为贯通天地的贤人。因而国君为姒姓，为夏王朝同一王族。

有莘国是信仰和敬畏昊天上帝的部族。在此之前，有莘国的历代诸侯君主及正室夫人，在享受完人间的荣华后，其灵魂都得到了朝廷的礼遇。

按照惯例，诸侯及其夫人一旦仙逝后，由朝廷派身份尊贵的特使，携带祭祀昊天上帝的礼器为其超度，使其灵魂能够回到昊天上帝的身旁。身为诸侯，莘泽只能用七鼎来祭祀祖宗，而没有资格用九鼎来把母亲的灵魂送还到昊天上帝身边。如果天子未派使者到来，母亲的灵魂将不能享配昊天上帝。这个屈辱，比灭宗毁庙还要严重。

来日，则是安葬母亲老夫人的正日。按往常，天子的使者早已到来。据他在朝中的耳目报告，天子姒履癸，在一个月前就指令太子獂鬻、太史令终古，携礼器来有莘国慰问并给老夫人超度。可直至现在，使团还未到来，真不知是何种原因。忍耐到极限后，颇有教养的莘泽终于坐不住了，他站起身，不停地来回踱步，时而抬头看看门口，企盼着进来的那一缕阳光，能够变成朝廷的使团。

但是，他的这种企盼，眼睁睁地变成了奢望。时间已经正午，天子使团是不会在晌午后的时光来临诸侯国的。莘泽面临的是极度的绝望。天子使团不能如期莅临，对于他已不是荣辱和被藐视，而是有莘有无资格立国的困境。他的内心极度空虚，鼻尖上沁出了细小的汗珠，平时高雅的举止已荡然无存，声音已显得气急败坏："诸位士君，天子使团至今未至，可否延后葬礼，以待使团？"

有莘国太史，一位和蔼的长者，由于过分紧张，说话时略有颤抖："君上，延期万万使不得，一则逾越礼法，二则老夫人的灵魂要失去享配祖庙和昊天上帝的资格。"群臣、王子附和："是啊……"莘泽说道："那照你们说，是没有办法了吗？难道让予成为一个不孝的儿子，让天下人耻笑吗？"

太史说："……办法嘛，倒是有。……除非……"

莘泽激动地说："您不要吞吞吐吐，有话就直说嘛。"

太史忙说："除非，用人牲。直接享悦昊天上帝之城，则可代替天子礼器。而且，必须是女牲，俘虏不可用啊！"众王子、贵族、大臣一脸惊愕。

莘泽面露难色道："这个……"他感到脊背一阵阵发凉。自从继位成了有莘国国君后，大大小小的政事处理无数，虽然也有非常棘手的事，但都一一不违典章，还算政通。眼前这件事，使他进退两难。使用人牲来祭祀，这会令天下人说他残酷而无人性。但不这样做，母亲的灵魂又不能配享昊天上帝，那他还有什么脸做这个诸侯呢？他感到了前所未有的无助和才思枯竭。多年来，他侍奉朝廷，按时缴纳贡赋，但凭朝廷有什么差遣他都是全力以赴，丝毫不敢懈怠。他不明白，明明朝廷已经派出了使团，但怎么就没有按时到来呢？他感到困惑，极度失望。头晕使他目眩起来。他一只手摸着额头，身子摇晃起来。众大臣齐声喊着："君上……"

2

在有莘国宫廷的偏殿里，是老夫人的灵堂。由于时辰已是正午，那些守灵的贵族夫人、命妇都已歇息去了。在灵堂的背后设置着一个小供桌，有一个婢女身份的妇人在跪着祭奠老夫人，她双眼含泪，悲痛欲绝，神态中有一种刚毅。她叫冼姑，四十五六的年纪，是老妇人的陪嫁丫头和贴身婢女。老妇人从有仍国嫁到有莘国时，她跟随来到有莘国。她家原本是平民，由于还不起高利贷，破产后流落到有仍国。在走投无路时，遇到当时还是有仍国郡主的老夫人收留了她们全家。她聪慧心细，做事干净利落，善解人意，因而被老夫人选为随身婢女，继而作为陪嫁丫头随老夫人来到有莘国。十多年后，老国君和老夫人把她指婚给了国君厨房的厨子伊伕。四十多年来，她与老夫人几乎形影不离，虽名为主仆，但其实是亲如姐妹。

她在老夫人身边长大，宫廷生活使她耳濡目染养成了雍容大方的举止。她富有情义，荣誉感强烈。如不是穿着下人的衣服，你还会认为她是一个贵妇人。此刻，她双手举着酒樽，将祭酒洒在地上，那散开的酒香飘向空中，好像告诉老夫人她无限的哀思。想到明天老夫人之灵柩将归葬，从此天各一方，她不由得悲从心来，她呜咽着不敢放声大哭，因为她没有资格在老夫人之灵柩前高声哭吼。自从老夫人去世后，灵堂几乎成了冼姑的家，她不分昼夜地为老夫人守灵。

一个七八岁的少年走过来跪在她的旁边，低声叫了一声娘。冼姑扭头一看，是她的儿子伊挚。

"那边安顿好了吗？儿子。"

伊挚用稚嫩的声音说道："娘，君上和公子们，大人们都没有吃饭，已经热了两次了，听说君上还晕过去一次。"

小伊挚穿着粗糙的麻布衣服，头上系着白色的麻布带子，但这并未遮住他那双富有有灵性的眼睛。他在努力探索着对他来说还陌生的世界，他不明白今天君上为什么没有胃口吃饭。在他的事理认知中，那肯定是明天安葬老夫人，君上过度悲伤之故。他来灵堂寻找母亲是想让母亲吃点食物。伊挚和他的父母亲一样，一生下来就注定是有莘国国君的家奴，平时的工作是在厨房帮助做厨子的父亲添火择菜淘洗等杂活儿。

听说国君骤急而晕倒，冼姑心中掀起一阵波澜。天子使团未至，礼器不到，老夫人的灵魂无法升到天国。那样有莘国将无颜立于诸侯方国之中。她骤然想到国君莘泽眼下所遇到的困难，她意识到自己不能袖手旁观。她的身份是奴隶，但多年来在老夫人的佑护下，生活安定。她和厨子丈夫的辛勤工作赢得了国君一家以及整个公族对他们的赞誉。她是东夷人，东夷人那种信仰昊天上帝可为之献身的精神，像烈火一样在她胸中燃烧起来，她知道化解这场危机的唯一办法，就是用人的生命去献祭，以此来超度老夫人，而这个人牲只有自己去充当，才不负老夫人对自己的恩德。她猛地站起身来，说道："挚儿，你先回去，娘不饿。"冼姑说着，抬头望着朝堂方向，她内心做了一个决定，一个血气和责任交融的决定，也是她一生中唯一对自己命运做的决定。

3

有莘国议事厅，病状稍有缓解的莘泽疲倦地坐着，众公子及大臣一脸的愁容和焦虑。这些面色红润，整天养尊处优的贵族们，智慧似乎已经枯竭，他们的大脑皮层，已经无法释放出处理此事的理想办法。

忽然宫门开了，冼姑神色凝重地走进来。远远望着，她好像是一尊雕像在向前缓缓移动。她走进大厅中央向莘泽施着妇女的蹲身礼，款款说道："君上，请您原谅我擅闯朝堂，我已经想好了，燔祭的人牲由我来做。"莘泽好像没听清冼姑在说什么，"冼姑您在说什么？""君上，我是说由我来做人牲，以超度老夫人的灵魂。"莘泽一脸惊愕，"您，冼姑，唉，这万万不可，人牲嘛，予打算出重金在全国寻求，甚至是不惜爵位，您的心意予明白，但予不能这样做。"他边说边摆手，"请您退下吧。予会找到适合的人选。"冼姑说道："君上，老夫人仙逝后，我就开始斋戒。我是老夫人的陪嫁奴婢，您是我看着、哄着长大的，您还不知道我的为人？老夫人对我的恩礼，我无以为报。其实，我早已下定了决心，随她老人家一起走，在那边服侍她老人家。您就是不让我做燔牲，我也不会苟且残存在这个世界上。君上，我是自愿的，东夷人的性格您还不了解吗？为了老夫人的燔祭，让别人做牺牲，东夷人会鄙视我的，到那时，您让我如何活在这世上？真正昊天上帝的子民都会这样做的。再说，您一时半会能找到吗？望您准许。""这样做您让我日后怎样去见老夫人啊？"莘泽无奈地说。"正是这样做您才能顺礼无怨，因为老夫人太了解我了，她不会怪您的。""等安葬了老夫人，我即可制具文书，把挚儿父子释为士子。""您曲解我了，这万不可行，国家有制度，我是自愿的，不期盼回报。您如果这样做就是滥用国家名器，昊天上帝会怀疑我的诚意的，这是我的初衷，望您尊重我的意愿。""冼姑，予是您抱着、哄着长大的，您让予做决定同意您做燔牲，我做不到。"莘泽说着眼里流出滚滚的热泪，"您和太史大人商量着办吧，予不忍心啊，冼姑。"他说着，竟然又昏了过去。

4

有莘国国君宫廷后边的一处偏院内，是宫内厨房。这里除了仓库，还有拴屠宰牲口的木桩。也许是为了国君一家的饮食安全，这个院子就只住着冼姑一家人。

季节已至仲春，院子里的桃花都已盛开，几株桑树的叶子也已经伸展。与前廷的白色世界相比，这里是整个宫廷里唯一的绿色世界。午后的太阳从云层里走出来，和冼姑打着招呼，俨然是在安慰她。刚离开朝堂的冼姑，站在院子里，面向东眺望着，那是她故乡的方向。她的故乡有仍国就在东方。她的祖先就是后来被尊为火神的祝融，这是老夫人告诉她的。其实，祝融不只是被尊为火神，他还是沟通昊天上帝的大祭司和使者。他生活在东方的平原上，他和他的四个儿子，在天崩地裂时，拯救了天下。祝融曾告诫自己的部族，如果你不遵守九天之上上天的旨意，就会有大的灾难逼近。不要去藐视"天灵"。上天非常高远，"天灵"就是上天之灵。上天就是昊天上帝。作为祝融的后代，她信仰和敬畏昊天上帝。在她的故乡或者说是祖国，人人都可直接祭祀昊天上帝。在那里，每个人都可以随时向昊天上帝诉求自己的心愿，同时向昊天上帝忏悔自己的罪恶，以求得昊天上帝的谅解。他们的心灵因此而纯洁和高贵。

祝融为他的子民们所守护的就是超越强权的公理，那就是在昊天上帝面前人人平等。昊天上帝的力量可以抵达到每个人，每个人在昊天上帝面前有平等的尊严。对昊天上帝奉献一切，包括生命，这是东夷人特有的精神气质。冼姑的信仰是神圣的，只有意识到人的灵魂是昊天上帝赋予的，才有敬畏和感恩的心，才能救赎自己，尊重他人。这不像中原大夏王朝，祭祀昊天上帝是天子特有的权力，而诸侯们只能祭祀其他自然神，一般平民则只能祭祀自己的祖先。这种承仰昊天上帝的等级制，使得整个王朝的民众与昊天上帝渐行渐远，从而导致其迷失了应进的方向。冼姑把自己作为牺牲燔祭，献给昊天上帝，不单单是为了老夫人的灵魂上升到昊天上帝身边，更重要的是让亲爱的昊天上帝环绕在每个大夏国子民的身旁，以走出愚昧。

院子里的桑树上，几只麻雀在上下翻飞，好像明白了她的心愿。她转过身来，望着自己多年的住处，踌躇着。

自从和厨子成婚后，她便一直住在这里，她明白，今天这一回来是她今生最后一次踏入这个院落，她必须和这里的一切告别。最让她感到难以启齿的是她的这个决定，不知道该如何去告诉她的丈夫和儿子伊挚，她感到自己的双腿像灌了铅，难以移动。这短短的几步路，如同跋山涉水般艰难。

今天是个晴朗的日子，炽热的阳光照在她身上，似乎在消除她内心的茫然。在此之前，她说过的每一句话，做过的每一件事，在有莘国的宫廷里都没有丝毫影响力，甚至在她长大后，选择丈夫都是别人为她选的，虽然也象征性地征求过她的意见。她没有受教育的权利，她的人生就是竭力工作。她已经习惯了这种平淡的生活，再不像她的父兄为了生产借贷以至破产，也不用操心旱涝之灾导致歉收。她是平凡人，就只能做平凡的事。有时候，她竟然庆幸自己身为一个下层的贱民，而免于权势纷争。

"娘！"随着房门"吱呀"一声响，伊挚走了出来。他迈着沉稳的步子，走姿怎么看都不像一个七八岁的孩子。他长着一头浓浓的黑发，但是，如果你注意观察他留下的脚印，均匀而有力。他身为奴隶，但冼姑对他的教育培养，完全是按照东夷人的方法和理念，那就是心中有对昊天上帝的信仰，按照昊天上帝的期许做人。这是一种高尚的精神，是一种明亮的，具有引领作用的精神，做人处事更有信义和道义的精神。

冼姑弯下腰来，拉着伊挚的手，端详他清纯的脸庞，眼里浸满了泪水。小伊挚还不知道即将发生的事，也不知道自己的身世。之前有好几次冼姑都按捺不住想告诉儿子，但都忍住了。儿子还小，她担心他知道自己的身世后无法承载精神上的重负。冼姑今天无法顾虑这些了，她将和自己的亲人永别了，她必须把该告诉孩子的事，都讲出来。这时候，她的丈夫，那位默默无闻，但一直忠于职守的厨子伊伕，也从屋里走出来，深情地望着他们母子。从厨子失落和无奈的目光中，冼姑猜出他已经知道了她的决定了。冼姑站起来，拉着伊挚的手，大家一起回到屋里。

这是一处简陋的住房，一处仅提供最低生活需求的住处，房内的所有什物，都是有莘国国君的，他们一家不能也不可能拥有自己的私人财产。这种无资产的使用，其实是生命作为天地间一种过客的最好诠释。在屋子的正中间的横木板上，按照东夷人的习惯，冼姑恭敬地摆放着昊天上帝的牌位。祭器虽为陶制品，但她相信昊天上帝能理解她的简陋，以及她祈祷的虔诚。大夏王朝的宗教戒律在有莘国还未严格执行，这也许是顾忌东夷人的原因。

现在，在这间昏暗的房子里，冼姑带领丈夫和伊挚站在昊天上帝的牌位前双手举着祭樽，里面盛着粢米酿成的祭酒，她在做着此生的最后一次祈祷，借着祈祷来告诉她丈夫和儿子："尊崇的创生生命的昊天上帝啊，我是崇拜您的子民。感恩您啊，给了我浑身的力量，我将坚守和您的约定，在您需要时赴汤蹈火，万死不辞。为了老夫人灵魂的上升，为了避免冲突和战争，我自愿作为燔牲，把生命交给您，请您接受我的请求吧。"说完，冼姑拉着丈夫和伊挚跪倒在昊天上帝的牌位前。

冼姑终于把自己作为燔牲的决定，在昊天上帝面前告诉了丈夫和儿子，她自知在此之前，自己是个称职的妻子和母亲。对于这个略显木讷的丈夫，她尽力用心地爱他、照顾他。对于儿子，迁怒时她会严厉斥责他，虽然身份低贱，但她对于儿子的教育，完全是按照贵族的礼法要求他，她有时候甚至憧憬着儿子成为贵族，身佩宝剑，手持长矛站在战车上，与敌人厮杀。

她对伊挚的教育，看似普通却显得高贵。在冼姑看来，只有让伊挚的精神世界成长为信仰，他才有可能承沐昊天上帝之光。她在践行一种理念：荣誉和道德。人不可能离开信仰而独存。只有承认昊天上帝创生的人，才能富有同情心，对人友善，诚信而自立，从而体会到自己的行为对他人的感受。私密行为永远也是最受节制的行为，否则就是对他人的无礼和对尊严的亵渎。就如不讲场合地吐痰、打喷嚏、擤鼻涕、剔牙等行为，只能是私密的行为，而非能成为登堂之状。虽为小事，却显野蛮。冼姑在用信仰来塑造着伊挚。

相信在这样的家庭教育下，即使地位低下，也能成为一个高尚的人，一个将来可以砥砺自己的人。伊挚在厨房长大，他的工作就是帮助父亲做些力能及的工作。当然，这也是自己选择的。在这个年龄，主家还没有特别地强调工作。每天在睡觉前，他随着母亲，捧着祭器，在昊天上帝面前祈祷，坦诚地告诉昊天上帝他心里的秘密，有时候甚至向昊天上帝提一个小小的期许，那就是能学习礼法、读书识字。他把自己有机会给有莘国宫廷学校送饭、送水当作昊天上帝对他的机会和恩赐。

在学校里学习的全部都是有莘国贵族子弟及卿大夫们的孩子。而在这时，他也就能借机识得所有文字。他的勤谨为所有人喜欢，特别是略小他几岁的有莘国国君的郡主纴（rèn）巟（huāng），甚至还专门教他学习每天的功课。有时候，他在教室外直替那些回答不上老师提问的贵族子弟着急，因为他早已答案在胸。伊挚过目不忘，良好的记忆力，使他不逊于那些正规学习的孩子。但他是奴隶，他没有接受教育的权利，但他的努力使他赢得了贵族子弟对他的尊敬，甚至有的还和他成为最好的朋友。

看着举止庄重的小伊挚，冼姑忽然从心里涌出一种成就感，这种感觉太奇妙了。她有一种得寸进尺的憧憬，那就是希望丈夫和儿子一起来分享心中的期许。冼姑曾经试探性地问过儿子的志向，他的回答是："我要和爹爹一样做一个天下最好的厨子，以便做好吃的给纴巟吃。"儿子稚嫩虔诚的志向，表现出一种天真。有莘国郡主纴巟经常和伊挚一起玩游戏，还将学到的知识转授给伊挚。对伊挚来说，那就是莫大的恩赐，他从内心感激她。在伊挚的心里，唯一可以报答纴巟的，就是给她做好吃的，以便取悦她。

冼姑不像别的女奴那样教育她们仍然是奴隶的孩子，那些女奴们告诉孩子的是，怎样谄媚管事宫廷内官，怎样在主家在场时努力工作，而不在时则可偷懒；当主家在众人面前畅谈自己的功德时，如何弯腰恭听装作异常崇拜的样子，并向主家投去敬佩的目光。她们凭经验告诫孩子，吃饭时第一次盛饭菜时，只打够盛器的七成左右，以便在别人还在吃第一碗时，好多多地盛满第二碗，以此而确保自己比别人多占有食物。她们生活在世俗世界的最低层，无情的现实，或者是生活的感知，使她们没有任何精神上的寄托和仰望。作为母亲，她们是传承者，而没有了精神上的信仰，就成了单纯的肉体传承者。小伊挚已经懂得感恩，说明昊天上帝之光已经照亮他的心田，而这光亮充满了力量，将推动着他创造自己的未来。

冼姑的丈夫是位略显肥胖的厨子，中等个子，面容温厚。在冼姑没有嫁给他时，他们只见过一次面。那是老夫人寿诞时，她去厨房端饭菜时见的，他们之间只是点了点头算是意会了，一句话也没说。她平时只知道这个厨子做的饭菜可口，也没有想到自己今后和他成为夫妻。她随老夫人嫁到有莘国后开始吃不惯这里的饭菜，就是这个厨子逐步琢磨出一套饭菜，以适应老夫人的口味，冼姑在暗地里对他心存感激。她欣赏他精湛的厨艺，她不知道老夫人是如何发现她内心的想法的，当提出让她嫁给这个细心的厨子时，她很爽快地笑着答应了。

靠窗的土炕上，铺着芦苇织就的苇席。整齐的被褥垛放在靠墙的炕边。冼姑一家三口磕完头后，围坐在一起。炕中间摆放着三个盛水的陶杯。冼姑一扫平日的刚毅，用含情脉脉的眼神看着自己的丈夫，他们成婚已有二十多载，彼此情深。

"对不起您了！"冼姑好像刚认识了她的丈夫。共同的生活，使她把爱化成了亲情。身为奴隶，他们的情感是最为让人忽视的，没有人会关注一对奴隶夫妻的情感世界。她的丈夫是一流的厨子，他的厨艺使有莘国的餐桌上的味道在诸侯国之间很有名气。之前，他们从未为什么事争吵过。这次在朝堂做出的决定，她没有时间也没有机会和他商量，心中充满了内疚感。望着哭红了双眼的丈夫，冼姑忍不住泪如雨下。东夷人为了信仰而献身是很正常的事，但她的丈夫，作为中原大夏王朝的子民，则不能全部理解这样的行为。她明白对于她的丈夫除了那种仿佛撕裂的心痛，别无选择。而作为贱民的伊佳，曾经感谢苍天赐给他这样一个贤良淑德的妻子。可现在，她要永远离开他了，他没有任何力量能把自己的妻子留下来，哪怕说是让她改变主意。

有一件事一直困扰着冼姑，那就是她一直没有生育过，就是说不能生育的原因，究竟是哪一方造成的，她始终没有搞清楚。她觉得她丈夫应该理解"对不起"这三个字背后隐藏的这一层意义。好在后来有了挚儿，那是国君根据老夫人的意愿，让他们夫妇抚养的。尽管条件艰苦，但夫妇二人视挚儿为己出。冼姑总觉得这个孩子是神护佑着的，是昊天上帝赐给她的礼物。她有理由这样猜想，正是自己做的每一件事都符合昊天上帝的要求和期盼，昊天上帝才把这个孩子选中由她来养育。直到现在，挚儿还不知道自己的身世。可现在这个秘密不能再隐藏了，到了必须告诉他的时候了，冼姑用眼神与丈夫会意。她握住挚儿的手，话到嘴边却又迟疑。一种内疚感像炽热的火焰在她体内升腾起来，灼烤着她的五脏六腑。她甚至后悔当初不该抚养伊挚，是他们奴隶的身份使伊挚也就成了奴隶。他们注定了终身只能努力地工作但没有薪酬，也不能拥有财产，就连自己的身体也都是主家的。身强力壮的最好的奴隶也就值三只公羊。而拥有一技之长的家奴，是不买卖的，与主家是一种依附关系，并且代代相承。"儿子，"冼姑终于说出了口，"有件事，是你应该知道的时候了。你非是娘亲生，你是我从桑树洞中捡来的孩子，是老夫人和君上命我们养育你的，那是八年前的四月初八……"

可在此之前，也就是说无独有偶，在西方，上帝派使者去惩罚索玛城的人，那是一个淫乱并有罪的城。但天使要把亚伯拉罕的侄子罗德一家救出来，因为罗德一家是正义的人，同时告诫他们不准回头看，出城后往高山走，那个城将毁于大火。罗德的妻子因为好奇忍不住回头一看，结果她就化成了一根盐柱。信仰使人性相通，冼姑凭着感觉意识到，桑树林中，那株有空洞的桑树就是挚儿的生母化变的，这毋庸置疑。可是索玛城的人受到惩罚是因为淫乱，并且不敬上帝。可伊河旁边的这个小村庄的人到底犯的是什么罪呢？上帝惩罚索玛城的办法是用大火将其毁灭，而惩罚伊河边的这个村庄，则用水将其毁灭。这一点，使者没有告诉她，她至今也未能猜想到。

回到八年前的四月初八，在有莘国国君的宫廷里，那时候，老夫人还健在。中原自古留下的习俗，在采桑季节，上到夫人郡主，下到民女村姑，不分贵贱，不分老幼，全都下地采桑养蚕。有莘国的经济，除去种植业、养殖业、制陶业、青铜冶炼外，植桑养蚕是其重要的经济支柱。蚕丝所织成的锦缎、衣服、被褥，不仅是贵族日常的生活用品，还是对外贸易的首选商品，更重要的是祭祀昊天上帝的祭品。产能和效益，催生着这一产业蓬勃兴盛起来。

那天是一个晴天，在老夫人的带领下，宫中夫人、小姐、宫女及一切有劳动能力的女人，全部到国君自家的桑园中采摘桑叶，以喂养蚕宝宝。冼姑和其他宫女一样，背着背篓来到桑树林中采桑。

这是有莘国国君的私人桑园，得益于伊河水的灌溉，每一株桑树都生机勃勃，桑叶深绿而肥实。初升的太阳柔和而亲切，在它的照射下，桑园中溢透着一股特殊的沁人心脾的气味。冼姑正专心采摘桑叶，忽然一只百灵鸟在她头上飞来飞去，甚至啄她的头巾，像是在引领她往桑树林边走去。起初她并不在意，但百灵鸟不停地啄她，她才下意识地跟着鸟儿往前走，走了一会儿，听见前边有婴儿的哭声。她赶紧跑过去，循着哭声来到一株大桑树前，只见眼前这株桑树树干粗壮，枝条挺拔，茂盛的桑树恰似一个罗伞。树干中间有一个空洞，婴儿的哭声就是从里面传出来的。冼姑摘下箩筐，弯腰探进树洞中，只见一个男婴躺在里边，身下铺着一层厚厚的桑叶。只见孩子四肢乱动，哭声震天。她赶紧脱下自己的外衣，将孩子包裹起来，抱在怀里。令人惊奇的是，那个孩子在她抱起后就不再哭闹，就像之前认识她似的露出了笑容。那只将她引来的百灵鸟，在树上大声鸣叫着，似乎在告诉她什么。冼姑抬头望着那只对她鸣叫的百灵鸟投射出了感激的眼神，她想问它，究竟这个孩子从哪里来，为什么会在树洞中。她觉得这只鸟叼啄着她，把她引过来，那就一定知道原委。恍惚之间，冼姑看到那只百灵鸟在隐隐约约地变成了一个人形，变成了一个身穿白色麻布的人，英俊而面带笑容。他轻缓地从树上下来，站在冼姑的面前说道："我是昊天上帝的使者，我叫祝融。我也是你的祖先。我这次的任务，就是护佑这个孩子，并把他送到你的手中。"他指着这株空桑树，继续说，"事情是这样的，这棵树就是孩子的母亲化变的。昊天上帝命令我用水去毁灭距此十多里，伊河上游的那个村庄，因为那个村子里的人有罪。但是，昊天上帝要我把他们母子救出来，昨天晚上……"

伊水河边这样的一个村庄，村子上千人口。由于坐落在伊河边的冲积平原上，故而土地肥沃。加之离国都较近，这个村子属于国君的直接领地。同大夏国的每个诸侯国一样，此处也实行井田制。税赋同样是七十亩起征。肥沃的土地产出较高，这个村子的人们应该富足。但与之不相称的是，从外表看这个村子整体上有些破败。一牙弯月挂在天上，发出灰暗的光，更使得这个村子里没有一点生气。使者找到了位于村东头还在娘肚子里孩子的家，这是一处普通的农舍，房子的屋顶由茅草铺盖而成。屋里摆放着几件粗粝的家具，土炕上铺着一领破旧的苇席。一个孕妇躺在炕上。此刻她的丈夫，热衷于村子里流行的赌博，没有在家。屋里的隔墙上放着一盏豆油灯，绿豆大的灯头忽闪忽闪地燃烧着，尽最大的努力照耀着这间屋子。穿着白衣的使者走进屋子，叫起了躺着的孕妇："请你听好了，我是昊天上帝的使者，是昊天上帝让我来拯救你的，明天如果院子里春米的石臼有水溢出，你就赶紧往东走，但你要记着，千万不要回头看。对了，你可叫上你的家人及要好的邻居一起走。昊天上帝让我用水毁灭了你们这个有罪的村庄，石臼有水流出就是大水来临的信号。明天你要注意看啊！"孕妇听着，眼前猛然间划过一道闪电，和她说话的使者忽然不见了，她忽然感到自己在做梦……

来日，当一轮旭日从东方升起的时候，这个破败的村子，也就不情愿地从睡梦中醒过来。村边伊河水在静静地流淌着，丝毫也看不出这条河后边的恐怖。彩芹，也就是孕妇，起床后不时地察看着院子中的石臼。她是一个佃农的妻子，在她的世界里，嫁与人妻，只希望过上普普通通、踏踏实实的日子。平日里白天，她随公公和丈夫下地做农活儿，回家后陪着婆婆做饭。她孝顺而有礼节，勤谨而不辞辛劳，再苦再累也从未有过半句怨言，她赢得了家人及邻居的好评和赞誉。怀孕后，公婆心疼她，再不让她做较重的力气活儿，以便让她安心养胎，而不至于出什么意外。昨天晚上，使者的话还在她的耳边回荡，她觉得似梦却真。她勉强弯下腰，看着平日里用于春米的石臼。她一脸的茫然，想着这个石臼，又不连通伊河，而石头又不会产出水啊。她不知道昨天晚上使者的到来是梦还是真的。她定定神，心中祈祷着："石臼啊石臼，你可千万不要出水。"如果真的出水了，昨晚上就不是做梦，而是确确实实使者为救他们一家，特意告诉她的。早上的太阳光照射着她，使她略显燥热。但是，最不愿意看到的事情发生了，那个本来干涸的石臼，先是发潮，后来边上、底上全部渗出了水珠，之后慢慢地形成水流，溢出了石臼。彩芹脸色惨白地惊叫一声："爹，娘，不好了。咱家石臼溢出水了。昨晚一个自称使者的人告诉我说，石臼出水，让我们赶快离开向东走。我们快逃吧！"这时，她的公公婆婆还有丈夫都出到院子，看着石臼在慢慢地溢水，虽说感到奇怪，但他们都不相信她的话，她的丈夫甚至还要狠狠地骂她："你胡说什么？中邪了吗？哪有什么使者？简直是胡说八道。"

彩芹看着他们不相信自己说的话，还是耐心地向他们诉说，情急之下，她的嗓子有点干涩："是真的，昨天夜里使者告诉我，因为我以为是梦，所以没有告诉你。我还琢磨着，石臼按常理是不会出水的，如果出水，那就是神告诉我的，请你们相信我，我们往东走吧。"

"你疯了，这孩子疯了！"她的婆婆也在旁边说着她，"要走，你自己走，反正我们是不会走的。"

院里剧烈的争吵声，引起几个邻居的注意，有男有女，他们都进了院子，看着石臼溢水，但没有一个人相信她说的话。这时彩芹猛然感觉到一只无形的手在拽着她，并对她说："为了你肚里的孩子，你必须赶快走。"她不由自主地出了院门。彩芹这时感到一种凄凉甚至是无助的恐惧，是神让她往东走，她只得迎着太阳升起的方向走。她是个孕妇，仓促之间逃离家园，什么东西也没来得及带，她不知道能逃到哪里。她的公公、婆婆、丈夫以及邻居都不相信她的告诫，没有人和她一起逃走，她内心中感到从未有过的孤独。沉重的身子，使得她无法快步行走，她不知她的家现在是什么样子，她生活的那个村子现在怎么样了。使者警告过她，千万不要回头，她不明白是为什么。若用一句话形容彩芹向东逃走的样子，那就是"急急如丧家之犬"。她沿着伊河往东走，河边生长着大片密密麻麻的灌木丛。她想看一眼河水，但被这些灌木挡住了她的视线，凭着听觉她感觉到身旁的伊河水在暴涨，咆哮着向东流去。她意识到她生活的那个村子肯定遭遇了不测。中原的四月初，天气已经很炎热了，彩芹感到身上阵阵的燥热，她看见前面有个桑园，她想着紧赶几步，在桑树下歇息一下。

终于走到了桑园边，彩芹忽然感觉到肚子一沉，一种撕裂的疼痛感流遍全身，她预感到自己要生了。她坐在桑园边，这是她第一次生孩子，而且在野外，在无人照看的情况下生孩子。痛苦中，她不知道该怎么办，要是婆婆在跟前该有多好啊。可是，这会儿他们那里是什么情形，她不知道。急急忙忙地走了将近一个时辰，她更不知道这是什么地方。她突然间意识到自己走投无路了。没有食物，没有水喝，没有地方住，更严重的是自己面临生产。一阵阵的疼痛，似乎在告诉她什么叫作绝望。她感觉到自己的生命走到了尽头，既然要死了，还管什么回头不回头。临死之前，自己必须明白村子里的人及家人是否安全。她毅然站起身来，回过头向西方望去，只见她生活过的村庄一片白水茫茫。完了，完了，她的公公、婆婆，她的丈夫，她生活过的村子，那可是一个近千口人的村子啊。她不觉得自己有什么内疚，她早上曾尽力求他们听从自己的告诫，但没有人信任她，理解她，她现在已经是一个无家可归的人。

忽然间，彩芹感到自己的全身麻木起来，她的经络在燥热地燃烧，她觉得有一股强大的热流在融化着她的内脏、肌肉和骨骼。她感觉自己变成了一只蚕宝宝，在慢慢地蛹化。之前，她像所有有莘国的妇女一样在采桑养蚕，她看了无数个蚕宝宝由一个个活生生的毛毛虫而蛹化成一个个僵硬的蚕蛹。而现在，自己怎么忽然有了这种感觉呢？这种蛹化般的麻木在逐渐加深，她忽然感到一阵轻松，那是孩子出生了。她很想弯下腰看看孩子，但她的大脑已经不能调动她的身体了，她感受着自己慢慢地变化成了一棵大桑树，腹部化生成了一个空空的树洞，她的孩子就降落在这个树洞里。

世上，没有人知道她未听从使者的告诫而身化空桑。彩芹抬起头来，望着天空的太阳，一层薄薄的云彩铺在她头顶的上空，她忽然看见了月亮也挂在了天空，那是日月同辉。彩芹不知道今天这日月同辉将预示着什么，她用尽最后一点力气，张开双臂，像是在拥抱天上的太阳和月亮。这时，她看见使者向她走来，示意她孩子会有人照管好的，请她放心。只见她的双臂也慢慢化变成桑树的枝条。她的意识消失了，桑林园中只剩下了婴儿的哭声。

人们都说，使者永远是微笑着的。可是，眼前这位却一脸严肃，他走到冼姑面前，用手掀开围着孩子的衣服，用手指点了点孩子的脑门，说："日月同辉，就是太极。国君会让你抚养他的，希望你尽心养育。他要经受磨难，他要开创一个全新的天地。但昊天上帝也无时不在考验他，你们好自为之吧，我的任务完成了，该离开了。"

太阳像是怕晒着他们，悄悄地钻进了云层。冼姑抱着孩子，目送着使者的离去。她看着孩子，她不知道这孩子今后要受多少磨难，也不知他能开创一个什么样的天地。她只是想尽心尽力地把这个孩子抚养大。骤然间得到了一个孩子，冼姑感到就像捡到了一笔巨大的财富。此刻她多么想让丈夫和她一块分享有孩子的喜悦。她是一个女人，是一个没能生育的女人。女人的天性，使她暗暗发誓，她一定用生命来呵护这个孩子。尽管她知道自己和丈夫是奴隶，这个孩子跟着她，他的身份就也只能是个奴隶，但她没有别的更好的选择。这是先天的选择。这种人类固有的母爱，才使得生命生生不息，人类的种族赖以繁衍和升华。

时到中午，冼姑抱着孩子，来到宫里老夫人的起居室。只见老夫人端坐在厅堂的主席上，旁边坐在有莘国国君莘泽。老夫人自从嫁到有莘国，就一直住在这里，室内的布置简洁、实用。在这里看不见一件炫耀富贵的摆件，更没有一件家具成为布景。整个屋子，宽敞、明亮。由此可见，屋主人的心境平和而温厚，富有信仰。屋顶铺着厚硕的茅草，阻隔了外面的炎热，使得整个屋里凉爽而宜人。上午，老夫人带着大家去采桑养蚕，尽管有些疲乏，但精神矍铄。她拿起一只铜制的水杯，边喝着茶，边对儿子国君说道："君儿呀，这冼姑是陪着我来到你们有莘国的，是我的贴身丫头，是她抱着你长大的。早些年虽说我做主让她和厨子成婚，但多年来也未见生育。今天在桑园中，就是在桑树洞中捡到这个男孩，真正是缘分哪，念她这么多年膝下无子，我决定将这个孩子交给他们夫妇抚养，你的意思呢？""母亲，孩儿并无异议，谨遵母亲吩咐。"莘泽说着，向阶下站着的宫女说道："你去请少尹来这里一趟。"

须臾，少尹来到，躬身行礼后说："君上传唤微臣，有事请您示下。"莘泽说："冼姑在桑园捡得一男孩，老夫人之意就由他们夫妻二人抚养，这几天就不要让冼姑干别的活儿了，以便让她专心拉扯这个孩子，老夫人这里请你另外调拨精干的人，前来照料。把宫内养的奶山羊拨给他们一只，以供孩子吃奶。对了，孩子的户籍就上在他们夫妇名下。"

"微臣领谕。"少尹说道，"但不知这个孩子可否有名，以便登记。""名吗？"莘泽有点迟疑，他转过头来征求母亲的意思，"还是请母亲示下。"老夫人说："听冼姑说，使者看到孩子的母亲化变成空桑时，双手高举，似乎想撷取天上的太阳和月亮，我们就给他取名叫挚吧，但愿这孩子能够撷取上天的智慧，长大后成为有用之材。君儿你看呢？"莘泽答道："母亲所言极是。"转过头来对少尹道，"就按老夫人之意，叫挚吧，冼姑丈夫为伊姓，那就是伊挚了，请你按这个名字登记上册吧。""微臣遵命。"少尹说着向老夫人、国君施礼后退下。老夫人说："冼姑你去吧，好生看待这个孩子。君儿你也去休息吧。"

冼姑向伊挚讲述着他的身世和来历，她的喉咙有些干涩。虽然未吃午饭，但她没有一点饥饿感："儿子，这就是你的身世。这八年来每到你出生的四月初八，我都去君侯的桑树园中，祭祀那株以你母亲的身体化变来的大空桑树。那棵桑树，就是你母亲，以后你要常去看她，祭拜她。娘要随着老夫人去了，今后你要好好听从爹的话。孩子，记着娘的话：'昊天上帝的期盼就是你做人做事的准则，只有这样你才能荣耀昊天上帝，同时荣耀你自己。'这些年来，娘时时都在想着使者的话，直到今天，才想明白了你要经历的磨难，其实早已开始了，你是昊天上帝派来受苦的仆人。不论今后的日子有多难，你一定要记着，你是神护佑的孩子。不论你开创什么样的天地，热爱昊天上帝，复兴道德，是你的魂。昊天上帝是爱人如子，你要爱人如己，这就是昊天上帝的期许。对了，还有一事你必须遵守，使者告诉娘，你长大了不能出仕有莘国。"小伊挚满眼泪花，答应了一声："唯。"

院子里忽然传来了鼓乐声，那是管子、笙、钟、鼓合奏的声音，吹奏着古老的乐曲《大禹颂》。这是有莘国的太史，带领着几个祭司赶着辒车来接冼姑到有莘国的太庙去斋戒。"别了，永别了！"小伊挚紧紧拉住母亲的手，双眼噙满了泪水："娘我不要你走，你不能去啊！"他哽咽着。冼姑颤声说道："儿子，听话，记着娘说的话。"这个时候父亲伊伕伸手将小伊挚揽到怀里，眼里流着泪，他顺势将冼姑也揽过去，一家三口抱在了一起。

窗外，祭司们吹打的鼓乐骤然停了下来。空气仿佛凝结起来，不再流动。冼姑今晚必须伴在有莘国的太庙中，在那里净身、沐浴，以便使她的肉体及灵魂纯净。以身为牲，献祭昊天上帝，是一种无私的感恩，她不求得到什么回报，甚至拒绝了国君为她丈夫和儿子抬高身份的安排。在冼姑看来，虽然这是一种无奈的自愿选择，但自己以这种方式结束生命，是一种成全，是生命的完美。随着母亲登上辌车，祭司们的鼓乐又吹打起来，吹奏的仍然是古老的唱颂音乐。伊挚感到这些祭司手里的乐器奏出的不是美妙的音符，而是地狱传来的招魂曲，伊挚感到一阵阵的恐惧。他无法想象，以后没有母亲的日子里，怎样生活。他凝视着载着母亲的车子离开这个院子，眼泪反而不再流出，只是，在他的双眼下面分别驻扎着一颗晶莹的泪珠。他依偎着父亲，忽然觉得自己长大了许多。

他崇拜自己的母亲，那是一种自然的朴素的崇拜，他喜欢母亲的美，包括外表的和精神的美。他甚至认为母亲走路的姿势及身上的体香也是人间最美的。之前，他常常想着自己的长相有几分能像母亲，他曾经不止一次地在河边看自己的倒影，他觉得如果自己的身上有母亲的影子，那就一定能成为个帅哥。更让他崇拜的是，母亲从不像别的女奴那样整天喋喋不休地东长西短，或者是去谄媚男人。她沉着、干练、慈祥，富有同情心。在伊挚的眼里，母亲像一个从来都不知疲倦的机器，每天从早到晚在工作，而且认真负责，没有抱怨过什么。她要求伊挚不做的事情，伊挚从未做过。

在对小伊挚的教育上，冼姑非常重视的一件事就是确立伊挚的精神信仰，这是东夷人的传统。她曾不止一次地告诉小伊挚，是昊天上帝创造了这个世界。当然我们自己更是他的孩子。每个人都可成为昊天上帝的化身，彼此都能够看到昊天上帝慈爱的形象及期许。精神世界里，无私地热爱昊天上帝是生活的无尽源泉。小伊挚早已明白了这样一个简单的道理：没有昊天上帝信仰的人，就不能成为一个高尚的人，一个自觉脱离低级趣味的人。

"儿子，你要为有这样的一个母亲而骄傲！"整个下午，一直未开口，也轮不上开口的伊佐说了唯一的一句话。他和儿子伊挚在院里目送冼姑离去，他紧紧地抱着伊挚，生怕他随着冼姑而去。天气出奇地平静，偶然有微风吹过，也只有桑树上的叶子能够感觉到它的习习。

5

由于父亲在厨房值夜，小伊挚独自一人在家，他整夜都靠着被子垛坐着，似睡非睡，并没有脱衣睡觉。他多么希望就这样永远也不要天明，那样母亲就永远在人世间。伊挚曾想在夜里跑到太庙去看看母亲，再和她说说话，但他懂得，以他的身份，半夜去闯太庙，那是大不敬的罪名，是死罪。他知道那样的结果，是母亲最不愿意看到的。但是，该来的还是要来的，夏天的夜是最短的，太阳虽然还未出来，但天空已经明亮起来，他必须去参加老夫人的葬礼，同时给母亲去送行。

门"吱呀"一声开了，闪进来一个和伊挚年龄一样大小的孩子，他叫昝单，也是奴隶，是伊挚的玩伴，也是最好的朋友。昝单的父亲据说原来是平民，是在朝廷的都城斟鄩服劳役时不幸遇难。因此破产后沦为奴隶。他是国君用三只公羊换来的。他家世代是建筑工匠，他在宫廷的修缮处帮工和学习技艺。

昝单跳上炕，跪在伊挚面前，伸出双手，用力挽住伊挚，"我都听说了。"说着便哽咽起来。他不知道该用什么言语来安慰伊挚，自己反而悲伤起来。平日里冼姑也是像母亲一样对待这个用三只公羊交换来的孤儿，缝补浆洗，照顾着他。对昝单来说，他和伊挚一样，心中涌起了失去母亲的悲痛。在伊挚的心田里，这个世界上，唯一能够给予自己温暖和亲情的母亲，就要走了。但他必须把自己的人生路走完。他忽然有一种异样，就是他反而同情起昝单来。

第二章 血气与责任

1

天亮了，这就意味着母亲以身献祭的时刻到了。但太阳似乎不愿意在今天张扬自己，始终躲在云层中不肯出来。因为今天是老夫人的葬礼，居住在有莘国国都中的贵族、平民按照惯例都被要求参加。不可否认的是，不少人都是自愿的。这是老夫人和莘泽施善的回报。都城里几乎成为空城。头上缠绕着一圈白色麻布的人们，会聚成一股白色的人流，最后全体跪伏在国君陵寝外边的空地上，那里有士兵们连夜堆夯起来的圜丘。它的形状像圆形的山丘，分为三层。由于是临时夯筑，圜丘还散发出阵阵泥土的芬香。最上层立着一根粗大的木桩，上边写着"昊天上帝"的牌位，木桩下面堆放着略显散乱、成捆的木柴。当国君陵寝内老夫人的灵柩入土后，圜丘上祭祀昊天上帝的仪式便开始了。祭司队伍中的乐队响亮地吹打着，仍然奏着唱颂曲《大禹颂》。伊挚跪在人群的最后面，他的父亲、昝单分别在他的两旁跪着，这种架势，就像防止他跑去圜丘的安排。在太史，也就是有莘国祭司的主持下，跪在最前面的国君莘泽和夫人，向昊天上帝依次献上玉、肉、粱粮、米酒。伊挚无法听清那个面无表情的太史嘴里说着什么。

国君献祭后，太史从圜丘下面临时搭建的棚子里，引导出冼姑——伊挚的母亲。完成沐浴斋戒的冼姑，容光焕发，面带微笑。她身穿特制的红色袍服，头上戴着活像鸡冠的帽子，上面插着两根孔雀的羽毛。

冼姑迈着稳健的步伐，迈上圜丘用石头铺成的台阶，那个圜丘一共有二十七级。这个时候，整个祭祀的现场，安静得连每个人的呼吸声都能听到。那些乐队像是忘记了演奏。木柴垛上搭着一个梯子，以方便人走上去。

主持祭祀的有莘国太史，在他的面部丝毫看不到任何情感的流露。他的眼睛可能早已死去，就像死去的鲤鱼的眼，鼓鼓的，但已发灰，眼珠子已经不可能有转动的迹象。他似乎没有必要看冼姑，淡淡地说："请您走上去吧，是否用绳子将您绑在木桩上？""不用，谢谢，我能挺住。"冼姑平静地回答，她沿着木梯子走上了木柴垛上。

站在高高的柴堆上，冼姑环视四周，下面跪着身着素衣，头系白布的人群，活像盐池里析出的无数盐垛，一望无际。人群的最前端，在铺着谷子秸草的土地上孤零零地跪着两个人，那两人就是有莘国国君莘泽和他的夫人，失去母亲的悲痛，又失去从小看护他的冼姑，令他肝肠欲断。他心中忽然燃烧起了一种仇恨，那就是对朝廷的仇恨。冼姑低下头来，她在努力寻找着自己的儿子伊挚和丈夫，但是无法找到，她心里喊着："别了，亲爱的儿子！别了，亲爱的丈夫！"

当她点着头用眼神示意太史"可以开始了"后，便闭住了双眼，不再说话。

太史虔诚地说道："光明慈祥的昊天上帝啊，我们燔烧生命献给您，我们知道您并不要求这样做，但这是儿女们的心意啊。希望您在倾听我们的诉求，让老夫人、冼姑的灵魂回到您的身边。"他回过头来，对着下面喊道，"奏乐，点火。"

他的声音有些干涩，活像打鸣叫晨的公鸡。瞬间，鼓乐吹打起来，只见四个祭司举着火把，从东、西、南、北四个方向走到圜丘上，同时举火点燃了燔柴垛。

随着一股浓烟的升起，木柴噼里啪啦地燃烧起来，冼姑感到了剧烈的灼热。她努力地睁开双眼，仰望着天空，只见阴沉沉的天空没有一点表情。忽然，她看见一只鸟在她头顶盘旋着飞翔，那不是一只凤吗？那是昊天上帝派来迎接她的凤啊。东夷人把凤作为自己的图腾来崇拜，就是因为凤是他们的祖先祝融之灵所化生，同时它还是昊天上帝的使者。冼姑从未奢望昊天上帝派使者来迎接她，而且迎接她的还是自己的祖先祝融。渐渐地，她看清楚了，之前看护挚儿的使者，同样是她的这位老祖宗在看着她，他开口说道："孩子，昊天上帝知道了你的苦心，其实，你不必这样做，老夫人一生温良节俭，宽厚待人，她的灵魂自然能安享太庙，回到昊天上帝身边。我来迎接你，除了不要让你感受到痛苦，还有就是告诉你，你就是人间的凤啊。你这一走，凤图腾就在人们心中渐渐消失，直接地说，就是你带走了他们的信仰之光。他们将以龙为图腾。这是一种人们臆想之物，充满虚妄。千年之后，他们将沦为一个没有昊天上帝信仰的民族。可惜可惜。既然这样了我们走吧，孩子。"冼姑自身感觉一阵眩晕，身子瞬间往下坠落，眼一黑就失去了知觉。而在人们的眼里，红色的火焰瞬间吞噬了她的身体。

可在跪伏在人群后边的小伊挚眼里，大火吞噬的不仅仅是母亲的身体，更是吞噬了他的全部，包括肉体、精神及希望。他的双手嵌在泥土里紧紧地攥着两把泥土。要不是父亲在旁边摁着他，他真想跑到木柴垛上，陪着母亲一起燔烧，他哭喊着，那种痛苦，就像他的灵魂被鞭子抽打了一样。

祭祀的仪式已经结束了，白色的盐柱消失了，圜丘四周现在已经空空荡荡，小伊挚恳求父亲让他留下来："让我在这里再陪母亲一会儿。"父亲迟疑，但最终还是答应了他："好吧。"他的好朋友昝单，也随他留下来。小伊挚站起来，走到圜丘的边上，看着上面燃烧过的木柴灰还不时有细烟冒出，他多想上去将母亲的遗灰收藏一些，但负责守卫的有莘国士兵阻止了他。他只好重新跪下，向着母亲献身的圜丘磕头。昝单在旁边陪着他一起磕头。磕完九个头之后他们起身站在那里，默默地凝视圜丘台上的一缕冷烟。

不远处，也就是从陵寝回宫廷的路上，参加完祭祀仪式的贵族车队，每辆辒车都有四匹马拉着，缓慢地往都城方向走。因为场面庄严，驾车人都不敢高声地吆喝。忽然，一辆车停了下来，从车上下来一个小姑娘，也就是五六岁年纪，头上戴着一朵白色牡丹花。

她快步走向了路旁的桑树林子，伸手摘下了一截桑树枝，上面有两片桑叶，谁也不知道这个小女孩子要做什么。她快步走着，朝着还站在圜丘下面的伊挚走去，当他们的目光相对时，小女孩将手中的桑树枝递给了小伊挚。他们什么话也没有说，只是默默地对视着，她在用眼神来安慰伊挚。她叫妺喜，是有施国的郡主，是老夫人的外孙女，莘泽嫁到有施国妹妹的女儿。自从老夫人去世以后，妹喜就随着母亲来有莘国奔丧。

她天天都能看到伊挚，那是因为每到开饭时，最后提汤送水的人总是伊挚。妹喜从未听过他说话，也不知他说话的声音是什么样子的。她猜想伊挚比她大不了几岁，因为是奴隶，以他的身份，他从未敢开口说话。但是，每当见到他，妹喜就有一种莫名其妙的冲动和好奇。在妹喜眼里，伊挚就是一个小大人，他永远迈着与他的年龄和身份不相符的步伐，那是东夷人才会有的庄重稳健的步伐。妹喜的外祖母、伊挚的母亲都是东夷人，更无须说的是她自己更是东夷人。有时候，她盯着伊挚的眼睛看，那双深邃的眼睛瞳孔晶莹清澈，似乎很难找到一点杂质。妹喜感到自己的目光已经深入伊挚的瞳孔里，但她丝毫没有得到任何回应。之前，她和表姐纡宄不止一次地去厨房找伊挚，想约上他一起玩，但伊挚总在一丝不苟地工作，向她点点头表示问候，就再没有了下文。她们姐妹俩扫兴而回。现在，妹喜觉得伊挚需要自己去安慰，当她诉说了去安慰伊挚的想法后，母亲及表姐都沉默，没有人赞成，也没有人反对。

伊挚伸手接过了妹喜递过来的桑叶，凝视着她。这是他第一次正面看着妹喜，他的双眼模糊了起来，那是充满泪水的缘故。他不曾料到，在这个时候，妹喜用这种方式来安慰他，这足见这位有施国的郡主是多么有情义。正当他们两个人还在对视的时候，她的表姐纡宄走过来，拉了拉她的衣服，示意她回车上去。

空阔的广场上，除了守卫陵寝的士兵外，就只剩下这四个少年了。他们的身份悬殊，两个郡主，两个家奴。但是，他们的目光不约而同地投向了伊挚手里拿着的桑树枝，这个细小的桑树枝上，有两片深绿色的桑叶。就连妹喜也不知为什么情急之下采摘桑叶来送给他。在纡宄今后的生活中，她慢慢地感知和验证了由这两片桑叶所掀起的波澜。更没有料想到的是，这个波澜足以将大夏王朝掀翻。后来，也就是公元1963年，美国的气象学家洛伦茨将这种现象归纳称为"蝴蝶效应"。

伊挚和昝单目送着妹喜和纡宄回到车上。"我们也回去吧，还要干活呢。"昝单无奈地说。他们开始走着回家，伊挚感到，这回家的路程，有种双脚不着地的感觉，他一步一回头。忽然，沉闷的天空下起了细雨，随后，一道耀眼的闪电在天空中显现，"轰隆隆"的雷声在他们的头上响了起来，豆大的雨点随风降落下来。伊挚仰头看着天空，任凭雨点拍打着他的脸。他想看到母亲，也想看到昊天上帝。但他知道，这是昊天上帝流下的眼泪。

2

那天晚上，伊挚梦见自己又回到燔烧母亲的圜丘前，望见那被熊熊燃烧的大火映红了的母亲的脸庞。他梦见自己又回到了那个桑树洞中，这个曾经孕育他生命的地方。他就像已经孵出壳的一只小鸡，又重新蜷缩在那个残破的蛋壳里，重温当年孕育的记忆。胡思乱想之际，这棵空桑树变成了一只独木舟，在伊河中快速漂流。漂着漂着，独木舟载着他飞起来了，快如闪电，一直飞到了太阳的旁边，那太阳的脸红通通的，在对他微笑。独木舟继续向前飞，飞到了月亮的身旁，月亮就像认识他似的，想和他说什么，他猜想也就是说点安慰的话吧。但由于独木舟太快，他没有听清。正在惋惜间，他忽然感觉到不再飞了，正在迅速下沉，他与那个独木舟一起下降，他眼一黑，感觉到一种死亡的恐惧。他觉得浑身燥热，出了一身汗，伊挚惊醒了，原来是一个梦。

"娘。"他情不自禁地喊了一声。但是屋内只有他自己，还有那盏和他做伴的豆油灯。他不敢吹灭了灯睡觉，那样他会感到更加恐怖。自从记事起，他很少自己睡觉，那得感谢宽厚待人的老夫人，总是在父亲厨房值夜时，让母亲回家来照顾他。可是现在，老夫人和母亲都离开了，伊挚意识到自己必须独立地面对一切。

伊挚感到一阵口渴，他猛地跳下地，拿起了葫芦瓢在水缸里盛满水，正喝的当口，他看到了屋里正面摆放着的昊天上帝的牌位。伊挚心想着，昊天上帝也渴了，我不能先喝。他径直走到了昊天上帝的牌位前，学着母亲的样子，双手捧着水瓢，"尊敬的昊天上帝啊，孩儿没有酒水来献给您，只有这瓢凉水敬奉给您，望您保佑老夫人和我的母亲。"说罢，他往牌位前的祭器里倒满了水，将剩下的水一饮而尽。

已经是午夜时分了，伊挚反而再无睡意。既然不想睡了，就索性给母亲和老夫人守守灵吧。他默默地跪在了昊天上帝的牌位前。突然，隔墙上放着的豆油灯忽闪了起来，几乎不再把这点小光亮留给伊挚。祝融，这位昊天上帝的使者来到了伊挚的面前。他显然是永远穿着白色的袍子，看起来羽衣翩跹。"挚儿，起来。"祝融伸手拉起了伊挚。

"慈祥的昊天上帝派我来。其实，你母亲肯定已经对你讲过，我就是当年负责护佑你的使者，这次来送给你两样器物，并传给你修炼十步功法。但前提是，你是否愿意学习和修炼？并且终生按照昊天上帝的期许做人做事？"

伊挚的心"咚咚"地跳，这一切来得太突然了。母亲在世时，教育他要热爱昊天上帝，信仰昊天上帝，那时候他似信非信。现在使者到了，他才感到了昊天上帝的真实存在。自己的一切，包括生命和灵魂都是昊天上帝给的，不要说学习和练功，就是需要献出自己的生命，也没有什么不能舍弃的。"我愿意。"伊挚诚惶诚恐地回答着使者的问题。"那就好。现在我就教你十步功法，记着，我只教你一次，你能学会多少，全凭你自己的悟性。每步功，可使你懂得一个行业，在做功的时候可展现在你的眼前。这就要求你专心学习。来，跟我做。"说着，使者便开始示范起来，"第一步功，掐定玉诀，静坐开闭存收。"伊挚跟着使者做动作，眼前闪现出中华独有的方块文字；"第二步功，先练先天一气，穿中宫。"他的眼前闪现出中华武术与军事；"第三步功，闭祸门卷作帘，回光返照。"他的眼前闪现出音乐舞蹈；"第四步功，西牛望月，海底捞命。"他的眼前闪现着厨艺；"第五步功，泥牛入海，直上昆仑。"他的眼前闪现出煎药治病；"第六步功，元明殿性命交宫。"他的眼前闪现出教化育人；"第七步功，雷响一声，开关展窍。"展现青铜冶炼及铸造；"第八步功，都斗宫真人发现。"展现农业、工商业；"第九步功，空王殿转大法轮。"展现兵车冲锋；"第十步功，收来放去到家中。"展现民众的自由生活。

"孩子，这就是十步功，不知你学会了多少。一会儿我走了，你要勤记多练，练好了那就是后天之出细法。你要记住：你有一分德，才能接到昊天上帝的一分功。如果失德，功力俱废。仁慈的昊天上帝，允许你有自己的情感世界，但要你有大德，是对天下苍生的德。"使者拿出了一个木盒，打开，只见里面放着两个铎，一个木铎，一个金铎。他对小伊挚说："这是昊天上帝赐给你的礼物。希望你用木铎爱护人民，用金铎驱除并战胜邪恶势力。同时，昊天上帝让我转告你，他不会再派使者来，你自己多悟吧。你如果做得有差错，后人将忘记你，那样就不仅是你个人的悲剧，而是整个后代、整个民族的悲剧，望你好自为之。我该走了。"

伊挚本能地想站起来送别祝融，可他的反应还是没有使者快，祝融一转身就不见了。这时屋内的那盏豆油灯终于挺不住火的煎熬，忽闪了两下熄灭了。当然，那是灯油燃尽的缘故。伊挚生怕自己忘了十步功法，赶紧在黑暗中练习起来。

第三章 末世的情怀

在夏王朝的国都斟鄩，也就是现在号称十七朝古都的洛阳附近，王宫的朝堂里，夏王姒履癸正在发怒，他的说话声音有点沙哑又显得不耐烦。这显然是朝事繁杂但不大顺利所导致。"有莘国是朕同姓诸侯，立国几百年来对朝廷、对朕可谓忠心耿耿，从未出现过半点差池。这次老夫人去世，朕派你们持礼器吊唁。从规格上讲，由太子为特使，太史令为副使，完全符合礼仪，足见朕的重视。而你们却误期未至有莘国，导致老夫人的陪嫁丫头以身为牲，燔烧成名。这件事四方诸侯震恐，怨朕失德。你们给朕交代，究竟是什么原因误了日期？使者有辱君命，那就是死罪！"

阶下站着的是大夏国的太子獯鬻、太史令终古。阶上苇席上，两边站着上卿干辛、太宰赵梁，申保关龙逢、大将费昌、将军扁等一班重臣。"启奏父王，儿臣与终古大人领命后，未敢耽误，急速前去有莘国。未曾想，在路过昆吾国借住时，那国君己牟卢招待儿臣后，当夜上吐下泻，腹痛难忍，无法启程。当调治十多天痊愈后，又遇大雨，故而未按时抵达有莘国。此次办差，有辱君命，请父王责罚。"大夏国的太子獯鬻站在阶下，双手抱握，战战兢兢地回答着父王的责问。他刚二十岁出头，优渥的生活环境，使他年纪轻轻地就有些发福。他完美地继承了他祖辈们的基因，个子高挑，身体强壮，伟岸清俊。

"终大人呢？您怎么说？"夏王姒履癸看着终古问道。"王上，太子所言，句句属实，无半点谎言，这也是臣一直纳闷的事。太子去昆吾之前，身体一直挺好的，虽然出行劳累，但不至于病倒，自从己牟卢设宴招待后，便一病不起，臣怀疑是己牟卢在酒菜中做了手脚，他的目的就是不让我们按期到有莘国。"

"昆吾己牟卢？"夏王好似自己问自己，"但他与有莘君一样，都是先王封分的朕的同姓诸侯，他这样做有什么目的？"

终古说："目的嘛，臣还一时揣摸不透。但己牟卢这个人始终是高深莫测的。"

"好了，"姒履癸摆了摆手，"既如此，干辛君，这件事该如何处置？"

"王上，太子此次赴有莘国吊唁，虽然误期，但实为疾病所困，事出有因，故而无法履职，也是情有可原的。但贪酒误事，应当责罚。臣的意思，罚太子面壁思过一个月，以儆效尤。再以朝廷名义，对四方诸侯发一通告，说明情由，以正诸侯误会。同时以王上名义，给有莘国莘泽写封慰问信，想他能够理解的。昆吾己牟卢，只是招待太子，是否下毒，又无证据，无法定罪。只是今后应多加防范此人，妥否？还请王上定夺。""看来也只能如此了。来人，将太子带到太庙去，斋戒面壁思过一个月。没有朕的旨意，不能出太庙一步！"

太子、终古向姒履癸躬身施礼后，离去。"终古君，请您留步，还有事商量。"天子姒履癸叫住了他。终古只好回来。他刚从有莘国归来，还未回家。这次出使未完成使命，贵族的荣誉感，使他感到无颜再在这朝堂上供职，他一路上想好了，等方便时，便向王上提出辞呈。他抬头看着姒履癸，感到深深的内疚。在昆吾时，如果能阻止太子饮酒，则不至于太子病倒误期出现人牲的事。近两个月不曾见夏王，他感觉姒履癸苍老了许多，仿佛有隔世之感。

夏王姒履癸，是大夏王朝的第十七代君主。如果按历法算，这一年也就是公元前1621年，他登基继承王位已经有二十五年头了。他感到不仅这一年，在当政的每一年里，都是多事之秋。他身材高大，自幼习武使他体魄健壮，但不可否认的是，生活环境的优越，使他认为享受生活乃是天经地义的事。在他刚成年时，父亲就去世了，留给了他这看似光鲜，内部却腐烂了的朝廷。他是君主，同时也是贵族，责任和荣誉感使他在刚继承王位时，暗暗发誓要励精图治，把祖宗留下的江山治理好。但几年来他施政的方针，出发点应该是好的，可结果往往是事与愿违。内政，外交，军事，经济，宗族……各个方面都出现了问题。

特别是财政方面，面临难以为继的窘况。有时候他特别羡慕他的祖宗们，想着他们是怎么克服了这些困难，将江山传至他这一代。大夏王朝的开创者，就是我们民族史上那位大名鼎鼎的人物——大禹。他的本名叫姒文命，以治水而功彪史册。史学界评价他是以大公无私，而大私无公。说的就是他终结了所谓的禅让制，把帝位传给了自己的儿子启，从而开创了父死子继的血缘继承制，中华民族从此进入家天下。大禹这位治水的英雄，从此承担了一个民族的历史的重负：这就是活着和健全的人永远不能成为英雄。

其实，我们民族权力的禅让，与大禹父子的传继并没有本质的区别，只是形式上不同而已。

后世儒家津津乐道赞美的尧帝，他是黄帝长子玄嚣的后代，而从他手里接过帝位的舜帝，则是黄帝次子昌意的后代，而大禹也是出自昌意这一支。看来，就当时的禅让，也是有条件的，那就是必须在黄帝的后代中选择。别的氏族是没有资格入选的。

大禹身上的悲剧和背负，似乎永远地留给了他的子孙们。他和尧、舜一样都是黄帝的后代，这个家族的血液里流淌的是独霸天下，掌控一切的基因。黄帝与蚩尤的战争，表面是争天下，其实深层次争夺的是宗教权，就是把祭祀和沟通昊天上帝的权力拿到自己手中。"蚩尤明天道，格于上天。"他是祭司阶层的领袖，这是唯一能够制约君权的阶层。

经过几十年的征战杀戮，到了尧时代，君权可以命令神权了，这在《尚书》开篇《尧典》中可以看到"帝命羲和"。到了舜时代，他借着诛杀鲧的时机，将三苗、灌兜、共工，流放到荒蛮之地，实际上是将掌控了神权的祭司们赶出权力中心。禹时代主持和见证帝位禅让的神职人员已经没有发言权了，禹自己垄断了君权和神权，父死子继已经成为必然。

显然，儒家们标榜得几乎十全十美，没有任何缺点的圣君尧帝、舜帝和禹一样，都有控制一切的权力欲望。他们三位都死在职务上，尽管名义上已经禅让。这从他们迟迟不肯交出权力的行为可以得到印证。崇权恋权的这种心理，遗传给后世子孙三千多年，一直影响到现在，成为一个民族的权力模因。

权力的一个显著功能就是扭曲人性和变态灵魂。它的归宿，就是垄断。它同时又像酵素一样催发着姒履癸的帝王人生。从祖先大禹开始建立国家，尽管磕磕绊绊、风风雨雨，至今已经449年了，如果换成一个人，那无论怎样，也算是一个耄耋的高寿的老人了。不难推测他的机体已经处处显出病态。显而易见，即使再高明的医生，也难以治愈这样的病态老人。不幸的是，随着时间的推移，这些医生大多都会对此失去耐心。

“列位，”姒履癸坐在主席上，接着说，“现在我们议政，唉，国事艰难啊，干辛君请您讲讲情况吧。”

上卿干辛回答道：“王上，各位大人，国事艰难，决策不易，内政外事，最棘手的还是财政之事，其困难前所未有，寅吃卯粮过日子。而花费最多的三大块，就是军队、祭祀和供养宗族。先请费昌将军把军队的事向您奏报一下吧。”

费昌奏报道：“王上，各位大人，下臣与扁将军受王命管理军队，深感使命重大。军队现在最紧迫的事就是全面改进战车及装备，配备青铜铸造的刀剑矛等。更重要的是用青铜技术铸造箭镞。据我们掌握的情报，商国、昆吾及东夷诸国已经制造出了真正意义上的青铜箭镞，并且在装备军队了。这是件刻不容缓的大事，但花费巨大。臣等计议，目前，我们的军队常规数量为六万，裁减一半，将其所节约的经费，用于武器的更新换代，用五年时间完成。同时再增加一部分经费，用作训练费用，还请王上与诸位大人定夺。”

“嗯。”夏王听着奏报，不断地点头，“那祭祀方面呢？请终古君说说想法吧。”

终古说道：“王上，立国以来，我们祭祀昊天上帝和祖先，年末岁始和四月初八，加上每季度开始时共祭祀七次。立国之初，王室人数不多，每次祭祀仅用黄牛三头，羊十只，猪十只，大家都可分到祭肉。现在光王室有资格参加祭祀的人就有五万多人。每次祭祀牛羊猪各十头，还有分不上祭肉的宗室和士大夫。由此而怨声载道。由于宰杀牲畜太多，操作起来困难很大。本是敬天凝聚人心的好事，结果却结怨了很多人，得不偿失，且花费巨大，已经难以为继。另外，朝廷供养宗族的人数，已接近二十万人，财政收入的一半都用此开支。”

姒履癸听后说道："听明白了，这三桩事，其实是一件事，就是贵族的事。我朝几百年来的规矩，只有贵族才有资格参军打仗，裁减下来的三万人，怎样安置，是件头疼的事。王畿附近已无土地可以封给他们，必须想一个万全的办法，彻底解决这个事情，办法嘛……"姒履癸看着终古，盯着他身上由于风尘仆仆赶路而留下的尘土，眼睛忽然亮了起来，"只有这么办，把一部分宗室和贵族，朕的那些兄弟、叔伯大爷们迁徙到北疆去。那里有大片待开垦的荒地，分封他们，另立宗庙，大宗为君，小宗为臣。十年内不收税赋。众位，你们看是否可行？"众人应道："行，王上的主意，实为妙招儿。"姒履癸命令道："那好，就请干辛君、赵梁君二位负责安排吧。"

第四章 烙印

1

当有莘国国君莘泽收到了夏王给他的慰问书后，心情稍为好了一些。自从母亲去世后，他总感觉没有心劲来处理任何事情。朝廷向天下宣告使团误期的原因，其实是在或多或少地给他挽回面子。

有几次夜晚，他都无法入眠，一闭眼就是冼姑被烈火映红的脸庞，他甚至还做了噩梦。

"父君。""舅舅。"纤宄和妹喜跑着过来喊着他，莘泽才在沉思中回过神来。今天是晴朗的日子，他的心情宛如外面的太阳一样，从那些残云薄雾中钻了出来。看着这两个如花似玉的小姑娘，他高兴地站了起来，一只手拉着一个，让她们靠近自己。谁想两个小姑娘像臣下一样声音有点急促，"父君。""舅舅。"向他施礼，妹喜的嘴更快一些："我们求您放过伊挚他们吧，少尹正准备在他的脑门上用铜烙印烫，那以后他们可就变丑了，况且伊挚是冼姑姑的儿子啊，求您了！"莘泽听后，马上意识到自己的疏漏。这是宫廷少尹分内的事，奴隶到了八岁后，都要黔首，那是用铜烙在前额烫上一个"莘"字。字虽不大，但终身破相。都怪自己最近心情不好，没有注意这样的事，莘泽想到这儿，赶紧喊道："你俩快点告诉他们，改成耳后小黔，快去。"

宫廷后院里，还是厨房的那个院子，两根立着的木桩上，已经绑着两个男孩，一个是伊挚，一个是昝单。院中央的空地上，放着一个燃烧着的炭火盆，火上面放着一个铜烙。少尹站在院子中间，指挥着一个贵族头目来给这两个小奴隶黥首。

男奴隶八岁时，女奴隶在七岁时，都在前额上烙上主人的姓氏，一是便于区别其所属，二是防止逃跑，这是大夏王朝的规矩。而这一规矩的实行，也只限于家奴，因为家奴一般是有技艺的工匠类的奴隶，不作为商品来出售。所以在很小的时候，就进行黥首。公元前1621年，这一年对伊挚来说，可谓灾难性和多事的年份。前些时，他失去了呵护他保护他的母亲，现在又轮到了他烙黥的时刻了。这一烙下去，前额上就永远留下了一个"莘"字，意味着他终身就是有莘国国君的一个家奴，永无翻身之日。现在，他和咎单一起被绑在宰杀牲口的木桩子上，就像待宰杀的羔羊，眼里流露出无助的目光。

在烙铜几乎已经烙到伊挚前额的时候，忽然传来了妹喜和纤夽稚嫩的声音："住手，慢着。"那个行刑的贵族小头目手一哆嗦，停了下来。纤夽急切地说："少尹大人，父君让我们告诉您，"她由于快速跑步而又说话气喘吁吁以致结结巴巴，"这两个奴隶，改为耳后小黥，以报答洗姑的恩德。"

少尹及行刑贵族，都赶忙向两位小郡主行礼，少尹双手抱握施礼，说："请二位郡主放心，臣谨遵君上指令。"回过头来，少尹对贵族小头目命令道，"换小烙，耳后黥。"

"吱"的一声响，随即冒起了一股青烟，伊挚的左耳根上，显示出一个绿豆大的"莘"字。当然咎单也一样。虽然在今后的岁月里，如果你不仔细探究伊挚的左耳，很难发现他当年是一个被黥首的家奴。他实际上一点也没有感觉到耳后边的疼痛，而是疼在了心里。他是一个男人，男人的自尊心使他的精神几乎崩溃，如果可以选择，他最不愿意的就是在妹喜和纤夽面前遭此黥刑。以伊挚当年的年龄，可以想象他的心里承受多大的压力。他绷着嘴唇，装作一副无所谓的样子，其实是在尽量寻找一点自信。而仅有的这点自信，也足以作为底气，来支撑他的目光。但他怕与妹喜对视。

这是在行刑前，当伊挚听到妹喜和纤夽的喊声时，他眼前一黑，感到了绝望，似乎自己的身体和精神瞬时遭到了毁灭，仿佛在黑暗中向万丈深渊坠落。就在毁灭时，他感觉自己双脚踏着两个锋。他感到脚下的两个锋忽然变成了风火轮，载着他回到了大地上。他暗暗地横下心来，要尽心练功，苦学技艺，做出一个能让妹喜、纤亢期盼的样子给她们看看，以不负此生。妹喜走到了桩子前（另一根桩子前纤亢走过去了），她亲手给伊挚解开绳子，侧过脸看着伊挚耳根下边那个豆大的"莘"字，脸上表现出同情和关怀的神情。她欲言又止。伊挚双手抱握，对妹喜施礼道："多谢郡主相救之恩。"妹喜慌忙还礼道："不用谢。"她不愿意学习大人们那一套，与伊挚还礼，她觉得那就太见外了。她的礼还得很不到位，并不是不会，而是不愿意那么做。

这时候伊挚看到了纤亢，他赶紧过去，躬身施礼道："多谢郡主。"纤亢笑着道："不用谢我，要谢就谢我的表妹，你不知道那会儿她有多着急。这样就好了，没有毁了你的容貌，要不有人会心疼死的。嘻嘻。"纤亢做了一个鬼脸。

当有莘国宫廷少尹及施刑人员散走后，这个专门为国君及家人们制作膳食的小院子，就只剩下了他们四个少年。就如同洗姑献祭的那天，伊挚、昝单、纤亢、妹喜，他们互相注视着，谁也没有开口说话，由于身份的限制，年少的他们在一起玩也是不能容许的。他们从来没有在一起玩过，现在聚在一起了，反而有些别扭。谁也没有料到这时候结成的友谊，在以后的蹉跎岁月中，不论地位怎样变化，始终伴随着他们。更没有料到的是，在以后将近二十年的时间里，风起云涌，天翻地覆。犹如同行走在狂风暴雨中，当电闪雷鸣时，始终都能看到他们忽隐忽现的身影。而当这暴风雨停止时，每个人都恰当地寻找到了应该或不应该属于自己的位置。

届时，当妹喜看着伊挚走进厨房工作的背影，她的眼眶里，可以看见有一滴泪水。

2

不久，在有莘国宫廷门前的广场上，停着五辆车子。一辆辒车，四辆战车。

十几个士兵手拿着青铜制作的矛列队站立。虽然太阳被厚厚的云层遮盖着，但还是有些闷热。

今天，是妹喜和母亲回有施国的日子。妹喜在吃早饭时，看到了伊挚，按惯例，伊挚总是最后一个送汤进来的。当伊挚退出去时，妹喜放下筷子，快步追了出去。她拉住伊挚的衣袖，告诉他："我们今天要回去了。"伊挚站住，回过头来躬身施礼道："哦，天气热，郡主一路多保重。"妹喜看着伊挚小小年纪，一副谦谦君子的做派，非常失望。就要分别了，她期望在伊挚身上得到一点回应，但是没有，她内心非常地失落。她用手打开了伊挚施礼的手，"知道了，你也多保重吧。"她嗔怪地说着，跑着回到了餐桌上。

有莘国国君携全家在宫廷外广场上，送别自己前来奔母丧的妹妹和外甥女。自从母亲去逝后，她们娘俩就住到了娘家，已经将近半年，现在应该是回去的时候了。当年，还是父亲在位时，他做主把妹喜的母亲嫁给有施国的国君施独。作为郡主，其婚姻多为政治婚姻，自己不能做主。没有人去征求她的意见。她把婚姻看作人生必须走的一步路，没有必要也无须去认真体会。她的丈夫需要妻子，娘家需要把姑娘嫁出去，而且嫁的必须是利益最大化。她的价值体现在礼物与商品之间。郡主身份，就是名贵的礼物，而作为女人，那就是商品。她没有思想，只是履行生命应有的职能。

大家簇拥着她们娘俩，走到辒车旁，她牵着女儿妹喜的手，回身向自己的哥哥嫂嫂躬身行礼："大哥大嫂，你们请留步吧，这段时日我们回来住到宫里，多亏你们照顾，多谢哥嫂的关心。大哥，国事烦劳，应劳逸相兼，以固身体。"说着，她眼圈红了起来。

"你们路途遥远，一路注意饮食和安全。保重，保重！"莘泽在嘱咐着妹妹。

当她们娘俩上车后，车队就开始移动了。辒车的后窗被撩起来了，露出了小妹喜的脸。没有人注意，她想看见什么。

而在宫廷大门的门柱子后边，躲藏着一个少年，在偷偷地看着起行的车队。他没有资格参加送别，只能悄悄地依在门柱后面看着。他就是少年伊挚，他偷偷地望着远去的车队，心中充满了惆怅。

　　十几年一晃而过。

第五章 清晨与黄昏

1

在有莘国的南方，相邻着一个诸侯方国名叫商国。其境内有一条现在称为涡水的河流，就像绶带一样斜着披在她的肩上。刚刚下过一场暴雨的荒原上，还显得有些泥泞。这时候，几辆分别由四匹战马拉的战车，在向前急驰。马蹄冲击地面，溅起污泥，将马的肚皮上及车底糊了一层泥浆。每辆车上的前边并排站着三个人，他们都穿着牛皮做成的铠甲。在由四匹白马架着的一辆战车上，中间驭马的那位甲士，技术堪称一流，既熟练又显威风。他的个子很高，明显地高出两边的武士。头盔下面有浓浓的剑眉和一双黑色刚毅的眼睛。他没有留胡须，满脸清澈。这个人的年龄看上去三十六七岁，驭马的姿态足足显出一派贵族的气质。当马车快速奔跑起来时，他身上披着的战袍就飞扬起来，从而可以看见上面绣着的是一只玄鸟，那是他们家族的图腾。他叫子天乙也叫成汤，是商诸侯国的第十四位君主。今天他亲自驾车，目的是检验一下战车的车轮由青铜铆钉代替榫卯结构改良后的坚固状况。

当战车停下来时，几匹驾车的马，口里都吐着白沫。车上的人们相互笑了一下，这表明对改良后的战车非常满意。今天随子天乙一起来检验战车的都是他的心腹重臣，他们是任仲虺、夏革、女鸠、女房、石渚、义伯、义仲，之所以不用其他武士来检验战车，是出于保密的原因。

几年来，他们通过北边的有施国，再经过有莘国从东夷手里购买大量的黄铜和铅锌，名义上是制作祭器和生活用品，实际上大多数青铜都用在武器的改良上。在上卿任仲虺的主持下，反复研制试验，终于可以用青铜铆钉铆锁木头制作的车轮，解决了战车和运输车辆的最关键技术。因为靠榫卯制作的车轮极易散架，从而使车的承载耐力受到很大限制。而主持这项工作的任仲虺，是商方国里薛国的国君，薛国世代臣服于商国。他的祖先奚仲是大禹时期朝廷的车正。对于车这种工具，他们宗族比别的人有比较深刻的研究和认知。

商国的开国国君名叫契，也被称为阏伯，他是那位几乎无瑕疵的尧帝的异母兄弟。契和尧一样都是帝喾的儿子，是黄帝的四世孙。《诗经·商颂》中的"帝命玄鸟，降而生商"就是论契的身世。正因为如此，契信仰昊天上帝，宗拜玄鸟，将玄鸟奉为本族的图腾。之后契协助大禹治理黄河，因功被封在商地，就是现在的河南省商丘市建国，到子天乙时，已经是第十四代君主了。

距商国都亳不远的一片密林中，一条留着深深车辙的马路通往密林深处。这处森林除外围是人工栽植的桑树外，其余都是原始树种泡桐、梓树、白杨、柳树等组成的混生林。人置身在里面，会感到空气格外清鲜。但与这种环境不相适宜的是路上设有岗哨，严防不相干的人进入里面。这里是商国的青铜制作工厂，除制作少量礼器外，主要是制造武器。

子天乙和他的几个重臣，在检验了战车后回到了一个会议室里，这是仲虺的办公室兼会客室。天气虽然有些炎热，但置身在此森林中，却异常凉爽。子天乙边脱铠甲边对仲虺说道："确实很好，这一阵子辛苦你们了。但如果装备军队，不是一件简单的事情，下一步你们打算怎么办？"说罢，子天乙坐到了主席位置上，同时示意大家都坐下。

"君上，"仲虺倒了一杯水递给子天乙，继续说，"容臣禀报，眼下最主要的困难是缺原料，就是缺铜和铅。这两样物品我国都不出产。这一段时间，铜主要是通过有施国，从东夷诸侯国中交换而来，再经过有莘国运输到这里。再早些时候，我们用的是南方的铜，现在让昆吾国路上设卡拦截，无法交换得到。铜铅原料短缺，只是一个方面，关键是我们的财力不济。制作技术方面，我们已经全面掌握了用青铜制造各种武器。特殊的技术工匠按您的指示，其身份已经造册，按照贵族待遇，禄米按士一级发放。大家情绪高涨。"

"君上，"女鸠言道，"臣管财赋。目前，能够腾挪出来的钱粮等贸易品，全部都拨给仲虺大人购买铜、铅等原材料用以制造武器，装备军队。但仍然不能满足需求。这又不能提高赋税。按您的指令，宗族都按最低标准发放禄米，您家里及您本人，已经好几年没有添置新衣服了，再节约也就是这样子了。臣恨不能自己变成青铜，以补燃眉之急。今年还有一件大事，那就是君上的大婚。君上做太子时，夫人早逝，当时夏革大人占卜，为北方可娶佳妇。五年前，老君上为您下聘，与有莘国郡主纴亢订婚，现在郡主已到婚聘年龄。臣等议计，应该是完婚的时候了，故而预留了一笔大婚费用。"

"朝廷一再限制和打压我们购买和交换铜料，这就可以看出他们已经开始防备我们。这从前些时，朝廷命令昆吾国关闭黄铜交易市场可以看出。"女房接着说，"臣闻听夏王对有施国不关闭黄铜交易市场和铅锌矿，大发雷霆。我们都需认真应对。朝廷关闭黄铜市场后，铜价大涨，这对我们今后改良军队的武器装备也有大的影响。"

子天乙言道："各位所议，予已明白，看来财用不足，仍是大事。这是急不得的事情。大婚之事，等夏革大人占卜后，定下日子，这事也不能拖了。"

"君上，"太史令夏革掌管祭祀宗庙，回应道，"此事臣与诸位大人计议时，早已格天占卜，今秋大吉。从卦象看，还有意外收获，主添一贤人，来到君上身边。"

子天乙肯定地说："那就依议吧。但是大婚应放在秋天祭祀完昊天上帝和祖先之后。"

2

与此同时，在夏国都斟鄩，夏王姒履癸正在举行晚宴，招待昆吾国的国君己牟卢。朝堂的大柱上挂着的几个铜油灯在燃烧着，发出的光将整个朝堂照耀得如同白昼。按惯例参加宴会的朝廷重臣有：太子、干辛、赵梁、关龙逢、终古、费昌、扁将军等。大家席地而坐，每个人的面前放着盛放食物的长条木盘。青铜的酒樽里盛满了米酒。用太牢规格来招待诸侯国国君，足见夏王对己牟卢的看重。阶下乐工演奏着歌颂大禹治水的音乐，音乐虽然轻柔舒缓，却好像能穿透每个人的心灵。由于演奏者拿捏得恰到好处，那就是让人既能听到音乐，又不影响谈话。每个人长袖低垂，大伙在看似轻松的环境中吃着、喝着。

"牟卢王叔。"己牟卢与夏室同宗，且长一辈，故而姒履癸称他为王叔。"这一段时间，您关闭了黄铜的交易市场，使商国无法从南方拿到铜，有劳您了。"他喝了口酒，又说，"但我不知道，这几年商国究竟从您那里购进了多少铜？他们这么大量地购买铜，都制作了什么，兵器吗？"

己牟卢站起来，双手挽着一束帛并一对玉璧，这是诸侯朝见天子的必备礼物。当然不管内心是否情愿。"大概是吧，但他们也不时出售少量的青铜礼器和生活用品。只是关闭了臣的黄铜交易市场，使我们的税收减少近一半，损失太大。臣这次朝见王上，就是为了这个事来的，可否想个万全之策？"上卿干辛言道：关闭黄铜交易市场，朝廷也知道是无奈之举，时日长了，黑市就盛行了。可据我所知，你们留下的黄铜数量也够惊人的，您讲的税收不只是全部吧！朝廷的军队也须改良兵器，但苦于财力不济，十多年了了无多大进展。朝廷养兵保护你们，而你们却把自己的军队改造好了，难道是准备进攻朝廷吗？"

己牟卢说："干大人言重了，敝国哪有这样的念头呢？只是这样长久下去，今年的税贡怕是不能全额上缴了啊！"

干辛："己牟卢大人，您究竟想说什么就直说吧。"

"启奏王上，"己牟卢站起身，躬身抱手施礼道，"臣有一建议，则可解决此事。从现在起，应把全国的税赋，不是提高税率啊，而是调整起征点。几百年来，我们的税赋起征点为七十亩，现在可调整到五十亩起征。桑蚕业应该以桑树多少征收，而不是岁贡，这样增加的财赋，则可将开市后的黄铜全部由朝廷买去，以改造军队的装备，一举两得。望我王鉴纳。"说完，躬身抱拳站立。在己牟卢说完话后，本来轻松的宴会，气氛马上严肃起来。特别是太子獂嚣，用斜着的目光盯着他看。十多年前，他出使有莘国被己牟卢算计，至今对己牟卢耿耿于怀。但介于自己现在的身份和处境，他只能忍着。但在太子的心目中，这个长他几辈的诸侯国君，内心阴暗诡秘，所作所为总有不可告人的目的。

昆吾国位于现在的许昌市。其建立者，是黄帝之孙，颛顼长子的后代己樊，是为伯爵。到己牟卢成为国君时，也已经是第十四代君主了。昆吾国位于国都斟鄩与商国之间，是护卫王畿的第一道屏藩。而商国则成了大夏王朝防守淮夷和东夷的门户。有趣的是他们全都是黄帝的子孙，这个家族间的相互争斗，攻伐攻灭，似乎奠定了中华民族的生存模式。他们品味权力的滋味，就像啜饮一壶老酒那样从容。

己牟卢这次朝拜天子，从刚才的奏呈中已经看出，他是有准备的。他的年龄与夏王相仿，但已经秃顶。仿佛是太多的心计通过脱落了的发根渗了出来，把头顶得光秃秃的。己牟卢同所有黄帝的后代一样，身体高大，胸膛厚重。

在己牟卢心目中，已经连续几代夏王都不配做天子，这在他做昆吾国世子时就有这种认识。他从继位后，就开始觊觎天子这个位置，但苦于大禹的十一个直系诸侯国，更近地拱卫着夏王，他不敢轻易下手。十多年前，他下药害病了太子，以致误期吊唁，就是为了离间有莘国与夏王的关系。

经过长时间的考虑，今天他处心积虑地对夏王提出了自己的主张。他这次来朝廷的目的，就是要求重新恢复昆吾国的黄铜交易市场。这样才能使自己有充足的财力来购买黄铜。等自己的军队战力提高后，向西可攻打朝廷，夺取王位；向东则可攻灭商国这个可怕的竞争对手。变相地提高税收，可使朝廷失去信义，引起全天下的不满，这可是一箭三雕之议。他相信这个从来不认为自己会做错事的君主会采纳他的建议。

干辛刚欲开口，表示反对己牟卢的建议。

姒履癸摆了摆手，说道："不要说了，说来说去，还是一个事，贵族诸侯的事情。前些年我们裁减军队，裁是裁了点，但武器改良迟迟不能做好，我对你们失望极了。我们就按己牟卢王叔说的办。至于有施国那边的黄铜市场和铅锌矿让他们马上关闭。否则朕发大军踏平那个东夷国！"

第六章 重逢

1

同样又是采桑养蚕的季节，在有莘国国都内的一条繁华的大街上，迎街矗立着一处门房，门口悬挂着一个发黄的大葫芦，乍一看就是一处医家的门面。

它不是一处普通的医家，而是国君开设的医馆。这天上午门前排着长队的人们都在看病。由于排队的人多，人们的行动就好像一条吃饱树叶的昆虫幼虫，在慢慢地蠕动。在房内，阶上铺着的芦苇席上，坐着一位医师，二十多岁，身穿一件白麻布做成的长袍，虽然不算崭新，但浆洗得齐整利落。那双黑色的眼睛还是那样清澈见底，给人一种可以依赖的智慧的感觉。

他的脸庞，认真且流露出一种亲和的微笑。如果仔细查看，才能发现他耳后的那个紫黑色的"莘"字，他就是那个长大了的奴隶——伊挚。

三年前，当有莘国国君知道了伊挚已经历练成了一名很好的医生后，当然那是宫内很多患病的人，被伊挚诊治好后，才明白的。国君再没有迟疑，立即着手开设了一处医馆，让伊挚坐堂，给国人看病。国君亲自定下规矩，贵族、士人、大夫、庶民、奴隶一视同仁。而且，富人多付收下，穷人无钱也给吃药看病。宗旨是：济世救民，不为赚钱。莘泽同时规定，逢五逢十，伊挚出宫为国人坐堂看病。多亏昊天上帝传给了他的十步功，以他的德行，伊挚感悟到了作为一个医生的技能。

为后人所称颂的是，伊挚发明的用陶罐熬制汤药的办法，使其药效大为提高。

除非绝症，一般病人几服汤药下去，便可痊愈。他被后世奉为中医和汤药的鼻祖，其原理为阴阳交替，五行相生，互补互藏。他深知寒热温凉之性、酸苦辛甘咸淡之味。三年下来，医馆为国君赢得了爱民的好名声，也成就了一个年轻医生的神话。

那天，时间到了正午，当伊挚埋头整理药案的时候，面前伸过来一只白嫩的像碧玉羊脂的手，那是最后的一个问诊者，一个女人的手。当他抬起头看她时，他惊呆了。似乎在哪里见过她，这样眼熟，这样的美。他不大相信，造物主的圣手，真的能够创造出如此美丽的女人。不仅如此，她身上透出了一种让人可望而不可即的气质。

那是高贵、有教养的气质。伊挚本能地收回了准备切脉的手，他觉得眼前这位女子，应该是仙女吧。而仙女是不用在人间看病的。她的美似乎已经超出了伊挚眼睛的承受能力。

"请问这位小姐是……"伊挚的喉咙有些干涩。

"瞧病。"她说着，头也不抬，只伸出一只胳膊让他把脉。

"好的。"伊挚将那只玉一样的手放平，将手切住脉位。他的眉头皱了起来。脉象平缓，没有任何病症，瞧的是哪家子病啊。这时他抬起头，望着窗外，外边的马路上，停着三辆车，中间一辆辎车，前后两辆战车，车上都插着有施国的旗帜，旗帜上都绣着一个"凤"的图案。他意识到眼前的这位小姐，不是有莘国人，而是东夷人，是谁呢？"小姐难为在下了，在下医术浅陋，实在瞧不出您患的是什么病，还请您见谅。"说着抽回了手。

"我有病。""您没病。"俩人互不相让。"我得的是心病。"小姐着急后失口说道。"小姐。"后边跟着的是她的贴身婢女，名叫尘际的女孩叫了她一声。

"对不起，小姐，请恕在下无礼，我不看心病。"

"心病也是病，作为医家，没有不看的道理。"女子仍然头也不抬地说道。

"实难奉陪，请小姐自便。"伊挚边说边站了起来，对着医馆的人员说，"上午就这样吧，请送这位小姐。"

"伊挚！你还真长本事了，这么多年不见，你不问问本姑娘是谁，你还敢赶我出门啊？"小姐说着站起来嗔怪地看着伊挚。

伊挚看着站在对面的小姐，脑海里忽然闪现了当年那个送给他桑叶的小郡主。啊，是妹喜郡主来了。他赶忙抱拳施礼，说道："难道是妹喜郡主啊，请您原谅在下眼拙，没能认出您来，该死、该死。快请上座。"

妹喜走到阶上来，言道："伊挚，你可真是出息了，竟然开堂给人治病了，连我们有施国的人都知道你的大名了，甚至还有人来找你瞧病。唉，你为什么不早点坐堂呢，那样的话，母亲也许就不会撇下我走了。"说着眼圈一红，伤心地抽泣起来。

"郡主，说来一言难尽，我需要时间啊，我的医术也是昊天上帝赐予我的，可能就是要我救人的。老郡主患病那会儿，我的医术还不行，这也许是天命吧。"

"不说罢，说来伤心。"尘际用手帕过来给妹喜擦干眼泪。

伊挚像想到了什么，说道："郡主还未见君上和纤亢郡主吧？已近中午了，在下不敢耽误郡主的时间了，请您赶快进宫吧，以后再叙，日子长着呢。"

"你上我的马车吧，咱们一块回宫怎么样？"

"回禀郡主，那可万万使不得，国法森严，您的好意在下心领了，多谢了。"伊挚躬着身边说边施礼。

"好吧，我先进宫，你就随意吧。"妹喜边说边走出了医馆，回身上了车子。尘际也随她上去。妹喜进车厢的同时，回头望了一下在那里对她毕恭毕敬施礼的伊挚。她无法根据他的样子，判断出刚才进去见他，是否伤害到了他们之前的感情。

妹喜郡主这次来是父亲准许她来舅舅家省亲，多半是因为她厌恶了有施国的宫廷。更重要的是，她来有莘国学习缫丝和织绢的技术。

自从母亲去世后，她成了一个没人待见的郡主。虽然锦衣玉食，但她感到孤单。虽然她的父亲视她为掌上明珠，但仍然会为了国家和家族的利益，把她作为筹码婚嫁出去。当然在他认为是合算的买卖。亏得她的父亲，心疼她，几次征求她的意见，都没有强行安排她的婚姻。她有自己的想法，那就是绝不能像母亲一样，在没有爱的婚姻中走完了她的人生之路。

伊挚的奋发作为，她在有施国就听说了，她从心底里暗暗佩服和欣赏他。他的烹饪技术，使本来很有名的有莘国餐桌，更加名气远扬。这从在有莘国享受完这种美味后，还不停夸奖和回味的人嘴里得知。

她知道这是伊挚的杰作。她一点也不怀疑，根据是在分手那天，伊挚看她时，双眼流露出的坚毅和自信的目光中可以印证。传说伊挚有超强的嗅觉，他从别人做出的饭食中可以嗅出都放了哪些调味品。还有的说伊挚尝遍了各种药材和食材，有几次差点由于中毒而没有恢复过来。

身为奴隶的伊挚在有莘国甚至诸侯国里都有很大的名气。他是一个具有精湛厨艺的厨师，又是一个神一样的医师，还有一个身份就是有莘国宫廷贵族子弟的教师，一个"三师"集于一体的人。在妹喜眼里，伊挚就是一个英雄，一个不凡的人，一个值得爱慕和夸扬的人。一个探知的冲动牵绊着她，那就是分享伊挚取得的成就。

很显然，当今天中午在医馆告别出来时，她发现自己已经深深地爱上了那个庄重而富有爆发力的伊挚，尽管他的身份还是一个奴隶。妹喜的脸好像燃烧起来，红得发烫。

"小姐。"尘际用手拉拉她的衣袖。由于车内闷热，车窗都已卷起，尘际防备车夫听见她们的谈话，声音压得极低，她凑近了妹喜的耳旁说道，"这就是您口中传说的奴隶啊，他简直就是昊天上帝，不对，是昊天上帝按照自己的形象创造了这个人，要不，那他就是一个使者！"

满腹心思的妹喜，转过头瞪了尘际一眼，伸手拉住了她。尘际，那是她众多婢女中唯一与她患难与共的人。尘际跟随了她十多年，是可以共同分享秘密的人。是她唯一可以倾诉内心世界的人。尘际略小几岁，但在妹喜的印象中，这个鬼丫头聪明、伶俐。她视尘际为一个值得信赖和依靠的人，她与尘际情同姐妹。

2

伊挚回到了自己的家。迄今为止，他都是按照冼姑的遗愿和使者的叮嘱做人做事的。他坚持每天晚上做十步功，没有一天落下。也只有这样，才能悟出这十步功的内涵。现在的他，每天都显得非常忙碌，除了每逢五和逢十去医馆坐堂问诊外，每二、四、六、八的下午，都得去有莘国贵族子弟学校讲课。剩余的时间，主要是为国君一家准备膳食，更重要的是为国君准备大大小小的宴会，以招待朝廷的使者和从别的诸侯国来的宾客。

他凭着自己的努力，为自己赢得了尊严。他牢牢地遵守着母亲的遗言，几次拒绝了国君为他抬籍的提议，即把他的身份抬升到士的阶层，成为贵族。这是母亲临终的叮嘱，永远不能出仕有莘。对此，宫廷上下，包括他自己，也好像难以理解，为什么母亲会让他这样做。要知道，赢得自由，不再成为奴隶，那是多少处于这个社会阶层的人梦寐以求的事。甚至，有的人终身努力，也没有使自己成为自由人。

正像传说的那样，不，事实就是这样，伊挚经常到集市上，察看不同种类的食材，并且品尝它们的味道。他认为自己对这些食材，有一种天然的亲近感，以至有不少兜售食材的商人都和他成了朋友。他不再把那些用于烹饪的食材看成是没有活力的僵死物，而是看作富有生命力的活体，和人们一样充满生命的激情。一个好的厨师就是用火和水，把它们的激情调动起来，使之释放自己固有的能量而组成一个新的生命体。享用它的人不仅品尝味道，而且滋养生命。烹调的技艺，他基本上都是和做了一辈子厨子的父亲学习的。要想再上一个台阶，只能从十步功中领悟和不断地摸索。他自知做得还不是十分的完美，需要不停地用心去完善。但他知道，任何事情都是没有止境的。

有莘国的学校，就办在宫廷内，有资格进宫接受教育的全都是贵族子弟。教授的内容有政治伦理、礼仪礼貌、音乐舞蹈，另设军事理论和武术教育。前一年，国君莘泽特意点他作为学校的先生，并且破例允许女孩子入学，让他教授。

一个天气晴朗的上午，伊挚走进学堂，准备给大家讲课。例行的一件事是，弟子们在课前首先开始的是歌唱大禹的颂歌："尊天道，止息壤。薄衣食，顾大家。清意以昭待上帝命，三过家门不敢入。八年辛苦不辞劳……"大家虔诚地唱颂着，手里演奏着各种乐器。

　　大夏国立国以来，在学校及一切重要仪式，都要唱颂这首歌。目的是让后代子孙们永远铭记住他们这位令人尊敬的祖先。这就像造神一样。伊挚走进学堂，用手打着拍，和大家一起唱，这些激荡的音符和空气交织在一起，飞出窗外传遍了整个宫廷。当唱颂的赞歌停下来时，大家放下乐器，各自回到自己的位置上。伊挚相对大家坐下，准备讲课。他忽然发现前排挨着纤亢坐着的竟然是妹喜，她也听课来了。她在盯着他看，伊挚感觉到今天的空气有点凝固。他本能地避开了妹喜那辛辣的目光，虽然嗓子有点发干，但还是开始了今天的授课："我想，国家开办学校的目的，就是传播伦理知识、经验和技能，以开启我们的眼睛、耳朵和胸怀，当然还有心智。更紧要的是引导思想。我知道，我们大家都对现实的这个世界充满疑虑、担忧和无奈。我们每个人的身体都在随着这个时代在波浪起伏。我要讲的是，我们的精神绝不能任其随波逐流。高额税赋、相互仇视、亲情反目、低级趣味以及欺诈……充斥了这个世界。这一切都是失去了对昊天上帝的信仰所造成。因为当一个人认为自身是生命的本源后，就失去了对生命和他人的敬畏。势必会愚昧、野蛮。而我认为：信仰之河，负载着我们的灵魂之舟，驶向光明的昊天上帝之城，在那里，才有生命和科学的活水注入。才能升华自我，脱离低级趣味，赢得尊严和自由，这才是我们每个青年人肩负的时代使命和职责！"

　　讲到动情处，伊挚站了起来。这也使得全体弟子们也都随着他站了起来。当他停下演讲，学堂里忽然爆发出了掌声，那掌声真像天上打雷一样。大家一致忘情地喊着："自由！""自由！"

　　当学堂平静下来时，伊挚看着站在前面的妹喜，她的眼睛里噙着泪水。毋庸置疑，那泪水肯定是敬佩他才流出的。而当她擦干泪水再抬头看伊挚时，变成了火辣辣的目光。

3

隔天下午，庖正来告诉伊挚，君上要正式举行家宴，欢迎来自有施国的妹喜郡主。因为是家宴，庖正没有安排正式的菜单。怎样操作让伊挚看着办。对于国君的家宴，多年来伊挚轻车熟路，不用思考就可列出菜单，而且能做到最好。这一点，国君和夫人始终表示满意。可今天是招待妹喜的，他应该准备一个妹喜十分喜欢的饭食。

厨房里，伊挚亲手在制作晚宴的各种菜肴和饭食。他忙得满头大汗。他在调动大脑的每一个细胞，来回忆当年的小妹喜客居在有莘国宫廷喜欢吃的食物。他的脑海里，忽然显现出十年前妹喜大吃松花糕的情形。对，就给她做一份松花糕吃吧。

他必须做好这道糕点，他希望亲手制作的这道松花糕，能够成为根植他们之间深情的载体。他知道妹喜并不在乎吃到了什么，他希望他的这份刻意的用心，能催化他们两人共同进入一种超越现实的境界。他是一个奴隶，当然奴隶也是人，也渴望拥有一份纯真的情感。但他没有奢望能与他分享这份情感的人是一位高贵的郡主。在伊挚的内心里，这样的情感只是一种向往、一种刺激、一种冲动、一种仰望，一种可望而不可即的祈盼和寄托。而所有这些给他的感觉，都是钻心彻骨的浸润。

在他的记忆最深处，就是母亲献祭那天，小妹喜送给他两片桑叶时，那透着安慰和激励的眼光。以至在今后充满芬芳的时岁里，每当遇到困难，他就想到了妹喜那个时候的目光。这目光始终传递给他的就是奋发和自信。之前，由于他的父亲伊佐的年纪大了，再不像年轻时那样操作干练，已经显得迟钝，只能做点力所能及的工作，因而厨房的大厨，就成了伊挚。

现在，他在厨房里认真地指挥着大伙工作，并亲自把握着每道菜制作的关键环节。与平时不同的是，今天他感到脚底下充满了能量，做起活来得轻松而飘逸，他甚至认为今天的晚宴，就是妹喜来检验和评判他厨艺优劣的考场。

平时伊挚把烹饪饭菜当作自己的第一位重要的事来看待。他把这个工作当作是在修行自己。他对烹饪的理解，理性而又原始，认为做好饭菜，就是把根植于土地、原野上的味觉，组合好而已。他甚至觉得经过他的手做好的每一道饭菜，如果受到广泛赞誉的话，那不是自己的手艺高超，而是大自然的杰作。正是源于此，伊挚广受肯定的厨艺，没有菜谱，也未有菜系。他的烹饪不注重表面流光溢彩的样貌，而在于不同食材精魄的深层次的表达。

掌灯时分，晚宴的饭菜已经全部准备就绪。厨房里沁溢出的香味，好像惊动了刚刚露头的星星，它们忽闪忽闪地点着头，仿佛使劲地把这种沁人心脾的味道收入肺腑。

从伊挚充满自信的表达上，流露和裹挟着一种满足。那是从未在他脸上看到的表情。

一种只有和妹喜重逢后流露出的表情。

第七章 爱的打捞

1

时间就像感情上受到了伤害的少女一样，谨慎小心地迈着自己的步伐。尽管如此，又走到了一年一度的夏历的四月初八。

这天早晨在禀报了少尹后，伊挚约上昚单，二人一同出宫来到桑叶林中，祭祀自己化为空桑树的母亲。伊挚跪倒在树洞前，双手举着盛满米酒的陶杯，"母亲，儿子来看您了。"他说着，便呜咽着泪如泉涌。昚单陪着他，两个身材修长的年轻人，跪在那里。

天空中下着似雾的细雨，这是母亲在流泪。伊挚看着眼前的树洞，那个曾经孕育了自己的地方，这也是冼姑母亲捡到他的地方。二十多年来，这棵由母亲之身化成的空桑，也在不停地生长，其树形长得酷似一把巨形的大伞，好像在庇护全天下的人免受日晒雨淋。特别是树中那个孕育了伊挚的空洞，也可以容纳几个人躲避风雨。伊挚看着那株大树，仿佛间渐渐地变成了母亲，在向他微笑。他僵住了，就在眼前，彩芹母亲出现了，她面色红润，那形象就是伊挚心目中母亲的模样。一点没错，他看到母亲那长长的乌黑的秀发在飘逸。"娘。"他喊着。伊挚站起来，想拥抱母亲，他刚张开双臂，母亲就不见了。他打了个跟跄，差一点摔倒。他回过头来，是昚单伸手拉住了他。"娘。"伊挚继续喊着："您不要走，我想您啊。"他大声哭了起来。这哭声听起来就像是把这满腹的委屈和不如意全部都倾诉出来。他的双眼噙满了泪水。他抬起头仰望着阴沉沉的天空，那像雾一样的雨俨然变成了像雨一样的雾，笼罩着他的脸庞。对伊挚来说，唯一值得庆幸的是，自己经常可以来看母亲，和母亲说说话，并且祭祀她。天下人不论贵为天子、王侯，以及庶民和百姓，他们离开人世后，其归宿只有重新回到泥土中。而自己的母亲，由于没有听从使者的告诫，在生他的同时，把她的身体化为了一棵空桑。这种生命的停留似乎在向人们昭示着什么，也给后世那些没有信仰的人，那些挖空心思、倾其全部经验和知识都无法解释清楚的人，留下了永远的想象的空间。而"母亲"这个传承生命的称号，当她成为一棵硕大的空桑树时，完美地诠释了一个词：永垂不朽。

当昝单使劲拉着他的衣袖时，伊挚才结束了遐想。他回过头来，看到了来人，那是四位大姑娘，两主两仆，两个已经长成大姑娘的郡主、纤宛、妹喜，以及她们各自的贴身婢女、尘际、姝训。"我们来采桑，听说你们在祭祀空桑母亲，就过来看一看。"纤宛说道。

伊挚和昝单赶快起身躬腰抱拳施礼，同时说："拜见两位郡主。"伊挚施礼后，赶快腾出手来，擦了擦自己的眼泪。"姐姐，我们也来祭奠一下这位令人尊敬的母亲吧？"妹喜在征求着纤宛的意见，纤宛点头表示同意。

于是妹喜、纤宛手端起青铜酒杯，跪在了大树前。伊挚、昝单和尘际、姝训赶快陪着跪下。六个人磕完头后，妹喜和纤宛将酒洒在面前。与十几年前一样，又是这四个人站在一起，不同的是他们都已经长大了。伊挚再次施礼道："多谢两位郡主，家母在天之灵定会倍感欣慰！"

在妹喜的心目中，最怕见的最怕看的就是伊挚的这副模样。有时候她甚至要怪到冼姑，把一个天真活泼的人，培养成现在这个样子。她抬起头，仰望着面无表情的天空，不再看着伊挚。那样子，很像在和伊挚赌气。

当昝单目视到纤宛后，纤宛郡主示意他离开这里，以便让妹喜和伊挚有机会独处。

这是他们重逢后第一次有机会单独在一起，妹喜示意伊挚跟着她走。他们沿着伊河岸边漫无边际地走着，谁也没有说话。妹喜在前面走得快，他就跟着快，她慢下来，他也跟着慢下来，好像刻意在保持着一段距离。当妹喜猛地停下来，回过头来看着他时，伊挚也本能地停了下来。他们深情地对视着。最后，还是妹喜先开口道："谢谢你给我做的松花糕，真的很好吃。"伊挚躬身施礼道："真的不用谢。郡主，那天我就只想起了您喜欢吃松花糕。"

"请你以后不要这样施礼了好不？"妹喜双手抽开了伊挚托拱在一起的双手。她知道伊挚的内心世界，同时她也明白此时的他还无法向她打开他的内心世界，"十多年来，我常常想起你。挚，当我从来往的士大夫们口中得知你励志有为的消息时，真的好开心。其实你明白我的心。"分别十多年，妹喜郡主终于见到了她日思夜盼的伊挚，他已经成为一个腹实胸阔、丰神俊朗的男人，一个满腹经纶的先生。

她抓住伊挚的手，动情地问："请你告诉我，你真的就没有想过我？"伊挚悄悄地给了那只被妹喜抓住的左手一点力气，用以抓住妹喜的手，说道："想，非常想，我常常去纤完郡主那里，有意无意地打探您的消息，甚至当来了有施国的宾客，我都会亲自送饭菜到餐厅。其实也就是想听到有关您的消息。"他的右手伸进衣服里，从一只特制的袋子里，取出一个精致的盒子。他腾出左手，打开那个盒子，里面有一张用粗麻布做成的手帕，那是冼姑妈妈之前给他做的。他把手帕取出来递给了妹喜。妹喜伸手接住了手帕，小心翼翼地慢慢打开，里面是一棵树梗，连接着两片桑叶，它们重叠在一起，已经干了。她的眼前一亮，想起了那年她送给伊挚那两片深绿色的桑树叶子。那情景，好像发生在眼前。是的，这就是当年她送给他的那两片桑叶。她看着，双眼渗出了温情的泪水。恰在此时，一阵狂风吹过，天空中骤然下起了暴雨。妹喜赶快将手帕叠起，藏在贴胸的地方。那雨点像是一颗颗珍珠，洒落在地上，溅起了一束束白光，像是要穿透这两个相爱的人的心田。伊挚见势，赶快脱下外衣披到妹喜身上，拉着她的手向辒车停泊的地方跑去……

2

隔天，一个阳光灿烂的下午，妹喜在客居的房间里，靠着一个粗大的枕头躺着。她似睡非睡，若有所思。她手里拿着伊挚送给她的粗麻布手帕，端详着两片干了的桑叶，那是冼姑献身那天，她为了安慰他而摘的两片桑叶。伊挚竟然保存着，而且这样精细地做成标本保存着，这说明他的内心世界里是装着她的。

"小姐，表小姐来看您来了。"尘际边进来边呼唤着妹喜。她下意识地收起伊挚送给她的手帕。但是晚了，纤宄已经进来看见了。她身后跟着妹训。妹喜慌忙坐起身来迎接她的表姐，有莘国的郡主纤宄，说道，"对不起，表姐，我有点走神。"

纤宄看着妹喜由于慌乱而放在炕边的手帕，她一下明白了许多，那两只叠在一起的干了的桑叶就是当年妹喜送给伊挚的，没想到伊挚还这样地保存着。纤宄觉得她看懂了伊挚许多年来封闭的感情世界。她小心翼翼地拿起手帕，明知故问地问道："是他送给你的？""嗯。"一向活泼开朗的妹喜脸红了起来。"没想到他还保存着，这足以说明他心里有你，不对，他心里只有你，你知道吗？他不止一次地拒绝了父君给他安排的婚姻。也只有他，我父亲才尊重他本人的意愿。你也是寻死觅活地不嫁，原来真的倾心于他？"纤宄不间断地说着，眼睛盯着妹喜问道。妹喜点点头，脸上洋溢着爱情的甜蜜。

"郡主，请您喝茶。"尘际沏好了茶，递给纤宄，她们到席子上坐下。"可是，"纤宄端起茶杯喝了一小口，"他不抬籍，怎么办？姑父，我父君，是绝对不容许你嫁给一个奴隶的。"

"这是谁在里面议论我啊？"随着话音，有莘国君莘泽，迈进了屋子。惊得两位说话的郡主赶紧起来向他施礼："拜见父君。""拜见舅舅。""免礼、免礼。在自己家里，不必这样拘泥，我是不打扰你们了？予只是来看看我这个可怜的外甥女，没想到纤宄也在。怎么样？妹喜，还住得习惯吗？""多谢舅父的关爱，我一切都挺好的，您这里就像我自己的家。""是啊，孩子这里就是你的家。""请您喝茶。舅舅。"妹喜双手端着水杯，莘泽接过来，呷了一口，环视了妹喜居住的屋子，若有所思地说道："唉，妹喜儿，问你一件事，你动身来时，你父君的铅锌矿和黄铜交易市场还没有关闭吗？"妹喜回答道："是，舅舅，听我父君说过。我们那里连续三年大旱，朝廷又提高税赋，如果关闭了矿山和市场，则无法完成上交朝廷的税赋。还有，历年拖欠朝廷的税赋也在催。我父君他很难。""噢。"莘泽听完，眉头皱了一下。"是这样。""怎么啦？舅舅，这会有事吗？""没有什么，妹喜儿，我只是随便问问，你们两个继续聊吧。"莘泽说罢，将茶杯递给了妹喜，自己走了出去。"恭送舅舅。""恭送父君。"

送走了莘泽，妹喜和纡亢坐在席子上，端起茶杯。"表姐，你知道不，我们那里的铅锌和铜大部分被你的婆家商国买走了啊。""是吗？""他们买那么多铅锌，干什么？""听说是制造兵器和战车。""啊？"纡亢有些吃惊。"他们打造那么多兵器，干什么？是想造反吗？""我不知道。""对不起，表姐，我说着你的夫家了，对了，你见过他吗？"纡亢摇摇头，说道："没有。我的婚事，全由父君做主。""舅舅没有征求过你的意见吗？""说过，我同意，听说，是个英雄，他有几房小妾，但从未有过正式夫人。尽管他比我大二十多岁。"纡亢有点语无伦次。"不说他了，说说你吧，你的挚，你总不能做奴隶夫人吧？我的妹妹。""如果允许，我情愿做个奴隶夫人，真的……"

3

一个繁星闪烁的夜晚，伊挚在自己的屋里，祭祀昊天上帝之后，开始练习使者传授给他的十步功。他牢牢记着使者说给他的话，"有一分德，才可接一分功，而且坚持不懈。"他听到了敲门的声音，便去开门，昏暗的灯光下，他看到了一张明艳的脸庞。这张脸使得整个屋子明亮了起来，是妹喜。后面还跟着尘际姑娘。他躬身施礼："郡主……""我来串个门，不知道你欢迎不？"妹喜边说边往里走，伊挚闪开路："当然，欢迎。只是我这里太乱了，望郡主不要嫌弃……笑话。""笑话不笑话，等我看完在说。"她环视着伊挚简单而整洁的住室，心里更加喜欢眼前的这个奴隶先生了。"我原以为你的住处会有那种难闻的气味，但没有，是我想错了。"她似乎是没话找话。她坐在炕沿边，接过伊挚递过来的水杯，深情地看着伊挚。嘴唇动了动，却没说出声音。她回过头看了一下尘际，尘际知趣地退了出去，随手关上了门。"那天你把桑树叶子还给我，我才知道你也一直思念着我，可我……伊挚，请你告诉我，我不明白。"她最关心的一个问题，就是抬籍的事。"你为什么不同意舅舅为你抬籍？那样你就能跻身于士大夫的阶层里。你也懂我，为什么这样关心你的身份。""这个，"伊挚略显迟疑，"是母亲临走前，反复叮咛的事。听说，当年使者曾这样告诫过她。我不敢违反。您知道，我的生母就是因为没有听从使者的告诫，就这么回头一看，把自己变成了空桑。究竟是什么天机，我也不明白。""你要知道，挚，你不抬籍，我们怎么办？""我也非常想改变自己的身份，但是天意难违。我也不知道该怎么办。母亲已经不在了，使者告诉我再不会来提点我。"伊挚一脸困惑的表情，"也许是上天让我们等。"

"你知道，像我这样的身份，最怕就是等。这里的纤兖姐姐几年前许配给商国的国君子天乙，今年秋天就要完婚了。那个子天乙要比纤兖姐大二十多岁。我也是拼死才拒绝了父君给我安排的婚姻。我不想当什么夫人，太夫人，我就想和你在一起，过平淡的生活，我不想成为政治的牺牲品。"妹喜说着，由于过分理性，她的双眼涌满了泪水。"郡主，我理解。但我无能为力，我何尝不想和您在一起，一刻都不分开。这十多年，支撑和勉励我努力求知的，其实是因为您的存在。我所做的每一件事，都祈盼着您来与我分享。您就是我生活下去的力量。我曾经设想过，如果我们在现实中不能成为夫妻，则在灵魂上也要在一起。"

妹喜听着，轻轻地拍打了一下伊挚的手，说道："我不要灵魂，我要现实。不，灵魂和现实我都要。""我相信昊天上帝，郡主。我知道他是慈祥的，而且是公正的，我们能够等到所祈求的那一天。请您相信我。"

屋外，尘际听着他们两人的喃喃之语，内心充满了牵绊。她感觉到，她的小姐与有莘国的这个厨子奴隶的情感，太过沉重，以至会将他们彼此压得喘不过气来。尘际抬头望了望天上的星星，那些星星还像往常一样，争相闪耀着自己，她不知道这些星星是否在祝福他们。对伊挚来说，爱的力量在今天夜晚，战胜了理智，战胜了自卑。

4

之后的日子里，妹喜带着尘际，每天都在有莘国的织机房里，学习缫丝和织绢。东夷人养蚕不缫丝，更谈不上织绢、织锦。他们只把蚕茧交换或者出售，用现在的话说就是只出售原材料，或者叫初级产品。这种习俗在今天的苗族还有部分残存。妹喜这次来有莘国，就带着学习这方面技术的目的而来的。在禀明有莘国国君的舅舅后，莘泽答应让她学习技术，而且答应制作少量样机，待她学习成就后，派一些织娘同她一起回去，传授技艺，使有施国在养蚕这个产业上，获利更多。

其实，学习中原的养蚕、缫丝、织绢技术，就是妹喜向父君提出的。如果做得好，举国上下，有劳动能力的妇女都学会这门技术，除了能够完成向朝廷缴纳的贡赋，还可大大地改善民众的生活，同时还可缓解财政的窘况。妹喜有时也想不明白，自己的国家宁可穷着，也不愿意学习别人先进的生产技术，而抱残守缺。几百年来，大家养尊处优，过着舒坦的日子，当年那种奋发向上的精神头儿，早已荡然无存。从宗室、士、大夫们，到一般平民，懒惰度日。妹喜真为自己的父君担忧，连续几年的旱灾，使得有施国的经济雪上加霜。能否足额地缴付朝廷的税赋，看来还是个未知数。经济上的极度困难，使得她的父君，冒着朝廷的禁令，而不关闭铅锌矿和铜的交易市场。想到父君，想到自己的国家，想到未来，她感觉到心里一阵寒意。

为此，她安排尘际多学习缫丝，自己则侧重学习织绢，希望通过自己的努力，帮助父君摆脱目前的困境。现在，她坐在织布机上，认真地织好每一丝线，这是她织的第一匹绢，也是她生平第一次做这样的体力活计。她的额头上渗出了细细的汗珠。"小姐，我来替替您，您休息一下。"尘际看着在织布机上工作的妹喜，关切地想替换一下。

"不用，我能行。原来劳动是这样有意义的事情。这匹绢，我一定要独自做完，再有两三天就可织完了，你去吧。"

与妹喜相邻的织娘是纤夼，她不仅技术娴熟，而且热忱传授，她们坐在织机前，身上穿着普通织娘的衣服，看不出身份的显贵。

只有坐在织布机上精心地工作，大概才能体会到亮丽似锦的衣服后面的辛苦。妹喜严格地按照操作规程作业，不时地站起用刷子往经线上刷水，保证经线有较高的湿度，以增加柔韧度，而不致折断。如有丝线断裂，那样织出的绢上就有断头，成为次品。她觉得手中的梭子，穿梭的不仅仅是纬线，还是在穿梭和诉说人与桑叶、人与桑蚕、人与丝之间的相知、相敬、相爱。但她不曾料到，她在穿梭着一个民族的文化和历史，她在穿梭着昊天上帝的恩赐。

第八章 掌控与失控

1

织机房的门口一闪,有莘国的宫廷少尹急匆匆地走了进来。他边观望边走,径直向妹喜的织机走过去,当他走到妹喜的织机旁,停了下来,双手抱握,躬身施礼道:"妹喜郡主,君上请您现在就去朝堂,他有事和您讲。"说着扭过身来,同样施礼道:"纤宄郡主,君上请您也一块去。"

妹喜和纤宄离开织机,站起来,慌忙还礼,她们一脸惊愕。

有莘国的朝堂内,国君莘泽,正焦躁地来回踱着步。他手里拿着一份有施国国君施独,也就是妹喜的父亲给他的国书。阶下,站着一位有施国的使者,长途的奔袭使他身上沾满了土灰,尽管他非常疲倦,但仍然毕恭毕敬地站着。

"拜见父君。""拜见舅舅。"妹喜和纤宄来到朝堂拜见莘泽,"免礼,免礼,来妹喜甥儿,给你看一看,这是你父君给予的国书,你一看就明白了,朝廷,就是夏王,亲率300辆兵车,去征伐你的国家,你的父君。而你的父君根本就没有能力抵抗,只能投降。有施国,现在面临灭国的灾难。唉……"

妹喜看完那份用缣帛书写的国书后,她递给站在身边的纤宄郡主。"舅舅,夏王征伐我们,究竟是因为什么?""是因为铅锌矿和黄铜交易市场的事情,朝廷早已明令你父君停止采矿和关闭交易市场,但你父亲却没有听从君令,一直未关闭。""我不明白,就算未执行这个禁令,也不至于兵戎相见吧?""孩子,朝廷担心诸侯购买黄铜和铅锌,用来制造兵器,威胁道他们的安全。""可我父亲也是为了向他们缴纳税赋啊，难道这也有罪吗？"

她感到无奈和无助。这一天究竟来了，这使得她长久以来的担忧，最终变成了现实。她的父亲，生在宫廷，成长于膏粱之中，是血脉和出生的时间使他注定成为有施国的国君。从他继承有施国君位的施政就可以看出，他既无杰出的政治智慧，也无治国理财的经济头脑，以至于国事烂到今天濒临灭国的地步。她感觉自己有点头晕，甚至身体控制不住自己，她倚在了旁边的表姐纤宄身上。"舅舅，我的父君急召我回国，我能做什么？我有那么多的哥哥、弟弟，还有宗室的诸位公子，他们都是做什么的！保不住自己的宗庙和国家，难道说我能保住那个国家吗？"妹喜气愤地说道。

"你能，孩子，也只有你才能拯救你的父母之邦，保住有施的宗庙，你的父君和你的兄弟姐妹。"莘泽也无奈地说。"不，舅舅，我不回去。我只是一个女儿家，是他们把国家治理得要亡国了，那么多男人，那么多贵族，他们却让我一个女儿家来承担责任，真是荒唐。不，我不回去。"

望着天真而有些任性的外甥女，莘泽的心里涌起一种难以言表的难受。他的妹夫，有施国那位平庸的国君，要保住他的君位，保住有施国的宗庙，保住他的国家，就只能依靠他的漂亮女儿了。他不知道该怎么说才能让妹喜明白将要发生的事，他看着自己的女儿纤宄，忽然有了主意。对，可以让女儿告诉妹喜吧。这确实是一个不错的选择，他知道这对表姐妹情同同胞姐妹。

"少尹大人，请您安排使者用餐休息吧！"

"妹喜儿，你也回屋吧，我们明天再议。纤宄你留一下，为父有事对你说……"

知道了原委的妹喜无助地坐在客厅。她的表姐纤宄坐在她对面，双手紧拉着她的手，她的心情低落到了极点，以至没有一点食欲。"吃一点饭。"纤宄把晚饭拿到了她居住的房间，"好妹妹，不管怎样，要吃饭，否则伤身子。"白天，当纤宄从父亲那里得知有施国急召妹喜回国的用意后，非常震惊，但她又帮不了一点忙，只能按照父君的意思，把真相告诉了妹喜。"没胃口，姐姐你说，我该怎么办？""本来，我父亲的原意是先送你回国，到时你自然就知道真相了，但我还是坚持告诉你，我们是女人，天生就应该按照父亲所安排的事情做，这也许就是命。你自己想一想，还能有第二条路可走吗？""不，我宁肯死也不给那个老混蛋当妃子。""你傻啊，你一死了，你的父君呢？你的国家呢？你的兄弟姐妹呢？你就看着他们遭到杀戮吗？看着你的宗庙被毁，有施氏全部都成了亡国奴吗？那样的话，你就是死了，在地下还有什么脸去见你的列祖列宗啊？还有，你是有施国的郡主，是有施国的人民养育了你，你有责任来对他们负责的，作为贵族的一员，这就是你的荣誉！我们，作为昊天上帝的孩子，哪能不服从命运的安排呢？"妹喜吃惊地听着，这个平时一脸微笑话语不多的表姐，今天的话简直就是通天彻地。一时间，自己找不到什么语言来回答她："我？""你先喝点粥来。"纤宛端着盛着粥的陶碗递给了她。妹喜接过碗，喝了一口，言道："让我给那个年过半百的夏王做妃子，我真的是生不如死！""也不至于，听说三年前，他率军征伐犬戎，在战场上，接到王后病危的消息，把大军留给随他出征的将军，快马跑回都城，马都跑死了几匹，等他回去时，王后还是先走了，他最终也没有见上王后一面，他悲痛欲绝。他抱着王后的尸体不让安葬，就在宫里放了一年才下葬。你看，这不是一个有情义的人吗？至于年龄，英雄是不问年龄的。""那你去！""人家要的是你，真如要我，我义无反顾。""说得轻巧，真的要你去，你才不愿意呢！""真的，妹妹，如果换作我，我不会选择逃避。"

妹喜几乎无言以对。她是贵族，同时也是郡主，她这个身份以及这个身份赋予在她身上的责任和使命，不容许她由着自己的性子来选择自己的婚姻。她的母亲，她母亲的母亲，她的表姐，她表姐的表姐，一代一代不都是嫁给了责任和荣誉吗？她猛然意识到做这个郡主就意味着不能有爱情。只是，现在她不知道该怎样告诉给伊挚，她深爱着的那位奴隶哥哥。纤宛已经看穿了她的心思，回过头来说道："尘际，你去后院将伊挚请过来，事情总得要面对。"

2

与此同时，在有施国的驿馆内，夏王姒履癸正在召开会议，以讨论有施诸侯国最终存亡的事。自从兵不血刃就占领了有施国之后，这个驿馆就成为他的临时宫殿。在驿馆的正北边，便是有施国的国君施独的宫殿，现在被朝廷的士兵严严实实地看管起来。街上已经没有行人，集市也停止交易，整个国都就像一座死城。"姒扁将军，由你负责查封铅锌矿和关闭铜的交易市场，怎么样了？"天子姒履癸一派胜利者的姿态。"启奏王上，矿已查封，市场也已解散。但后续的事情，不好处理，这涉及上万人的生计。现在这些采矿人和商人全都被看管着，他们名下又没有土地，主要以采矿为生，下一步该怎样安置这些人也是麻烦的事。"姒履癸不耐烦地说："那么，其他呢？"赵梁赶快回答说："我们进城后就封了他们的库房和粮仓，值钱的东西不多，而粮仓也没有什么粮食储备。去一般的贵族及平民家查检，均无余粮，看来有施历年拖欠贡赋确实是有原因的。""那么贵族呢？"姒履癸仍然关心的是这些人群。"贵族，现在还算安稳，但他们都在观望，这是因为他们手里的武器不足以抗衡王上的虎威之师，他们都在注意着王上下一步的行动。"干辛回答道。"施独呢？""他在宫里，很想见王上一面，但未有旨意，我们没安排他与您会见。现有他的使臣施惠，在外边候旨接见。"

"唉，乱摊子。"姒履癸非常失望，"天下积贫已久，看来非人力可为，难道是昊天上帝在抛弃他的子民吗？这个有施，除名算了。朕意，可在宗室中选一公子来新建立诸侯，另立宗庙吧。诸卿以为如何？""王上。"太史命令终古道："存亡继绝，是天子的美德，另立诸侯也非小事。况且有施国为东夷部族，为立国之初臣服我大夏朝，而非我朝廷分封之国，信仰、习俗与中原有异。而今立宗室继之为君，恐难达到王上期定之意。如果废立，必大开杀戮，几万有施贵族总不能全部杀掉。如此则恐失我王贤德，天下震恐。臣以为万万不可。此次王上亲率大军征伐，原本是为他们不听朝廷号令，为关闭矿场而来。现目的已达到，臣意我们应该找到一个令诸侯臣服，又体面的办法，班师还朝。这个乱摊子，还是让那个施独去面对吧。"姒履癸听着，不断地点头，又问道："那体面的办法是什么呢？"

终古回答说："臣意可和施惠商谈，我想，有施方面既然派出特使，定有想法。"

"好，那就让那个施惠进来吧，朕见见他，看他怎么说。"姒履癸说道。

"臣有施国施惠，拜见王上。"施惠进来，躬身抱拳施礼，"拜见诸位大人。"自夏王率军占领了有施国后，施惠几乎每天都来候见，以求得从政治上平息此次征伐。他是有施的公子，国君施独的庶兄，为人通达智慧，一双大眼炯炯有神。虽然已经接近六十岁，身板却挺得笔直，一眼望去就知道是一个接受了良好教育的贵族公子。

"施惠公子，你们可知罪？"姒履癸居高临下地发问。

"臣知罪，但罪不至于让王上率军来征伐的地步，敝国连续三年遭受旱灾，有的地方颗粒无收，我君弟为此寝食不安，想尽一切办法不饿死人。开铅锌矿、设铜市场交易，全都是为了足额上缴税贡。王上这次亲眼看到了，我讲的是事实。臣实不知，我们犯了哪条律法，罪在哪里。""惠公子，"干辛听得不是话头，"朝廷明令你们禁开交易市场，是杜绝别有用心的诸侯购买铜和铅锌大规模制造兵器，你们又不是不明白。还有历年的欠税，就数你们多，这不是罪过吗？"施惠言道："上卿大人，铅和锌只是制造青铜的配料，而不是主要原料，您不关闭铜矿，却盯住我们，再说来买的商人，全说是用于制造祭器、礼器、贝币及生活用品。诸侯国拥有军队，用以保护自身安全，这是朝廷允许的。就说制造兵器，也没有错，这完全是小题大做，庸人自扰。至于税赋，朝廷没有调整起征点时，敝国并没有差欠多少，只是近年连续遭灾，又逢加大税赋，才导致欠赋。如假以时日，敝国一定如数缴纳，绝不拖欠。""好一个伶牙俐齿的施惠公子，你难道不怕朕毁了你的宗庙，把你们全部沦为奴隶吗？"姒履癸心中的怒火升起来，但听起来有些虚弱。

"王上，有施国是昊天上帝的子民，只臣服德慧，不崇尚强权。如您毁了我们的宗庙，有施宗族几万人顷刻都变成了英勇的战士，那时我们不管是奴隶还是贵族，就只有一个信念：复仇！""那就好，你等着！"姒履癸有点气急败坏。

"请王上息怒。"终古看到谈判已经失控，赶紧出来打圆场。他走向施惠，向他使个眼色："施惠公子，您来是向王上讲理的，还是来平息事态的？难道不听朝廷号令，拖欠税赋还有理了？王上率军征伐你们，一来未杀人，二来未抢劫财货。你是来要求我们长住在你这里，还是真正毁了你的家园？"施惠辩说："太史令大人，敝人绝无此意，只是诉说原委，绝无向王上强礼之意。"他面向姒履癸，说道："请王上海涵，刚才多有冒犯。"姒履癸斜视了他一眼，不再开口。终古提问道："那你们打算怎样了结此事？""敝国已做好打算，还望大王鉴纳。"姒履癸听到后表态说："说说看。"施惠侃侃地说："第一，臣闻王上现在后位空缺，我们准备和王上联姻，将国君之女妹喜郡主，嫁于大王为妃。第二，请朝廷发黄铜和铅锌引子，持有朝廷的引子，则可购买矿料，否则一律不准买卖。至于拖欠税款，等敝国年景好一点，一定足额补齐。前提是先请王上撤军，以留给敝国应有的尊严和体面，之后，我们将择日送郡主到斟鄩与王上成亲。施惠即此以昊天上帝的名义发誓：决不食言。""嗯。"姒履癸似乎很乐意接受这样的提议，向众人询问："诸卿以为如何？"干辛答道："王上，以臣之见，惠公子提议实为良策，既保住了朝廷的威仪和体面，又切实可行。臣以为这是好办法。但不知这位郡主长得如何？"赵梁言道："臣近来已打听清楚，这位郡主长得端庄美丽，国中有歌专唱她的美丽：'有施妹喜，眉目清兮，妆霓彩衣，袅娜飞兮，晶莹雨露，人之怜兮。'如此推测，应该不差。"

姒履癸问道："惠公子，是这样吗？"施惠拱手应道："回禀王上，所颂一点不差，只是她眼下在有莘国她舅舅那里学习纺织，敝国已派特使催她回国。"

"东夷，昊天上帝之子民，诚信礼仪。今之所见是唯不差。那就依施惠公子之所议。朕明日即班师回朝。走之前，应该见一见朕的那位岳父啊。请施惠公子代为回禀吧。"众大臣齐声呼道："唯。"

3

有施国派专使接妹喜郡主回国，很快传遍了整个宫廷，厨房更是率先知晓。当尘际来请伊挚时，他已知道了事情的全部。他跟着尘际来到妹喜的住处，感觉双腿酥软，没有一点气力。以至多年以后他再次见到妹喜时，都没有搞清楚，那天的气力都跑到哪里了。

"两位郡主好！"伊挚躬身抱拳施礼。纡巟抬起头说道："免礼，伊挚先生。"这时，妹喜也抬起头来，看着伊挚。她的双眼有点红肿，那是过度悲伤啼哭所致。他们互相对视着，似乎有多少语言都不需要了，眼神就足够了。"先生，有关我妹妹妹喜的事想您已经知道了，把您请来，是想解释一下。"伊挚感到自己的血液已不再流动了，生命给自己的唯一记忆就是苍凉。他想着，这也许就是昊天上帝对自己放纵情感的一种审判。妹喜盯着他的目光就像燃料烧尽后的火焰，已经没有能量的支撑，显得软弱无力。他担心她今后的生活，也和这种火焰一样。"嗯，我知道了，我正琢磨着来看看，但又不知这里的情况。我没有想到会发生这样的事。夏王会亲率大军以武力征伐有施国。而我，却在这里什么忙也帮不上，真是惭愧。"纡巟疑惑道："难道说夏王会真的灭了妹妹的国家吗？""我知道情况后，进行了占卜，不会的，如果真是那样，倒不用急召妹喜郡主回国了。"伊挚从容回答道。"为什么？"一直没有开口的妹喜着急地突生发问。"因为，那样做，则意味着毁掉有施国的宗庙，将宗族流放或者杀掉。妹喜郡主就成了逃犯。您的父君就不用急着召您回国了。""那现在急召我回去，难道就是要把我像贡物一样献给那个暴君吗？""也不是献，是联姻。那位夏王前年死了王后，到现在也未立后，估计是两方都需要体面地结束战争，而您是他们双方都能接受的一个棋子。只有这样，夏王才可以体面地昭告天下，即日撤军。您的父君则挑一个他认为适合的日子，把你送到斟鄩体面地嫁给夏王，而夏王他会给您举行一个体面的婚礼，这样可以表率天下。"伊挚淡淡地分析着。"但是，我不愿意嫁给那个暴君，有施国，那也是让我伤心的地方。就让他们把有施国的宗庙拆毁了吧。我也不在此地连累舅舅，伊挚，你和我逃跑隐居吧。我们去深山里，走得越远越好。"妹喜说。"你是说一个朝廷女钦犯带着一个逃奴，隐居山林？哈哈，野兽会把你们吃了的。"纤尫面带愠怒，责怪地说。"那就是说我不用着急地回去了！""不用了，郡主，您可以从容地把纺织技术学好，按照原定计划回去就可以了。这个希望纤尫郡主向主公禀明。""哈哈，不用禀明了，我全听到了。"大家见是莘泽走进来，慌忙行礼。"免礼吧。"莘泽说道。"伊挚，好透彻的分析啊，朝堂上的卿大夫们都没有一个人能看出其中的奥妙，你倒分析得头头是道，真是人才啊。妹喜儿，夏王虽说年龄大了点，但他也不失为一个英雄。人生在世，就得有责任，有担当。你如成为我大夏国王后，也不失来人间走一遭，有何想不通的？予知道你喜欢伊挚，但天命不循，也只是无奈。东夷人笃信昊天上帝，一言九鼎，你可不能做出有悖天理的事。予明天可先差使者回国，禀告你父君，待织机做好后，你就启程回国吧。记着，舅舅永远疼爱你，我的甥儿。"

说到动情处，莘泽的双眼红了，叹道："唉，今年，你们姐妹两个都要嫁人了。为父，为舅，我怎忍割舍啊。"

"可我……"妹喜满眼泪水，看着她的这个诸侯舅舅。莘泽打断道："没有'可我'，孩子，理想终归不是现实。永远记着你的身份和应担当的责任！""唯。"妹喜很轻声地答应了一声，显得很无奈。

4

夏王姒履癸率军亲征有施国的消息，很快就传到商国国君子天乙那里。他除了感到惊讶外，还有恐惧。夏王征伐有施国的主要原因，是为了封闭铅锌矿和黄铜交易市场，而那里的最大买家，就是商国，尽管那些去购买的人全都扮成了商人。他现在唯一担忧的，就是夏王回军途中征伐他，那该怎么办。子天乙心中明白，他现在还没有足够的力量来打败夏王。如果是那样，他必须在抵抗或投降二者之间作出选择。现在，他进一步掂量着夏王是否有足够的理由也对他用兵。他焦急地踱着步，心中祈祷着："昊天上帝啊，请赐给我福分。"

议事厅的门开了，任仲虺快步走了进来。可以看出，他是连着赶了几天的路，脸上满是灰尘，显得很憔悴。"主公，"任仲虺边施礼边说，"事情搞清楚了，夏王已经率大军在回斟鄩的路上，估计不日将回到国都。有施献出了一个叫妹喜的郡主，名曰联姻，实为敲诈，但有施争取到的是妹喜能被立为王后。另外铅锌矿和黄铜市场也已恢复，凡购买商，必须领到朝廷发放的引子，按引子规定的数量交易，否则，视为违法。"仲虺一口气说了他这几天探到的情报。他接过子天乙递给他的水杯，大口喝了下去。"是这样。"子天乙听完后，终于松了一口气。看来眼前的危机是过去了。这次夏王没有找商国的麻烦，实属侥幸，但是下一步得从长计议了。"正好，我们的财力也不容许大规模地做这些事了，先缓缓。你告诉石渚将军，兵器改造，先暂停一下吧。现在有两件事，请你劳烦吧，一个是准备贡礼，天子大婚，诸侯岂不入朝朝贺！二是我也得抓紧时间把纴荒郡主娶回来了。否则，也许也让别人抢了去！""臣遵命。"仲虺应着，施礼后，大步走了出去。

子天乙走到窗前，用手推开了窗户，眺望着远方。今天是晴天，炽热的太阳在灼烤着大地，使人感到闷热和烦躁。这个季节，正是麦收的时候，夏王竟然违反夏不动兵的上天秩序，悍然率军征伐有施国，这是公然用强权去瓦解诚信。说不定哪天自己也会遭此厄运。姒履癸登基执政已近四十年，大规模的征伐，或者叫发动战争已经八次，被征伐者，重者灭国，轻者搬空库房，掠夺牛羊，其状惨不忍睹。这样的天下共主，还有存在的理由吗？他想着自己从继为商国的国君那天起，就立志于推翻这个暴虐的政权，救民于水火之中。十多年来，自己的施政、用人等无不围绕这个目标而展开，但是现在看来，收效甚微。就人才而言，眼前已重用的几位大臣，虽然是忠心耿耿，但他们都是某一方面的人才，缺乏总揽全局的智慧，只能头疼医头、脚痛医脚。子天乙终于明白了，自己还缺一个有力的帮手，一个可以沟通上天，精通政治经济军事的人才。这真是无奈之中的无奈。"既无力，且无心罢。"他自语道。

5

明天，就是妹喜郡主启程回有施国的日子了，这天晚上在掌灯的时候，妹喜来到了伊挚的家里，她是来和伊挚告别的。自从自己的国家遭变以来，经过这段时间，她的心性平静了很多。她明白了一个道理，那就是身份越尊贵，可供选择的自由空间就越小。自己身为贵族，并且生在诸侯之家，那就得服从命运的安排。那天，当她回到织房织完自己的第一匹丝绢后，舅舅适时地通过纤亢提醒她，织绢的样机已经制作完成，作为传授技术的织娘也已经选拔好，是启程回国的时候了。纤亢告诉她，她的父君无意刻薄地催她离开，是因为全天下的人现在全都注视着她，她的行动已经关系着天下的安危。

她决定把自己亲手织成的一个小丝绢送给伊挚，作为纪念。当她用两片梅花鹿皮将绢包裹起来时，她觉得自己在精神上，已经成为伊挚的新娘了。"我明天就要离开这里回有施，这个给您，留作纪念吧。"他们二人坐在铺着草席的坑上，面目相对。当伊挚双手接过绢时，看到了两层鹿皮，这是成为夫妻的信物啊，伊挚既惊又恐，他不知道妹喜的用意，问道："郡主，这个是？""我明白了，今生我们不能做夫妻，但可以做精神上的夫妻，强权可以夺走我的肉体，但它夺不走我的灵魂。我这样做是证明给那个夏王，权力不可能拥有全部，至少不能拥有我的爱情。""但您这样做，郡主，您想过没有，这是不贞洁的。昊天上帝的期许是女人贞洁，男人诚信。""我想过，我与您在精神上的结婚，是对爱情的贞洁；我与夏王肉体上结婚，是对强权的诚信。面对昊天上帝，我必须对您说，我非常爱您，我在等待您接纳我的那一天，我这样才是对您最大的诚信和贞洁。您如果，不，在您身上还有一点男子汉的荣誉感的话，就请您收下吧！"不知不觉中，妹喜称呼伊挚，由"你"变成了"您"。

伊挚拿着用鹿皮裹着的丝绢，眼里潮湿了很多，世界上有多少相爱着的男女，在渴望着亲手将象征着爱的一对梅花鹿皮交到对方手中，以使人生得到爱的滋润和升华。但他没想到自己是以这种方式，收到他心爱的人送给他的信物。他深深地爱着这位充满人生自信和追求人格自由的郡主。在某种时候，他曾暗暗地发过誓，为了妹喜他可以为她做任何事，甚至献出自己的生命。更不要说，以这种形式结成灵魂上的夫妻。他也觉得妹喜对贞洁的理解和解释，虽然有点差强人意，但也不失为可心的说法，他没有理由拒绝。"我接受，郡主，我愿意成为您灵魂上的夫君，今生今世，和您成琴瑟之好。"

听到伊挚的回答，妹喜再也控制不住自己的情绪和矜持，她不由自主地扑到伊挚的怀里，眼里的泪水不受控制地流了出来。"谢谢您，我的夫君。"这对可怜的爱人成了泪人。他们相互拥抱着、热吻着，就连屋内的空气也不再流动了，好像以这种方式来祝福这对新人，只有隔墙上的豆油灯忽闪着眼睛，在打量着他们，一脸的惘然。

这次伊挚不再努力控制着自己被动地接受妹喜的爱抚，他紧紧地搂抱着他心爱的人，狂热地吻着她，两个人在炕上来回地翻滚着。伊挚在冲动着自己，他恨不得把她一口吞了下去。或者是能有一种法术，把她变成木铎那样大小，不论在哪里随时带着她。"挚哥哥，你知道吗，我每天夜里都想着来你这里，把我给了您，但又不敢。""我也想，但是不行。噢，对了，我们得在昊天上帝面前祭拜才行啊。""是的。应该这样，他们应该来了。""谁要来？""是表姐他们，还能有谁啊。还有您的兄弟昝单，我邀请了他们，让他们做我们婚姻的见证。"

他们不情愿地跳下炕，伊挚用手撩着妹喜凌乱了的头发。这时，尘际引带着纤宛郡主、昝单、妹训走了进来，他们拿来了鹿肉和米酒。

"今天是女祭司，我亲爱的表姐来主持我们的婚礼。请您上位吧。"妹喜打趣地说道。纤宛发号道："现在开始，你们大家听从指令。请你们二位站在昊天上帝的牌位前。尘际、妹训倒好合卺酒。"纤宛俨然是一个已经和昊天上帝沟通好了的祭司，"妹喜、伊挚跪下。现在，你们已经来到了昊天上帝的面前，强权使你们不能结合成夫妻，爱却使你们成为灵魂上的夫妻。你们将怎样在昊天上帝面前证实你们相互爱慕对方？"伊挚回身拿起妹喜送给自己的白绢，用手咬破了自己的食指，他用殷红的鲜血，在上面写了一个大字"挚"，交给了纤宛。妹喜则用嘴在自己左手的虎口上，咬了下去，她用右手食指蘸着血，在白绢上写下了自己的名字"喜"，她递给了纤宛。纤宛拿着用鲜血写下各自名字的白绢，百感交集。她把白绢叠好放在昊天上帝牌位的案桌上，默然地为这对可怜的人祈祷着。

妹喜跪在那里，抬头望着放在案桌上的白绢，在她眼里那是烙下他们鲜血的圣物，她觉得，这个世界上再没有比这还贞洁的圣物。它就像被雨水冲刷过的蓝天一样清洁。

"下一个内容饮合卺酒。你们请起来吧。"妹训一手拿着一个半卺的瓢，里面盛满了米酒，两个卺的把子上，用蚕丝线拴连着。他们二人接过来一饮而尽。

纤夼道："昊天上帝已经知道了你们的爱，但他的期许原来就不让你们成为精神和肉体上完全结合的夫妻。但他会满足你们之后的渴望。礼成，我卸任了。妹妹，你还满意吧？"妹喜慊憾地回答道："嗯，还行吧！我现在只剩下肉体属于夏王了。"纤夼回避着她的话，"现在我们吃点酒吧。"炕上，妹喜和纤夼坐着，尘际和妹训给每位都倒满了酒。"伊挚、昝单、尘际、妹训你们也上炕来坐下，我们之间没有规矩。来，今夜我们一醉方休。""唯。"大家刚拿起酒杯正准备饮下，忽然，窗外一束亮光闪过，跟着响了一声霹雳，一场大雨瓢泼而下……

第九章　爱在灵中

在国都斟鄩，夏季某一天的黄昏，夏王姒履癸在明堂，举行婚礼并接见诸侯。因为是大婚，他今天穿着体面的朝服，那顶用纯金打造的王冠熠熠生辉。他与妹喜并排站在明堂里昊天上帝的牌位前。妹喜穿着一身洁白的长裙，头上带着用桂花树枝挽成的圈子，上面点缀着白色的小花。在她的脸上看不出任何表情，她的双眼流露着呆滞的目光，没有人知道她看着什么，更不知道她心里想着什么。因为是续娶王后，应该来的，或者是必须来的诸侯都到了，昆吾国的己牟卢，商国的子天乙，豕韦国的孔宾，有莘国的莘泽等诸侯。甚至是淮夷和东夷的诸侯部族都派来了使者，以表示祝贺。

在他们面前的地上，摆满了束着玉璧的丝绢。那是诸侯朝觐天子的见面礼。在明堂正中间，偌大的青铜燔烧炉里，燃烧着熊熊的柴火。已经杀好的牛、羊、猪三牲放在祭器之中，正在烧烤着。三牲所散发出的香味与烟火混合在一起，争相着挤出天窗，飘向天空。公元前17世纪举行婚礼，是出于信仰传承和敬畏，不奏鼓乐、不摆筵席的。

今天的婚礼是由太史令终古主持，这位五十岁刚出头的太史令大概是长期在焦虑中生活的缘故，已经满头华发。他的身上斜披着一匹白色的丝绢，手里持着一个棒状的白玉。他站在夏王旁边，庄严地祈祷着："熊熊的柴火燃起啊。我们燔祭您啊，赫赫昊天上帝！您在高天之上，光明照耀人间。牺牲香气上升，昊天上帝啊，请您享受馨香！蒸饭热气腾腾，米酒香气溢溢，昊天上帝啊，请您享受馨香！今日祈求您啊，确立我王婚配，有您护佑啊，夫妻和睦。礼成！叩首敬献昊天上帝！"

整个婚礼的过程，庄严而简单，但在妹喜看来，这是她人生过程的又一开始，既没有新鲜感，也无好奇感。她的心早已僵硬，故而她流露出的目光也是呆滞没有神气。近一个月的车马劳顿，使她的脸色显得憔悴。从有莘国回到有施，又从有施来到斟鄩，她的行程轨迹就像一个钩子，这似乎预示了她的命运。

她是处女，这是她来到斟鄩后的一个上午，王宫里的几个女宫人，对她检查后，向天子汇报的，同时也昭示王族及天下人。天子的女人，必须是处女，以此来保证天子血统的绝对纯正。但她一旦结婚，就意味着，她这一生除了她的丈夫，禁止她与任何一个男人有亲近的关系。

今天黄昏时举行的婚礼的程序逐步完成，妹喜也由有施国的郡主渐渐地成为大夏国的王后。她知道，真正使她成为王后的是强权和自己的美貌。作为女人，总是要嫁人的，能够嫁给天子成为王后，不知是多少女人梦寐以求的事，但她偏偏不稀罕这个高贵而浮华的身份。她自幼长在有施国的宫中，宫里的女人争风吃醋，钩心斗角，使她感到厌倦。她想做个平常人，找一个如意的郎君，平平常常过一生，是她的梦想。但眼前的事实告诉她，那个想法尽管普通，但就只是一个梦。有时候她很容易生出怪想，甚至去羡慕尘际，身份低微，却没有这份烦恼。

已经到了掌灯的时分了，妹喜坐在王宫里的床上，身边只有尘际陪着她。这是夏王专门为和她成婚挑的一间卧室，宽敞而明亮，以至于总觉得待在这个房间里昼长夜短。卧室的装饰很是豪华气派。在正中的墙上，挂着一幅大夏朝开国君主大禹的画像，就是流传后世的那幅手持木铲头戴斗笠治水的画像。

卧室的门开了，来了一位宫女，轻轻告诉妹喜，天子姒履癸此时正在朝堂上接见诸侯，很可能还需要一些时间回到后宫，请王后妹喜先行休息，公事结束，即回宫来。妹喜显得很客气，应声道："知道了。"那个宫女小心翼翼地躬身退了出去，脚轻得没有一点声音。卧室中间铺着新编的苇席上，放着一个长形的木盘，里边摆放着精致的青铜餐具，盛着各种精心烹制的肉类和各式糕点，包括野禽、水产品及新鲜的水果等，当然还有新酿造的甜米酒。宫女们说这是天子亲自吩咐的，他担心他的新娘——新王后有腹饥之忧。

今天在婚礼上，是妹喜第二次见到她的丈夫，大夏国的天子。首次见到天子，是他们一行人来到国都的第二天，天子在朝堂上接见他们。这次来斟鄩成亲，她的父君特遣她那位庶出的伯父、有施国的公子，上卿施惠作为送亲使者。她只记得她抬起头看到天子时的情景，她几乎晕倒。上面坐在草墩上的天子就是个年过五旬的老头子啊，之后就再没有什么记忆了。她失望地闭着双眼，强忍着没让泪水流出。那天中午，天子用最高规格的天子太牢宴来招待他们，席间她从天子炙热的目光中，看出他很喜欢她。但她感觉吃到了嘴里的美味的食物，好像是别人嚼过的一样，不仅没有味道，反而使人反胃。而席间演奏的歌颂大禹的乐舞一点也提不起她的食欲。以至整个午宴，她一句话也没说。她一直在机械地完成着必须完成的动作。她的这种表现，使得作为送亲使的施惠大为惊恐，以至筵席散后，不停地提醒她："王权就是强权，这里面无道理可言，王权需要尊重，更需要顺从。近几年来王权与神权争斗，不就争的是尊重和顺从吗？权力带给享有权力者的，不就是奴役别人的尊严吗？我的侄女姑奶奶，作为天子的妻子，必须是绝对的忠贞和绝对顺从，这也是你的责任。"她知道她的这个伯父劝导中隐藏的深意，她如果得不到宠爱，则母族不保。而母族不保，她的地位也是危险的，她必须向现实低头。

不过，她已经做好了侍奉天子的精神准备，尽管这种自愿还相当被动，她的内心就是努力使自己情愿。也就是拜昊天上帝的那会儿，也只有在这个时候，她才有机会看看站在自己身旁的丈夫，她侧过脸，端详了一下她的丈夫，他身材魁梧，这和人们传说的一样。尽管已经五旬年纪，但给人的感觉还是不失英俊。更令她欣慰的是，天子眉宇间的那种飒爽之气，那是一种从来不怀疑自己能做错事的神态，也包括他认为自己对事物的判断，从未出现过偏差。这当儿，天子也侧过脸看着她，冲她笑了笑。当他们四目相对时她能够看出，他笑得是那样勉强，脸上的肌肉和脸皮不是那么协调，她能判断到，他在掩饰自己以武力征伐的手段，得到了一个这样年轻貌美的王后。但是她看到他的眼睛里充满了情感，她认为那是一种爱恋自己的眼神。

除此之外，她从天子的表情上，就再看不出有什么祥和的性格，应该说他的双眼是冷酷的，以至凡接触到他目光的人，都充分感到了那是一种阴辣的目光。

有关天子的传说很多，有的是说他冷酷，也有的是说他慈爱。但妹喜只相信他的冷酷，她知道说他慈爱，那是对他有意的粉饰。这从他亲自带兵征伐自己的母国可以得到验证。但如果他的千里奔波，探视妻子的事情是真实的，那还能说明他依然是个有血有肉、有情感的天子，是个有灵魂的人，而不是一种纯职务的象征。他是天子，他的灵魂只能在冷酷和慈爱中徘徊，大概这就是所谓的责任吧。

寝宫的门开了，天子在内侍的引导下走了进来。从他略带迟疑的动作中，可以看出，这个寝宫，之前从未有人住过，起码说也是为了迎娶她而专门修缮准备的。天子的神情很好，那是一种内心流露出的喜悦。尘际见天子进来了，急忙施礼，略显忙乱地倒了一杯茶，退了出去。天子接过茶啜饮了一小口，他看着放着的食物没有吃过的迹象，很是关心地问道："你没吃一点东西吗？"妹喜冷漠地望着他，摇摇头，没有说话。"你来到这里，吃住还习惯吗？"妹喜还是那样望着他，点了点头，仍然没有说话。"朕知道，以这种方式迎娶你，你心中定有心结，但唯此才能成就你我的姻缘，不是吗？"天子看着眼前这位如花似玉的有施国郡主，也就是自己的妻子，动情地说着。他知道，妹喜的心中有很大的心结，某种程度上可以认为这种心结，是对他的仇恨。自打第一次见了她，他就被她的美貌所折服，以至当时他浑身生起一种燥热。他当时惊讶自己都这把年纪了，还这样把持不住。一种解释就是他内心中的理想女性，可能就是这个样子吧。他身边从来就没有缺过女人，而没有一个女人使他有这样的感觉。现在，他得到了她。但从她在婚礼上机械式的完成程序，他知道，他得到的是她的肉体，是她没有灵魂的肉体。他知道需要耐心。他要获得一位从灵魂到肉体全给他的年轻妻子。他坐下来，亲自给妹喜倒上了酒。他用右手拿起酒樽，递到她的手里，柔声说道："来，喝点米酒，朕知道你饿了，特别是今天，你几乎就没有吃什么东西。"他与她的酒樽碰了碰就一饮而尽，"你喝，喝啊。"当他看着妹喜喝完这一樽酒，随即又给她倒满，"大婚，婚礼上不准饮酒，这是祭司们几千年来定下的规矩，朕在寝宫内为你准备了一点米酒，想也无人知道，这是我们夫妻同乐，来饮了这一樽酒。"两樽酒下肚，天子的心情更好了，"朕知道你的心结所在，此次征伐你的家园，实属不得已。我敢保证，换作任何一个人处在朕这个位置上，也得这样做。这样的事，你慢慢会明白的。但有一点，你要相信，朕会好好待你的。"他拉起了她的双手，仔细端详着，这是一双纤纤的细手，在灯光的辉映下，白里透红，用任何一种美玉来形容，都显得苍白。

妹喜坐在那里，表情呆滞地听着天子对她的表白。她清醒地知道，他在为他自己辩护，他不愿意承认他把她变为王后，是通过武力征伐来获得的。对他而言，这有什么不同吗？正如同施惠伯父所说的"王权是不讲道理的"。此刻，妹喜才真正地打量着她的丈夫，她看到了他长着两道又重又粗的眉毛，眉毛下面的两只眼睛，虽然稍有混浊，但还算黑白分明，俨然是个美男子。她现在酷似一个受了委屈的小孩子，在得到安慰后，不停地倒抽着冷气，流出了两行热泪。

"好了，不要伤感了，这一切应该说都是命。"天子拉着她的手站了起来，同她一起走到了窗前。窗子半开着，白色的真丝绢罩着，以防蚊子侵入。时间已经到了亥时，天空中呈现出一丝丝的凉意。月亮躲在云层里，忽隐忽现，大概是不情愿祝福他们的新婚吧。姒履癸站在窗前凝视着远方，他的手紧紧地握着妹喜的手，生怕一放开就会失去她。"现在还不是看天门开合的时候，你知道吗？国事维艰，但愿你的到来给朕带来好运。"他说着，忽然躬下身子，双手将妹喜抱在自己的怀中慢慢地走向帷帐，"夫人，我们就寝吧。"天子将她抱起后，她已经闻到他的气息，气息中有一股饮酒后的臭味。她感到她的眼前晃动的再不是夏王，而是伊挚……

第十章　成为王后

一阵微风吹过，有莘国国君宫廷院内的桑树叶子在沙沙作响，那是一个信号，它告诉人们，秋天到来了。在后宫大殿中，国君莘泽正在设宴款待商国的迎亲正使任仲虺，副使石渚。阶下乐人奏着婉转的音乐，大家愉快地品尝着有莘国的美味。他今天的心情很好，这从他脸上洋溢的笑容中可以看出。他没有在朝堂上设宴，而是选择在后宫以家宴的形式招待商国的使臣，是为了说话方便些。作为有莘国的第十七代诸侯，他知道他所处的这个时代，直观地感觉到已经进入了多事之秋。之前，他的外甥女妹喜被迫嫁给了天子，成为王后，他从妹喜流着无奈的泪水的双眼中可以看出，那是多么的不情愿。他本来不想去参加天子的婚礼，但他出于想对朝廷的更深了解，最后还是去了斟鄩。经过几天的观察，他意识到了这个外表看似光鲜的王朝，其实已经充满了危机。天子刚愎自用，巧言令色，夸夸其谈，甚至给人的感觉是讲了半天，都听不明白究竟在讲什么。他重用的一班大臣，唯唯诺诺，除了保全自己，再看不出能有什么作为。这样的君臣，似乎把武力征伐作为可以解决一切问题的手段。这样的施政，只能理解为朝廷用来解决和处理矛盾的智慧已经枯竭。作为与天子同族的诸侯，本来就有拱卫天子的职责，他感到自己以及自己的祖先，都已经尽到了责任，更使他心寒的是，朝廷对他的轻视和藐视。

选择和邻近的商国联姻，是他作出的一个重大决定。特别是从参加完天子的婚礼后，他更觉得这是一个非常正确的决定。他在政治上没有野心，唯一的希冀就是保全自己的宗庙和国家，从而不要在自己的手里灭国。在斟鄩，他会见了商国的国君，也就是他未来的女婿子天乙。他们见面时子天乙没有按诸侯的礼节，而是直接照女婿拜见岳父的礼仪拜见他。当把自己这个未来的女婿搀起来后，这才第一次近距离地打量他。不知为什么，他从子天乙身上，发现了别人没有的朝气。那是一种蓬勃向上的朝气，一种给人安全、值得信赖和依靠的朝气。当子天乙表达了秋天准备迎娶郡主纤妧的意愿后，他不加思索便答应了。他感觉到自己很喜欢眼前这位女婿，同时也为自己的女儿纤妧庆幸。

任仲虺和石渚站起来，走到大殿正中，躬身向莘泽行礼，任仲虺抬头看着站在主席上的莘泽，说话既不辱使命，又让人感到亲切："君上，外臣任仲虺，石渚，奉敝国主公之命，来贵国迎娶郡主，一应聘礼、国书均已带来，现呈上，请君上过目。望君上安排方便，敝使希望不辱使命，请君上成全。""免礼！请贵使归座。既已联姻，便是一家人，予已命人将陪嫁的物事早已准备齐全，断不会使贵使为难。"莘泽站着，有点安慰他们的意思。"如此甚好，多谢君上。"任仲虺站在当厅，并无回座之状，他双眼望着莘泽，似乎还有请求似的，只是不便说出口。莘泽一边看用白绢制成的国书，一边说："贵使还有未竟之言吗？但说无妨，予一定尽全力满足您的要求。""也没什么，君上。只是外臣想起时，再向您请求吧。""好说，好说。"莘泽好像看穿了任仲虺的心思，不露神色地说，"予答应你家主公的请求，明日即送予之爱女纤妧与子天乙成婚。陪嫁物品早已准备妥当，稍后，单子即送给两位大人过目。""多谢君上。"任仲虺与石渚忙不迭地赶快行礼。

商国的迎亲使团到来后的次日，伊挚就知道了自己和昚单将作为陪嫁的奴隶，同郡主前往商国。这样，他就成了郡主纤妧的奴隶。这个消息是纤妧郡主告诉他的，而且反复强调这是国君的主意。她本人无意也不敢有此意要他随同自己去商国。她不明白父君的内心是如何考虑的，但是她说如果他们二人一同随她去商，那是她求之不得的。纤妧知道，伊挚在父君心中的位置和分量，那绝对不亚于朝中的任何一个重臣。她更想不明白的是，她的父亲几次提出给伊挚抬籍，重用他，却被伊挚拒绝了。现在，父亲竟然坚持把伊挚送给她，她觉得此事应该有令人费解的深意。

午后，当少尹正式把国君的决定通知伊挚时，这就意味着他的名字已正式进入陪嫁奴隶的名册上了。他没有什么需要收拾的，只是放心不下自己已经年迈的父亲。他已经向父亲行了告别大礼。自从母亲献身后，父亲就只身住在了厨房的起居间，当他告诉父亲事情的原委后，父亲只是点了点头，僵硬的脸上并没有任何表情。父亲什么也没有说，可能是因为他说了也没有用。他用双手紧紧地抓住了伊挚的手，看着伊挚，慢慢地闭上了双眼。过了一会儿他放开伊挚的手，并示意他离开。

天下有一种人出行不用收拾行装，那大概就是奴隶吧。伊挚的全部财物就是昊天上帝赐给他的那个放着木铎和金铎的盒子，还有就是妹喜郡主赠给他的丝绢。已经是黄昏时分了，伊挚坐在屋内，手里拿着妹喜送给他的丝绢，他用心端详着，那上面有自己和妹喜用各自的鲜血写着的"挚"和"喜"字，红红的，仿佛变成了自己和妹喜，在阳光下翩翩起舞。他们互相拉着手，凝视着对方，渐渐地两个人拥抱在一起，他与妹喜热烈地亲吻着……

门开了，莘泽在内侍的导引下走了进来。"伊挚，予来看看你。"伊挚正沉浸在与妹喜的热恋幻想之中，忽然听闻国君到来，赶紧起来行礼："不知君上驾临，贱奴死罪。""免礼，伊挚。"莘泽回过头来，挥了挥手，"你们出去，予有话要和伊挚说。"他坐下来继续说，"伊挚，你过来坐下，咱们主仆二人说说话。""下臣怎敢与主公对坐？主公如有教诲，就请示下，挚恭听聆训。""唉，这也还受制于礼法，你不坐下说话不方便，予恕你无罪，来坐下，现在无人，你不要拘礼了。"说着，便拉着他坐下。"伊挚，予决定把你随着郡主送到商国子天乙那里去，你不会怨恨予吧？""主公，说哪里话，臣怎敢怨恨您哪。我到商国后，定会尽心竭力，照顾好郡主。""伊挚，你真的不理解予送你去商国的用意吗？难道你真的以为予仅仅是为了让你照顾郡主而去商国？""不敢，臣是吃着主公的饭，喝着主公的水，穿着主公的衣长大的，就连生命都是主公的。但有驱使，在所不辞。"伊挚说着跪了下去，莘泽连忙扶起他来，"你还坐下，你的低调行事，让予佩服。我们都是昊天上帝的孩子，予知道你是昊天上帝的化身。予几次与你抬籍，在有莘国这里做个大夫，你都拒绝，现在予终于想明白了，是昊天上帝不让你出仕有莘，不让你将来担一个背叛旧主的罪名。是的，予的最大志向就是保住爵位。而你的志向是往黑暗中注入光辉。现在让你能够达成心愿的人，只有一个，那就是子天乙。"说到动情处，莘泽伸出双手按住了伊挚的双肩，久久凝视着他，"予知道你心里很苦，你与妹喜甥儿两情相悦，如果不是遭遇变故，寡人和夫人正在想法促成你们的婚事，但天命不假，只能抱憾终生了。今天予和你说的正事是，郡主的陪嫁中，有二十车子铜料，想来子天乙最迫切需要的就是这个东西。予已经嘱咐纤纨，这批青铜怎样处置，让她征求你的意见。唉！予把你、昝单还有这批铜送给子天乙，就等于把天下赠给了他。"莘泽放开伊挚，忽然站起来，躬下身子，双手抱拳，向伊挚行礼："予有一事相求：古之明君，存亡继绝，如果有那么一日，望你看在予的薄面上，给夏王留下一点祭祀宗庙的后人，予则感激不尽了。""臣哪敢忘了主公对臣的恩德！臣在昊天上帝面前起誓，一定谨遵主公的教诲！"君臣二人说着拥抱在一起，伊挚感受到了鼻子一阵发酸，抽泣起来。而莘泽则老泪纵横。

许久，这对君臣才分开。莘泽道："明早寅时，你们出发，这完全是为了避开朝廷的耳目，以免招惹是非。记着，你的路很长，很辉煌。但如果你心存一息私心，或过分看重你的名位和生命，你则完成不好你的使命，那将是昊天上帝的失败。"

送走了国君，伊挚回到了他生活多年的屋里。他从小生活在这里，在他的记忆里，这里曾经是他们一家三口生活过的地方。虽然一无所有，但其乐融融。母亲永远地离开了这里，父亲，大概是回来触景不愿意想起从前，他选择住在厨房的起居间。现在，该轮到他了，感觉告诉他，今天晚上将是他在这个小屋度过的最后一夜。一旦离开，那将永远不可能回来了。现在，他将昊天上帝的牌位放在自己的包裹内，这里就没有什么可牵挂的了。唯一牵挂的是父亲，国君已经明确告诉他，他将安排好人照顾他的生活，并请他放心。

伊挚在宫廷中长大，从小就给国君一家端送饭菜，几乎天天可以见到国君，但他从未发现，这位有莘国的君主，对天下大势有如此的洞察力和判断力，行起事来是那样的果敢和雷厉，着实使伊挚佩服，也着实使伊挚感到意外。莘泽给外人的印象是性格随和，能力平庸。十多年前老夫人的葬礼，由于朝廷使者未至，几乎使他陷入危机。但事后他的表现仍然平和，未见其表露出一点怨言，现在看来，足见其城府之深。

此刻，他坐下来继续练习十步功。但不知因为什么，今天的动作有些僵硬和机械。他的耳朵里似乎还回响着莘泽的话："如果你心存一息私心，或过分看重你的名位和生命，你则完成不好你的使命，那将是昊天上帝的失败。"他的大脑竟然一片空白，感到自己对有莘国的记忆，全部都浓缩成了莘泽对他讲的告别话。

驿馆内，商国的迎亲使任仲虺、石渚正对面坐着喝着茶。石渚双手拿着用绢制成的礼单，认真地看着，说道："仲虺君，之前说主公此次娶亲可得一贤人，以帮他成就大业，但我看不出有什么圣贤的人物。意想不到的是，有莘国陪送给我们二十车铜，这倒是不同一般的嫁妆。""是，我也仔细琢磨过这个礼单，陪嫁媵奴中，只有两个男的，一个身份是厨子，另一个是建筑师，也还未见过面。也许是可用之人。不过，英雄是不问出处的。将军，再过几个时辰就启程了。五天的行程，郡主和陪嫁物资的安全，就全凭您了。敝人在这里，拜托了。""请大人您放心，末将怎敢不竭尽全力以完成使命？"

秋天的黎明微微有些凉意，甚至连满天的星星为了避寒都躲了起来。有莘国宫廷的大院里，几十炬火把燃烧着，照得如同白昼。兵车、辎车、货车停满了院子。院中央、辎车前，纴宄郡主正与母亲相拥而泣，作最后时刻的告别。国君泽此刻正与任仲虺、石渚告别。"君上，外臣任仲虺奉我主公之命，前来迎接郡主完婚，承蒙君上厚爱，外臣幸不辱使命，多谢君上。""大人客气了，一家人何来此言。国书上有些话不便说，请大人转告子天乙，若真的天命在商，则万勿懈怠。予能够做的和帮助他的，全都在郡主的陪嫁单子上，万望珍重，珍重！"莘泽动情地说。"如此则告别君上。您的话外臣一定带给我们主公，君上雅安！"莘泽又道："对了，还有一小事，需拜托大人，小女长在宫中，从小舌尖刁钻，为此寡人特陪嫁一个厨子，名叫伊挚，望今后由他打理郡主的膳食，切不可安排他用。望请周全。""一定。""一定。""拜别。""拜别！"

宫廷的大门打开了，这意味着起程的时刻到了，纤亢双膝跪下，给莘泽夫妇行了告别礼后登上了辒车，姝训紧跟在她身后上了车。石渚拿着长戈，站在第一辆战车上，指挥着车队出了宫门。而伊挚、昝单二人则在车队启动后，二人走到莘泽及夫人面前双双跪下，向莘泽及夫人告别。

第十一章　陪嫁

1

在商国国都亳城，民众为了庆祝国君的大婚而自发地在郊外载歌载舞。从远处看，到处都是挂着玄鸟的图腾。有感于人民发自内心的祝福，宫里派人出来给大家熬制热粥，以示对国人的感谢。从他们脸上灿烂的笑容中，可以看出其真诚。

子天乙和纴宛的婚礼，选择在朝堂的大殿举行，由夏革主持。在大殿的正墙上，挂着"昊天上帝"的牌位。那天，平时议政的大厅地板上，铺满了谷子的秸秆。在当时，没有人怀疑天下的植物就要数谷子的秸秆是最圣洁的。只有它才最配铺在昊天上帝的面前，是以承接一对新人的眷爱。婚礼是非常简单的，只要有昊天上帝的见证，就算是合法的和庄重的。这是出于对昊天上帝的敬畏，对生命的祗仰，对稼穑的尊重，因而结婚禁止奏乐和大摆筵席。即此，商国的卿、士大夫悉数站在大殿上，参加子天乙的婚礼。

宫廷的一处不显眼的房间，是子天乙为自己选择的吉房。在正面的墙上，端挂着一幅巨幅的玄鸟图腾。虽是新婚的洞房，但无奢侈的布置，一切皆可看出其节俭的生活风格。短暂的婚礼之后，子天乙便牵着纴宛的手回到房里。他脸上洋溢着笑容，可以看出心情特别的好。他今天穿着一身洁白的葛衣，头上戴着代表诸侯身份的金簪，在灯光的映衬下闪闪发光。他伸手将纴宛头上戴着的栀子树枝圈摘下，反手抱着她的双肩，双目紧盯着她，一动不动，看了许久。他的内心充满了庆幸。

这是政治婚姻。不论当初是什么初衷，但他娶到的是一个看上去温婉、贤淑但不失刚毅的有莘国郡主。从她那炯炯有神的目光中，他可以判断这个女人今后不仅能帮助他处理好后宫的事，而且还是他政治上的帮手。他现在开始理解他的父君，当年为什么执意非要给他订下还是少女的有莘国郡主作为自己的夫人。"夫人，予感谢昊天上帝，今生能娶到您做夫人。予还要感谢您父亲，送给我那么厚重的礼物。当然，再厚重的礼物也没有您贵重，请您不要误会。这次迎娶您，我才知道，真正了解我的，洞穿我内心的人是您的父亲。""夫君，来之前，我父君曾告诉我，他能帮助你的，除了天命外，全在这回的陪嫁礼单里。我有时也不知道他老人家打的是什么哑谜。""予听任仲虺大人说，您父亲专门叮嘱那个叫伊挚的奴隶厨子专门给您烹饪做饭，足见他老人家与您父女情深。这个伊挚的厨艺真的是上乘吗？""夫君难道没有听闻我们有莘国厨房的名气吗，那都是伊挚父子的手艺啊，这次迎亲，任仲虺大人与石渚将军，他们都亲自品尝了伊挚烹饪的食物，夫君可以问问他们。""哈哈，用不着问，他们回来就赞不绝口。予当时还羡慕他们有口福呢。不过，遵照岳父大人的旨愿，予已安排伊挚在厨房当值，也不至难为您的舌尖，顺便予也沾沾口齿之光。"子天乙说着，看着眼前这位年轻妻子的脸庞，在灯光的辉映下，是那样妩媚，他感到了自己体内血液流动的燥热在冲击着他，便说道："夫人，不早了，我们就寝吧。"纴沆点点头，又道："嗯。但，等等，有关他的事，我还可以告诉您很多，我的父君，曾多次给他抬籍，成为大夫，而都被他拒绝。他为父君开医馆，为宗室子弟当仆师。他可不是一般的人。""如此，难道他就是夏革说的那个贤人吗？予知道了。""对，还有，王后妹喜，我的表妹，仰慕伊挚，泣血泊情。他们两小无猜，但天命不允，他们是神交、神往……"

2

商国的国都亳，坐落在中华大地北纬34°上，处在这个地理位置，从上天那里得到的热量和降水不多也不少。子天乙新婚后的第二天上午，太阳的温度似乎留不住天上的白云，它们像长上了翅膀一样，义无反顾地翻滚着向东飞去。但是，到了中午饭时，那些白云忽然改变了主意，停留下来，以至越聚越多，愈聚愈黑，竟然淅淅沥沥地下起了细雨。

宫里通往卧房的一间大厅里，现在成为子天乙和纴夋就餐的地方。虽然是新婚，但子天乙还是上朝议事，直至近中午才回来，与他的新婚妻子一起吃午餐。他们相对而坐，目视着对方，这对纴夋来说，是一个不小的挑战，虽然已同枕尽鱼水之欢，但毕竟相处的时间太短，她有些难为情，她的脸上泛起一轮轮的红晕。

大厅的窗户半开着。由于是阴雨天，屋内不得已点起了灯火。雨点拍打在树叶上的声音伴着屋里忽闪着的灯光，俨然跳着舞蹈，仿佛是给这对新婚夫妇用餐奏乐、伴舞。

当厨房的女侍从陶罐舀出热汤端在他们面前时，陶碗内升起一圈圈伴有汤的味道的蒸汽。子天乙使劲用鼻子嗅了嗅，他感到一种从未闻到过的香气通过鼻腔冲击到他的肺腑，像酒的醇香，像山珍的芳香，像肉类的郁香，但还有一种幽幽的、淡淡的奇香。子天乙和纴夋开始试探着喝伊挚做的汤，品尝着其中的味道。

之前还隐隐约约有一种担心伊挚烹饪的饭食，是否适合子天乙的口味。纴夋喝着汤，同时也观察着子天乙的表情，当她从子天乙流露出的满意和惊奇的表情中，她放心了。伊挚烹制的汤，是一种开胃的汤，也是一种激发人食欲的汤，它撩拨着啜饮其汤的人的味蕾，慰藉着心灵，这使得他们如痴如醉。纴夋忽然感觉到自己的眼睛闪耀着一道亮光，那是一道金色的光芒，能够穿过窗户，穿过屋外的雨帘，直至看见远处的高山。那高山上站着两个男人，那两个男人分明就是自己的夫君子天乙和跟随自己一同来到商国的伊挚。他们都穿着洁白的葛衣，在向昊天上帝作揖行礼，聆听着昊天上帝的教诲。顷刻之间，雨停了，阳光照射着大地。"夫人，您在想什么？这样的专心，一动不动。""啊，夫君，我看到了远处的高山，那里只有您和伊挚，一道金光耀过，雨停了。"子天乙听着，拉起了纴夋，走到了窗前，只见刚才还阴沉着的天气，瞬间已转晴，阳光照射着大地，升起了像烟一样的白雾。"是的，夫人，雨停了，那就意味着天晴了，我们先用餐吧。""来人。"子天乙对应声来的内侍说："午后申未时刻，你去请厨房的伊挚师傅，就是随夫人一起来的那位大厨到崇光殿来，予想见见他。"

3

昆吾国坐落在夏王朝国都斟鄩与商国都城亳的中间，这三地虽然不在一条直线上，但从亳都去斟鄩必须经过昆吾。公元前17世纪的昆吾国首都，就是现在的许昌市。这样独特的地理位置，使得来南方的货物在此集散贸易。当然，这应归功于历代昆吾国君的不懈努力。到了己牟卢这一代，昆吾国已成为列国中最富有的诸侯国。

这天，也就是子天乙新婚后的第二天，己牟卢在自己的宫廷里招待前来会盟的四个诸侯，豕韦国君孔宾、葛国国君垠尚、顾国国君姬雍、彭国国君彭辛等人。

四百多年前，大夏国曾遭遇了立国后的第一次危机，那就是东夷国的后羿之乱。直至少康复国后，就分封同姓诸侯分布在国都斟鄩的四周建国。从那时起国都的东边由这几个封国来拱卫。当然还包括有莘国。昆吾国为方国，是他们的首领。今天大厅里，五国诸侯坐着，在乐舞的陪伴下，边吃边喝着相互问候。

大夏国的图腾是龙，在己牟卢的大厅正中悬挂着一条飞龙，可谓是活灵活现。龙的双眼凝视着开会的诸侯，好像是在监督着他们。己牟卢坐在主席上，情绪兴高，精神采烈。他头顶的头发似乎全部转移到周围，露出的只有光秃秃的头皮，在灯火的映衬下闪闪发光。他满饮了一樽酒后，摆了摆手示意舞乐停下，之后抱手行礼道："诸位君侯，敝人奉王上之命，恭请诸位来敝国会盟。连年征战，又闹旱灾，朝廷国力难支。我们处在一个历史性的时代，同时也是一个难以把控的时代。故而天子特派敝人与各位君侯商议，订立盟约，结成盟国。内使朝廷政令畅通，外防东夷入侵。不知诸君意下如何？当然如能保证朝廷东部安全，各位将减免历年拖欠赋税，今后每年可减免一半赋税。这一项，也是敝人向王上给大家争取到的。""真是多谢君侯了，敝人等唯君侯之命是从。"葛伯垠尚是个容易冲动的人，感激之余激动地说道。其他三个诸侯也异口同声地附和着。"不必致谢，诸位君侯，这本是敝人分内之事。我们本次盟约的内容就是扶助王室，相互帮助，抵御外族。如有违约，共同惩罚。诸位如无异议，我们便签订盟约吧。""我等均无异议。"葛、韦、顾、彭四位齐声应道。内侍便呈上盟约，从己牟卢开始，依次签订了盟约。

己牟卢心中涌起了一阵得意。五国集团的形成，是他多年处心积虑努力的结果。自从他继承乃父成为昆吾国的国君后，便立志强盛自己的封国。经过这十多年不懈的努力，他确信在各诸侯国中昆吾国国力最为强盛。他经历和目睹了王室的施政作为后，知道了王室的执政者们已经失去了把握历史的能力和智慧，这也使得他的野心得以膨胀。他觉得以自己的作为，不应该，也不能像他的祖先们满足于做一个诸侯。他要把握时机，逐渐取代姒履癸，以称王天下。现实使他不敢轻举妄动的原因，就是在昆吾国的东边，有以商国为首的东夷集团。因他夹在中间，还没有足够强大的力量来同时对付朝廷和东夷人。

他要创造条件，离间王室与东夷集团的关系。十几年前，他成功地嫁祸太子，使得王室与有莘国关系至今若即若离。前一段，他又成功地使夏王姒履癸征伐有施国，虽然没有完全达到他所期望的灭掉有施，关闭有施的铜交易市场和铅锌矿，但姒履癸无端征伐诸侯，以武力治理天下的形象和恶名，已经天下闻名。现在他把目光紧紧盯在他东边的商国，在他的心目中，夺取王位的最大障碍就是商国的子天乙。他要寻找时机，想办法置子天乙于死地。

盟约订立后，五国诸侯虽然各有盘算，但表面上尽欢而散。除己牟卢外，其他四国诸侯选择结盟，他们的愿望只是求得爵位的自保和封国的安全，这些贵族全部是王室的同姓诸侯，血缘关系使他们有一种天然的亲近感，他们选择己牟卢作为盟主，也就是五国集团的领袖，实属不得已。己牟卢的为人，轻狂、狡诈、无诚信。他们早有感知，只是实力不如人家，只能低头臣服。

以龙为图腾的中原人，逐渐将本有的昊天上帝信仰转化成对龙的崇拜。这源于人类的宗教情怀和本能情感，精神的空虚需要崇拜物来填充。他们先是崇拜英雄，后将英雄演化成为龙。在大夏国，现在，只有天子姒履癸一个人具有祭祀昊天上帝的资格和权力。这对于各国诸侯来说，远离了昊天上帝信仰。他们将传说中的龙作为崇拜物，心灵中就没有昊天上帝的应许和安详，这从龙的形象可以看出。图腾中的龙，都是张牙舞爪的飞龙，似乎永远不会安静下来。就连崇拜者也说不出龙是怎样飞起来的，它的食物是什么，素食、肉食，还是杂食？或者干脆说就是不吃什么食物。它永无止境的形象，使得崇拜者永远也无法满足自己的好奇。龙的眼睛刚烈，凝视四方，从它的目光中无法找到慈祥。贪婪狂妄，没有诚信，崇拜权力，利益至上，集体说谎，已经成为这些诸侯的心理特征。可以想象，订立结盟是多么的脆弱和不可靠，这也许就是龙的流脉。

第十二章 龙的讶异

　　子天乙站在承光殿的窗前，等待着伊挚的到来。他把自己议事的宫殿命名"承光殿"，即仰承光明的昊天上帝之意。大殿的墙上，挂着一幅巨大的图腾，那是一只凤鸟。图腾上的凤鸟给人的感觉是它正在积蓄能量，振翅欲飞。以凤鸟为图腾的东夷人，只把它当作昊天上帝的使者，因为图腾只是一种心灵上的期许和部族的标记。他望着雨水洗刷过的天空，格外地晶莹。略带凉意的微风从窗户中吹来，使得他浑身充满惬意。自从他的老师夏革告诉他婚姻大吉后，他感到了纴纨夫人不仅温婉、贤淑，而且在大事上也是果敢刚毅的。但他不知道她会带来一个贤臣，能够帮助他完成伟业。伊挚究竟是个什么样的人物呢？子天乙决定先试探一下。

　　"主公，夫人带来的厨师到了。""快请。"子天乙说道。"先生请。"内侍礼让道。门口一闪，一个身穿麻布白衣身材硕长的青年先生，迈着稳健的步伐进入大殿。他沉稳的走路姿势，既没有趋向权力的献媚碎步，也没有不思进取的懒散慢步。他走到子天乙面前，躬身抱拳施礼："臣伊挚拜见君侯。""先生免礼。"子天乙赶忙还礼。"来，坐下，上茶！""臣不敢坐，臣是何等人敢与君侯对坐饮茶，请君侯稳坐，臣站着便是。""您是何等人？您是夫人的随臣，予的先生。予虽然比不得先圣礼贤下士，唯有的就是一颗诚心。请先生但坐无妨。先生不必拘礼。""如此则臣斗胆僭越，恭敬不如从命。""如此甚好，也方便予与先生请教一下。""臣不敢，承君侯如此谬赞，只是知无不言。""好，先生请用茶。"子天乙自己端起茶樽，示意伊挚用茶。"予听闻，先生在有莘国做厨师，同时又是医官、教师。予的岳父多次提出给先生抬籍，以出仕有莘，但都被先生婉拒，不知道是何故？""君上，此为先母临终嘱咐，大概是当年臣出身时，护佑臣的昊天上帝使者曾有过此嘱，原话是：'此儿不仕有莘国。'故而不就。""如此说来，先生出生空桑的传闻，也是真实的喽？""听先母说，确实如此。"子天乙听闻，点了点头。

"予今天与夫人共进午餐，品尝了先生烹制的饭菜，那真是美味无穷，感之入神，不愧为人间的一种享受。特别是先生调制的汤，食之使人明目。那是什么汤？""那是赤鸠汤，就是用新鲜的布谷鸟烹制的汤，君侯如喜欢，以后可变换着调制，以飨君侯和夫人的胃口。非是技艺，实则是食材新鲜之缘故。""先生过谦了，予宫里也并非无有庖厨，食材又无不新鲜，但从未见有此美味，实则厨艺之故，先生可否将厨房之秘密说与予知，以不负予平生探知美味之愿。""君侯见笑了，其实，依下臣看，厨房的秘密，或者说其最大的秘密，就是没有秘密。然则，厨房就是烹饪的场所，何为烹饪呢？烹饪就是借助食材的能量，质朴其本质，调和其五味，以顺气强气。因为人体，或者说生命，就是由酸、甜、苦、咸、辛五味之气而成。气的能量在身体中流畅、顺畅，气的能量足，这个人身体就非常健康，长相也漂亮。反之，这个人就会生病、衰弱。烹饪就是挟持人的嗅觉和味觉，以达到养气和健康生命，进而抚慰进食者的心灵，以达到和谐自然的人生况味。"

"嗯，这倒是新鲜的看法，也确实在理。如是，先生做的饭菜爽口神怡，令人食后回味。那么，您是如何理性思考烹饪食物的呢？""最高超的厨师，不是某个人，而是大自然。"伊挚啜饮了一口茶，兴致勃勃地继续说："不同的食材，有各自天生的本性，那就是对生命所需而产生的功效。烹饪的目的，就是使食材释放出本有的口味和营养。释放本色，一切皆有之起。具体做法，就是用自然法则来调和五味。何为自然法则，那就是简单质朴；何为调和五味，那就是控制好水火。这样把食材的特性整合起来，使食者达到强化生命之气。当然，其实厨房里最大的秘密，就是人们所共同期望的，那就是烹饪者必须具有高贵的灵魂和品格。而这高贵的灵魂只有一个源头，那就是对昊天上帝的信仰和敬畏。只有敬畏自然，敬畏食材，敬畏食者，从心底感恩天地，才配做一个烹饪者。一个无信仰的人，不可能当好一个厨师。这就是美味的背后，潜藏着的道理和情怀。"

子天乙听着，不由得击掌赞叹："予虽愚钝，但能与先生共同进入这样一个烹饪的境界，体会这种情感，也能在先生身上得到寄托。先生您的烹饪哲学，可以用来调和民众吗？""当然可以，烹饪的本质就是敬畏食材的天然本性，使其天然的味道、天然的功效释放出来。由此，调和民众，治理国家，其理相同。一个国家有众多的人，而每个人都有自己的天性。治国的本质，就是让每个人的天性，每个人的本性，得以全面释放出来。创建一种宽松和个性自由的环境，使每个人都能成为社会的主角，能够自由选择职业、创造和劳动，不埋没任何人所具有的特殊才华，这是一个国家强盛和具有活力的基础。"伊挚平淡地说道。"嗯。"子天乙赞赏地点头，接着说，"先生的治国哲学，予完全赞同，但如果社会过分宽松，人们难免要相互伤害，相互抵触。个体自由释放出的力量，就不可能来服务生命，来达到民富国强的目标。""如是。太一生水，水反辅太一，是以成天。天反辅太一，是以成地。天地者，太一之所生也，太一是谁？太一就是昊天上帝。天地万物，唯太一所创生，人是天地万物之一，是昊天上帝的孩子。是昊天上帝给予我们每个人以灵魂，只有每个人明白了这一点，他们才能有感恩昊天上帝的心灵，才有对昊天上帝的信仰追求，才能互相友爱。这样的大众心理才不会相互伤害，当然，这需要过程，对极少数人还得需要律法。"伊挚讲到此处，多少有些动情。

"当今天下时势，天子不恤诸侯，诸侯不抚庶民，人人自危。予欲振救万民与水火之中，但患力量衰微，先生可否为予言策，以成大业之志？""君侯欲救万民，需王天下。臣为君侯谋划，现奏于君侯，一己之见，仅供君侯审参。成就王业，君侯当做好如下紧要之事。一曰修德，其境界为：敬畏昊天上帝，无私自我。二曰外交，要义是恭顺天子。联盟东夷诸国，逐步瓦解昆吾集团，各个击破。三曰内政，此事最为繁杂。稳定农桑，开垦荒田，发展畜牧，鼓励工商，开创金融。四曰戎事，创建三军，逐步用青铜兵器装备军队，完善以兵车为主的新型战法。如果得以实施，十年后，则具备了拯救万民的条件。欲速则不达。望君侯详加斟酌。请君侯见谅，臣已经到了下厨房做晚餐的时辰了，我们可否再约时间详谈？"

"来人！"子天乙喊道，"告诉厨房，今天予要与伊先生煮酒夜谈。只是委屈先生享用别人烹饪的饭食了。予感到您作为职业厨师到今天已经结束了。对了，我们接着谈，先生所说的四个方面的工作，其实予一直是这样做。譬如，修德，予从来未敢懈怠政事，以勤自勉。从未奢侈一个贝币，为自己享受。几十年下来，虽励精图治，只是不太理想。还望先生详细对予言之。""臣是夫人的陪嫁厨子，君侯不让臣去厨房，夫人知道了会责备臣不知轻重，给娘家丢脸，还望君侯理解臣的苦衷。""是予大意了，请先生见谅。来日，予亲自向夫人解释原委。先生大可放心。""承蒙君侯端目视臣，那臣就知无不言了。我商国得天所授，君侯修德自持，勤谨自勉，孜孜矻矻，国家之幸。但君侯修德仅此还不能让民众富强。因为昊天上帝是通过人民的眼睛去看，通过人民的耳朵去听。这就要求您的政令顺从人民的意愿，顺从百姓之心。推而论之，民众的眼睛就是昊天上帝的眼睛，人民的耳朵就是昊天上帝的耳朵，人民之心就是昊天上帝之心。故而要充分信任民众。如果人民不被信任，没有充分的自由，就不能自主自立，就缺少自我承担责任的能力。不信任人民的君主，也就得不到人民的信任。我们不能制定标准来切割百姓。制度的自由、秩序的自由，可以得到人民思想的自由。这样，才能使人民有充分的创造力和凝聚力。如果君侯您能将自己看作是人民的孩子，也即把人民当作您的导师，把他们当作您的父母，敬畏他们，依靠他们，顺从他们之愿，轻徭薄赋，不去干预，使他们自强、自富。这样，国家将繁荣和谐。即此，您的德就修炼得差不多了。这样的治国策略，不知君侯可否认同？""胜读十年书啊，予哪有不认同之理？顺从民心，就是顺从昊天上帝之道，可否理解为此就是天意？""对，君侯睿智。"伊挚观察着子天乙脸上的表情。他感到子天乙没有说谎，而是真诚的流露和表达，他觉得商国这个君侯谦诚，礼贤下士。没有列国诸侯那样高傲、盛气凌人的架子。子天乙虚心求教、坦诚相待，这正是谋大事的一种性格。伊挚慢慢地意识到，这个人是可以辅佐其成就大业的。

内侍进来，示意子天乙酒菜已经准备好。"快端上来，予今天与先生煮酒阔论天下大事，烦你们去告诉夫人，予不能与她共同进餐了。""唯。"内侍应着离开。"予用太牢家宴款待先生，望先生不必拘礼，予在先生面前立下重誓，除祭祀昊天上帝和祖先外，予再不饮酒和观听乐舞，唯先生监督。来，请先生畅饮此樽，以表达予仰慕之意。"君臣二人，似乎是相识很久的故交，并无生疏之感，喝干了酒樽中之酒。由于谈话涉及国家大事，身边无内侍伺候。子天乙拿起酒勺，给伊挚添上冒着热气的醇酒。"先生所言，信任人民，不去干预，这不是要予无为而治吗？"子天乙自己觉得已经领略了这样治国方略的要义。"对，准确地讲是无为而无不为，人民的自富、自立、自强、自朴，皆由无为而来。国家繁荣在百姓的自为之中。君侯要赢取天下，靠什么？靠实力，实力在哪里，就在人民的生产能力和战斗能力。生产能力和战斗能力，来自人民的独立自主的竞争能力。因为权力的本质就是消耗社会资源，权力如同毒手，伸向哪里，哪里民众的自由与尊严、创造力就会被毒害。人民一旦给予自由，才会坦然地成就自己的事业。只有自由的、自主的、自尊的民众，才可能建立一个富强的国家，才能赢取天下！""好。"子天乙听着再一次地击掌叫好，他像一个在黑暗中迷失了方向的车夫，忽然遇到了向导一样，心志明亮起来。

"赢取天下就需要与列国竞争，竞争什么？就是竞争我们是否比别的国家干预得少、管制得少，而且秩序好。创造良好的秩序也很简单，那就是做到公平和正义。由此我们与列国竞争，就竞争'自由'两个字，如果我们能够给予我们的人民足够的自由空间。我们将繁荣富强，我们将引领天下。"

子天乙听到此处，内心涌起一种相见恨晚的感觉，同时他感到一种震撼。他在充分调动着自己的理性认知能力，来打量眼前这位二十多岁的年轻人，一个奴隶出身的贱民。伊挚的论解就是一种深层次的治国理念，他感悟到伊挚就是昊天上帝派到他身边，帮助他成就大业的人。之前他认为自己心目中的大臣，像仲虺、夏革、女鸠、女房、石渚等忠诚敬业，非常优秀，都是可以帮助自己成就一番事业的人。现在看来，这些大臣充其量也只是主管某一方的人才，都不具备统揽全局的能力，更不要说是具有如此高层次见解的治国思想。他心中感谢自己的岳父送给他一个治世的能臣，同时他更有一种欣慰，那就是若非天命不在自己身上，昊天上帝何来把伊挚派到自己身边？子天乙拿起筷子，夹给伊挚一块羊肉，说："先生，我们边吃边聊，请。"他看着伊挚吃肉喝酒的举止，稳重而端庄，虽然身着奴隶穿的麻布衣服，但优雅高贵，在他身上丝毫看不出一个出身低贱的人。

"先生的修德论犹如先生烹制的赤鸠汤，食之沁入肺腑，予当铭记在心。唯此修政不敢违。诚如是，具体当如何实施？""臣当先敢问君侯，有莘国陪嫁赠送您的二十车青铜，您打算如何使用？""予与仲虺他们计议，准备将这二十车青铜，全部铸造兵器，以装备军队。由于朝廷对青铜原料的管制，使军队兵器的改良换代延误了许多，这次承蒙岳父相赠，真是雪中送炭，真是该谢谢他老人家的。"子天乙说着，察觉伊挚没有赞许的表情，赶忙说："先生以为这样做是否妥当，或者说该如何使用这批青铜？""君侯强兵之愿，臣十分理解，但这不是当务之急。改良兵器，这只是强兵的一个方面，而不是全部。就目前形势，君侯只要按照既定的外交策略行事，眼下还不是打仗的时候。这批青铜如何使用，对君侯来说，是一个历史的机遇，但愿您不要错过，以免耽误了大事。"伊挚说着，思忖着，是否把自己的建议提出。如果提出了，子天乙不愿意按照自己的主意做，那就万事皆了了，自己还是当厨子吧。那样虽卑贱，但心境不烦。子天乙看出了伊挚的顾虑，言道："先生不要有顾虑，予与他们所议，只是一个动议，还没最后拿定主意，先生如有意见，当然要按照先生的意见办。予虽不是圣人，但知错就改，虚心求教，也不失为圣人之为。""如是，那臣就为君侯设谋，以成志向。这批青铜依臣之见，除留下少许铸造农具外，其余全部铸成贝币。"子天乙听到后，心中无异于听到一声炸雷，但他保留了良好的贵族精神，不动神色，淡淡地说："愿闻其详。""夏王施政的宗旨，是维系政权的安全，就是以抑制各诸侯国的发展壮大为目标。经济上的政策，本质上是保护落后的农耕经济，而抑制创新的商业经济。为了打击各诸侯获取青铜原料，他竟然下令封闭全国的市场，恢复以货易货的传统交易方式。导致天下穷困，财用不足。稍远一点的诸侯国上缴赋税及贡品，转运实物的运输费用，就使列国苦不堪言。君侯可设立司徒一职，建立贝局，负责青铜贝币的铸造、发行和流通。君侯您要赢取天下，您觉得最缺乏的是什么？""予日思夜虑，感到最缺乏的是人才，缺财用，缺兵源。""那么，君侯是否想过怎样解决？""予曾经试过一些办法，但效果都不太理想，以致今天这种状况。""人性决定人心，人心就是昊天上帝之心。人心决定向往，人心向往生活富裕，不受伤害，自立自主，能够生活在公平和平和安全的环境当中。君侯可以创造这种环境来吸引天下人。庆幸的是，在技术上，我们已经有了突破。夫人这次与君侯成婚，陪嫁的人当中，有一个人已经全面掌握了全套青铜农具的制造技术，并且配套使用耕牛来进行农业生产，这就为吸引天下人移民垦荒创造了必要的条件。他就是昚单。有了这种生产技术，我国黄河故道的荒地几十万亩，大可以吸引人们来开垦为良田，所发行青铜贝币的一个重要用途，就是为移民垦荒购买耕牛和农具，借给垦民不计息，十年内缴税抵顶。此外，黄河故道的大片滩涂，可制定优惠政策，让垦民发展养殖鸭鹅。其副产品羽毛可作箭矢的原料，同时引进种植箭竹，以解决箭杆之原料。开垦出的荒地，宜粮则种植粮食，宜桑则种植养蚕，君侯政府不加干预，由农户自己决定。铸造发行这批青铜贝币的第二个用途，就是用于工商业、手工业。商人如需资金，则向贝局贷款，当然利息要合理。贝局独立于财政，为政府独有的金融部门，服务于全国的经济，这样不出数年，我们的国力将空前强大起来。兵器的改良、战马的 饲养、军队的训练，到国力稍有起色，我们就着手实施，以建设强大的军队，君侯就可俯视列国问鼎夏国了。"

听完伊挚的见解后，子天乙心中一阵惶恐和担忧。他与他的一班重臣，都是贵族出身，命运的高贵，仅仅是因为爹爹的高贵。他们都自认为自幼接受了良好贵族的教育，知识的边界要宽于下贱的庶民。贵族教育偏重于贵族礼仪和举止，优越的家庭条件，世袭的政治特权，使每个人都拥有了高贵的表象，而忽略了世界观的成长。他们的精神信仰和治国理念，已经接近枯竭。子天乙觉得尤其是自己的头脑，多年来从未得到像伊挚这样的人的智慧和情感的滋养，以致自己的头脑成了没有活水注入的河流，几乎成了接近干涸的河床。

他意识到了自己的差距，那是思想上的差距，而不是一般的理念和办法的差距；那是信仰上的差距，而不是世俗认知的差距。仅凭热情，去拯救天下黎民百姓于水火之中，是达不到目的的。

"先生的办法真乃是四两拨千斤。如同妙手置子，盘活了一盘死棋。予没有任何理由不接受先生的实施办法。予的这盘大棋需要先生来执子布局，万望先生不要像在有莘国时，拒绝予。如蒙不弃，予现在就在昊天上帝的牌位前，拜先生为商国尹正，实现咱们君臣的昊天之志。""君侯且慢，臣这次不再拒绝抬籍出仕，只是有一条件与君侯相约，如果君侯不能答应臣，那臣为生活计，终身不仕，只在厨房烹菜做汤，了此残生。""先生请讲，您只要不要予的项上之物，予都能答应。""君侯言重了，臣的条件就一条：举国信仰昊天上帝，敬畏昊天上帝，昊天上帝面前人人平等，人人都有祭祀昊天上帝的权利。臣做大祭司，掌神权，方才接受尹正之职。当然君侯执掌君权，臣不逾越。不知君侯可否接受臣的条件，与臣签约？""予同意，并且愿意现在与先生歃血签约。""歃血倒没必要，只是表示诚意，以昊天上帝的名义盟誓。"子天乙站起身，走到案几前，执起毛笔，在一块丝质的白绢上写起来。他拿起白绢，递给了伊挚，伊挚细细地读着："子天乙愿与伊挚先生盟誓，将携手建立一个昊天上帝祝福的国家，为此伊挚将作为大祭司承接昊天上帝给予的启示，主持祭祀，予不逾越。"之后，他签下了自己的名字，二人签完之后，伊挚一脸难为情的表现，说道："君侯我是认真的，只是这件事，我不愿让任何人知道。""予答应您，这只是你我之间的秘密。""关于咎单的任命，君侯打算……""这个由您，您看上的人不会有错，他的工作，您看适合什么？就给他什么事做。""让他做司徒吧，只有他能胜任金融及移民垦荒的事情，望君侯肯准。""好的，明天予将在明堂里在昊天上帝的牌位前，正式拜先生为我商国的尹正。予期望我们君臣同心协力，共同达成我们心中的那个神圣的愿望，那个宏图伟业。"伊挚接着说："把心交给昊天上帝，把手交给工作。我们将用自己的双手，建设一个美好的世界。"

子天乙这时已经拿起了酒樽，他示意伊挚举樽相饮，"来，先生，让我们满饮此樽！"说罢，君臣二人一仰而尽。

第十三章　调味灵魂

1

　　在后宫，新婚的纡芫郡主与贴身侍女姝训对面站着，"小姐，主公在后晌未时召伊挚去承光殿议事，到现在还未散，看来他们谈得很投机，您就不要担忧了。"时间已到亥时了，姝训在外面打探完消息后，回来急忙告诉她。纡芫不担心伊挚的才能，这在有莘国时，她多次听父亲谈论过。她担心的是这个倔强的厨子，还像在有莘那样不愿脱贱籍出仕于她的丈夫。自从冼姑为了她的祖母，燔烧自己后，她总感到伊挚变得让她琢磨不透。有时候她甚至怪她父亲，怎么把伊挚陪她嫁到商国，使得她今天几乎一整天都在为他的事情而操心。"我不是担忧他的才干，他足足可以托起一个天下，只是不知为什么，他几次拒绝了我父亲，难道我父亲就不值得他辅佐吗？你知道父亲的本意绝对不是为了我的胃口把他派来的，但愿他能随了主君的意愿。""也许是咱们主公真的怕您嫁到这里吃不惯这里的饮食，因为小姐您从小就是吃着伊挚做的饭长大的。"姝训天真地说，甚至是无话找话地与纡芫聊着。"你不明白，你也不可能懂得我的父君，这次嫁我他几乎掏空了国库，那青铜比黄金还贵重啊，但愿我的夫君他能懂得父亲的苦心。"与其说纡芫担心的是伊挚，还不如说是她在担心子天乙，甚至是她在为自己的命运担忧。列国的诸侯生长在宫廷之中，虽说都在接受高贵的贵族教育，虽然都讲礼仪，注重荣誉，但那都是外表的光鲜，她理想中的夫君应该不仅具备一个贵族应有的素质，而且是一个气吞山河，拯救民众于水火之中的人。如果这两人谈得不好，或者说志向不合，那一定是厨子看不上子天乙，因为光着脚丫的人，无所畏惧。由此可以证明，传说中享有贤明之名的商国国君，也不过是一个膏粱子弟。此刻她忽然想起妹喜，那个为了有施部族，而牺牲了自己的表妹。她知道普天下了解伊挚的人，莫过于自己的父亲和妹喜。这二人识别人的本领，纴疕觉得自己无法与之相比。既然他们都认可子天乙和伊挚，自己就应该相信父亲和妹喜的眼光。"厨房的人们都非常羡慕咱们带来的那位厨子，他们讲别说主公专门召见谁了，就是连厨房，主公几年了都不曾去过，他们都在夸伊挚烹饪的本事，都希望跟伊挚学一学厨艺呢，我听了都感到长脸。"妹训还是把她听到的讲给纴疕。"但愿吧。"纴疕的心思不在此。她的回答妹训感到无法理解。

门外响起了脚步声，随之就看到了门闩的扭动，子天乙几乎是贴着门走了进来。他径直走到纴疕面前，当着妹训的面，一把抓起了纴疕的手。"夫人，真是太好了。"当他看到妹训也在，便不好意思地放开了手。妹训见状，便向子天乙施礼道："奴婢这就告退。""不用，妹训你不必回避，予对夫人有话说，也想让你听听，予知道你们与伊挚的感情非比寻常。"他边说边后退一步，躬身向纴疕施礼，"真是万分感谢夫人，并感谢予的岳父。予感谢他老人家为予生养了如此聪慧、贤淑、美丽的夫人，还送来了一个让予能时刻充满信心的人，一个坚定予的志向的人。夫人，您知道吗？结束乱世，还天下人一个安乐的世道，是予多年来的夙愿，但苦于智慧不足，德行不够，故以致当下窘况。现在好了，智慧，夫人给带来了智慧，这个智慧就是伊挚，他信仰坚定，豪气洒脱，正是予心目中渴望已久的人才。予已经决定，明日在神庙，就是在明堂，在昊天上帝面前拜他为商国尹正。予不是来征求夫人之意的，是来告知夫人，您千万不要自谦，为了予的志向，请您不要反对。我们夫妻二人只是吃不上伊挚可口的饭菜了，哈哈。"纴疕急忙还礼，她有点琢磨不透自己丈夫的性格，但她从子天乙谈笑风生中嗅出了一种性格，那就是谦下、宽容、果敢，当然还有睿智。"夫君不可言谢，那样就非一家人了，如果我的父亲真为了我的胃口派伊挚来，那他就不赠送您二十车青铜了，那是他全部的积蓄啊，我父君一生谨慎，其国国小力单，他一生的施政就是保住封国，使太庙有飨。您知道吗？您在和伊挚谈话时，我在担心什么？""予不知，但请夫人告知。""望夫君不要介意，我刚才不是担心您是否看得上我家的那位厨子，相反，我担心他和您志向不合而拒绝了您。""是啊。"子天乙回答着，但他马上悟出了夫人这话的用意，"夫人不要担心，您话中的意思予已明白了，只有一个没有架子，虚怀若谷，意志坚定的人，才是伊挚心目中愿意辅佐的人，请夫人放心。"

妹训此时感到自己再在下去，实在是多余，借机说道："奴婢已铺好床铺，请主公与小姐歇息吧，奴婢告退。""慢，妹训你不要着急出去，予听说敬天敬贤皆要斋戒，明日予要拜国家尹正，那是神圣而庄严的事情，故而请夫人理解，予今晚要在太庙休息，以示对他的尊重和敬畏。另外，诸多事务需要连夜准备!"纤氿体贴地说道："您吃多了酒，派人告知我一下不就行了吗? 何必要您亲自跑这一趟? ""那可不行，予的夫人别人来告知，这不仅仅是礼貌不礼貌的事，予敬重夫人。"说完，子天乙就走了出去。纤氿慌忙行礼，目送着子天乙离去的背影，她感到那是一个英雄的背影。

2

来日，太阳像以往一样使劲挣脱了羁绊，从东方露出了笑脸，没有人在意它的早出晚归，人们都觉得它的运动那是天经地义的事。在商国的明堂里，一大早就打破了以往的宁静。神道东边，已经架好了九堆木材，上面趴着已经杀好的牺牲。它们是三匹红色的公马，三头黄色的公牛，三头白色的公羊。在神道的西边，陈列着一排鞉鼗鼓，一排编钟，一排石磬，及站列着一排手持管笙的乐人和舞者。而在明堂大殿上方，悬挂着一块蓝色的牌位，上面写着"昊天上帝"。大殿外面的广场上，铺满了象征纯洁的干草，而在上方放着一个厚厚的木桌，上面摆放着盛满酒、米、粟的青铜礼器。这个宽阔的广场，连接着神道。卯时，子天乙和他夫人纤氿、婢女妹训，及他的一班大臣，夏革、任仲虺、女鸠、女房、石渚、义伯、义仲等人已经聚集在明堂的广场前。与以往不同的是，人堆里添了两个新面孔，那就是伊挚和昝单。等到大家向子天乙行礼后，大家有点疑惑地站着，看架势这应该是举行祭祀的活动，而祭祀昊天上帝现在又不是时候。只见子天乙神情庄重，兴奋中略带严肃，朗声说道："诸君，予把大家请到明堂，就是要在昊天上帝面前给大家引荐两个人，他们是这次随夫人出嫁过来的。这位是伊挚先生，这位是昝单先生。"子天乙边说边把二人介绍给大家，伊挚和昝单急忙躬身抱拳和大家见礼。"予与诸君虽名为君臣，实则情同手足。今天予与诸君说句掏心的话，自从予继承商国君位以来，真可谓是食不甘味，夜不能寐。予目睹的是天下信仰缺失，法纪废弛，横征暴敛。连年的征战使百姓流离失所，白骨四野。予与诸公虽殚精竭虑，立青云之志，欲创建一个万民安康之理想世界，但终归是智慧不足，力量单薄，于事无补。现在好了，承蒙昊天上帝不弃，给我们降下了这二位先生。因此予决定恭拜伊挚先生为我商国太师、尹正，昝单先生为司徒。诸君应该明白了，予为何召集大家来明堂拜贤。这绝不单单是以示庄重，而是在昊天上帝面前见证我们君臣同心。予给大家找了一个顶头上司，而且是一个奴隶。悠悠岁月，浩浩江河，英雄何曾问过出处？就如同当初予简拔诸公一样，望我们和衷共济，共图大业。若昊天上帝垂怜予与诸公，则还天下人于安康！"仲虺见状赶忙说："臣等敢不与主公同心协力，共创大业，更岂敢以出身论贵贱。伊挚、昝单二位先生虽出身卑贱，但素有贤名，臣等追随主公，为的是上达天意，下顺万民。岂可以先后或出身相互睥睨，以至上下隔膜。臣等在昊天上帝面前立誓，唯主公命是尊，唯伊尹命是从。""好啊。"子天乙兴致上来，对夏革吩咐道，"夏老师，我们开始吧。"

夏革向子天乙施礼后，站在昊天上帝牌位下，高声宣道："拜官开始，请伊挚君。"伊挚听到传呼，便走到子天乙面前。"跪。"随着夏革的一声高喊，子天乙与伊挚同时在昊天上帝牌位前跪下。"拜！"子天乙和伊挚磕头。"再拜。"二人磕第二次。"三拜。"他们二人磕第三次头。"起，君臣对拜。"子天乙和伊挚站起来，对视了一下，跪下去，"拜。"二人对拜。子天乙道："昊天上帝在上，予才德浅薄，治国不期，空怀一腔济世之志，今您给予送来一位治国贤才，予即拜为商国尹正，来，伊挚君，请受予一拜。"他把左手伸出来，内侍见状，赶紧将尹正之印，递到他的手中。子天乙边说边将尹正之印递给了伊挚："请您不要拒绝予的诚意。"伊挚双手接过了尹正之印，那是一个用玉做的印玺，他感到凉冰冰的的。他的眼前好像突然出现了那棵由生母化成的空桑，烈火燔烧映红了脸庞的冼姑母亲，还有离开有莘国时，一步一回头看着他的妹喜郡主。他的脑海里突然映出了空旷的大地上，经过了征战后的皑皑白骨，以及千里蝗虫蔽天遮日的惨景。他感到这枚凉冰冰的印玺的沉重和责任的重大，正声道："谢君侯信任，臣将与诸君一道，同心同德，辅佐君侯成就千秋大业。臣在昊天上帝牌位前立誓，请君侯及诸君见证，不佐君侯成就千秋伟业，无以家为。还请君侯与诸君见证。""先生，您大可不必这么做，此事应顺其自然吧。"子天乙劝道，并回头对夏革说："拜咎单司徒吧。"夏革道："请咎单君！"咎单闻声，快步上前，匍匐在祭桌前。官拜司徒，对他来说有些突然，他知道商国国君拜他司徒这样的高官肯定是伊挚的举荐。他与伊挚一同在有莘国宫廷长大，自小多受冼姑的照顾和教诲，是冼姑为他们争取到了学习的权利，并督促他们用功。他感到自己终于可以做一个有用于天下的人。他虔诚地跪拜在昊天上帝牌位前，心中百感交集。但他最终明白了一点，那就是由奴隶成为贵族，是天命，是昊天上帝之意。同时他更明白，身份的变化，是为了更好的服务于天下苍生。他暗暗立志，将追随伊挚，怜悯疾苦，辅佐子天乙成就一番伟业。跪拜完昊天上帝后，子天乙将司徒印交到他手上，并道："望咎单君与予共勉。"子天乙望着他动情地说："臣当恪尽职守。"他拜子天乙后起身走了回来。子天乙道："诸位令君，现在我们用三匹红马，三头黄牛，三只公羊，隆重祭祀光明的昊天上帝，以感谢他降贤人于商国。先生神护之躯，上使者者，亦可格于皇天。今天之祀，由先生主祭。予发誓一定敬奉昊天上帝，恭诚达意，愿接受昊天上帝的任何垂怜与惩戒，做到政令中正，与诸君同心，先生请您主祭吧。"

伊挚，不，现在可以称为伊尹了，他穿着一身白色的长袍，左肩上披着绣有凤鸟图腾的绶巾，他将自己的尹正印放在宽大的桌子上。他手里拿着使者送给的木铎，言道："请君侯与诸位令君准备。"他站在主祭的位置上，点了点头，示意主持人夏革可以开始了。夏革主管明堂及祭祀，因而持重又庄严地道："祭祀我昊天上帝仪式开始，引火起乐！"明堂前的广场及神道两侧，顿时忙碌了起来。随着鼗鼓渊渊咚咚的敲响，钟磬之声泠泠，管笙之乐嘒嘒，合奏着古老的中华乐曲"嘉客"。九堆柴火同时点燃，发出了噼噼啪啪的声音。九头牺牲在烈火的燔烧下渐渐发红，沁出了诱人的香味，随着烟雾向天空飘去。伊尹、子天乙及商国的一班重臣们在鼓乐的伴奏下，按照仪式隆重地进行着祭祀。夏革声音如钟，"跪，一叩首；起，上酒。"内侍忙着给每位参加祭祀的人递上盛满酒的青铜酒樽。"一祭酒。"众人将酒双手置过头顶，然后缓缓放下，将酒慢慢洒入地上。"跪，二叩首；起，上酒。""二祭酒。""跪，三叩首；起，上酒。""三祭酒。礼成，请主祭、商国尹正伊挚恭献祭词，请。"

伊挚抬起头来，向旁边的子天乙看了看，子天乙也在看着他，那是鼓励他的目光。他向子天乙点点头，缓步向前走到了主祭的位置上。他凝视着悬挂在神庙正殿的那块蓝色的牌位，脸上充满了深情，眼泪在眼眶之中打转。他深深地跪了下去，道："光明伟大的昊天上帝啊，我在正式上任商国尹正之前，向您提出一个不大的诉求。对一个奴隶出身的我，我所企盼的都已拥有，但是我在商国尹正的位置上，绝不是为我自己而祈求。此时此刻，这个天下有太多太多的人因为躲避战乱和横征暴敛而没有地方停歇。请您让征伐平息，让暴政停止。商国子天乙德配天地，志向远大。我愿辅佐他，让天下您的儿女们都见到和平和安乐的曙光。请您让我们擦干他们悲伤的眼泪，不再哭泣，让他们对未来都充满信心。当天下充斥着饥饿和征伐、杀戮时，我们愿成为黑暗中那束明亮的光芒，这光芒在您的庇佑下，成为天下人绝望中的一线希望。亲爱的昊天上帝，我知道您的恩典其实一直环绕着我，我真的诚惶诚恐，我将告诉所有人，您就是缔造我们的母亲。如果人们稍有一点敬畏和感恩的心，他们将不会再去征伐和杀戮，也不再去寻求奴役他人。我还将告诉所有人，如果心中没有对您期许的接受和敬畏，尽管位尊富有，但永不高贵。我将倾听所有人的悲伤和愤怒，成为您在人间的手指，以拂去所有人心中的尘垢。我祈愿每个人在您面前平等而有尊严。我向您立誓，我一定尽我所能做到最好。亲爱的昊天上帝，我知道您听到了天下人的每一声哭泣，也听到了我向您的祈求，望您降大任于商国，我们将按照您的意志，制定律法，接受每个人的诉求。我保证我们的所作所为，合乎您的期待，在您真实诚信的名下，我们将会在彼此的身上看见您慈爱的身影。亲爱的昊天上帝，牺牲的香气，在空气的伴随下，想来已经到达天庭，请您飨！"伊挚祈祷完，双眼流泪，竟然不能自已。他努力挣扎着站起来，身体似有些摇晃，是身后的子天乙扶住了他，说："真是太好了，您可真是昊天上帝的化身啊，予从未听过这样情真意切的祈祷。予今听明白了，予与您一定不辜负昊天上帝。"夫人纴宄在听完伊挚的祈祷后，双眼情不自禁地噙着泪花。"祀毕，乐舞起，分享祭肉，以示感恩。"夏革的声音，略带呜咽。

内侍们将烧熟的牛马羊肉用长条盘子端到祭桌前。子天乙招呼着大家，盘腿而坐，饮着酒并吃祭肉。子天乙端着酒樽，说道："诸君，人生一快事，享飨昊天上帝之祭；人生一乐事，得一知己。今后予国之政事，诸君当禀告尹正处置。现在予和夫人只想与诸君一乐，从此，非祭祀昊天上帝与祖庙，予当戒酒戒礼乐，以此与诸君盟誓而明心志。诸君，夫人，来，咱们共同饮了这一樽。"大家都端起酒樽仰头一饮而尽。"臣等定不负君侯厚望。"伊尹双眼噙着泪水，动情道："诸君，我的治国方略其实很简单，就是四个字：敬天爱民。我愿与诸君共勉。"

第十四章 祭司、尹正

从国都斟鄩的南门，一直向南，是一条平坦笔直的驰道，这是天子去明堂祭祀昊天上帝，去籍田耕种的专用道路。多年来，一代一代的夏朝天子，从这条路走出走回，为的是耕种籍田，或者去祭祀昊天上帝。这条天下第一路，原本是用红土掺上沙子，夯筑而成的，坚硬而方便行走。但现在由于年久失修，路面显得坑坑洼洼。在路两边栽植着高大的梧桐树，由于欠缺养分，叶片与果实不能正常脱落，而枯死在树上，就像人的脸上长着无数的疣痘那样不堪忍睹。当春风重新回来抚慰大地的时候。梧桐树的新芽才把这些枯叶死果顶落，出现了不合时令的景象：春风横扫枯叶。进入籍田，一座宏伟的建筑映入眼帘，那就是夏朝明堂。从南门进入院里，绕过燃烧牺牲的几个青铜燃烧炉，便是明堂的主建筑了，它下方上圆，分为三阶。明堂正中央悬挂着一幅巨大的蓝色牌匾，上面书写着"昊天上帝"，这是夏王朝历代天子祭祀昊天上帝的地方。明堂西边的院子里，除一排正房外，还有一排西厢房，那是天子耕种籍田、祭祀，在此休息的地方。夏天子的千亩籍田，除明堂占地外，剩余土地每年用来种植谷子、黍子等农作物，其产出全部用于祭祀用。每年立春后的元日，是历代留下的传统日，天子将亲赴籍田，率领三公九卿耕种。

现在，太阳已经升起来了，夏朝的重臣及公族近百人在终古的率领下，早早地来到籍田里，准备陪着天子耕种。按照惯例，天子应在日出前就率先来到。可今天已经到辰时了，还未见姒履癸露面。这使得夏朝太师兼太史令终古内心隐隐地感到担忧。他是贵族，先祖跟随大禹治水立功而被封三公，世袭太师与太史令，其职责就是主持夏王朝祭祀昊天上帝，观察天象及占卜。明堂的东面是他的办公地方，终古太史一年到头，大多数时间就在此处工作。眼前的这片近千亩籍田，是少康王复位后，迁都到斟郭后开辟的，其产出专门用于祭祀昊天上帝之需。终古视籍田与明堂为圣地。但是，自从当今王上的爷爷孔甲王颁布禁令，禁止民众来名堂祭祀昊天上帝后，至今将近有七十多年了，民众似乎对昊天上帝渐行渐远，当年那种万人争抢耕种籍田，争相进奉昊天上帝的景象再也没有了，也许是一去不复返了。眼下籍田的耕种，只能依靠命令，强行摊派民众来耕种。没有了自发性的虔诚，民众来耕种籍田也只是应付差事，产出已大不如从前，从而导致动用国家财力来进行祭祀。

天子姒履癸继位已经四十多年了。每年只是来象征性地做个耕作示范，礼仪性的祭祀一下昊天上帝，就匆匆回宫了。终古从姒履癸的作为可以看出，天子来祭祀昊天上帝，只是把这项工作当作职务上的负担，既不想做但又不能不做，根本谈不上虔诚。他现在担忧夏王今天不会来了。如果姒履癸不祭祀昊天上帝，那就等于不要天命了。想到这里，终古不由得打了一个寒噤，脸色显得异样又苍白。"终古君，时辰早过，若天子不到，我们该如何进行？"申保关龙逢向终古躬身施礼，关切地问道。终古赶忙还礼道："龙逢君，直至现在还未接到王上旨意，我们只能再等等看吧。"上卿干辛望着终古，正准备和他说点什么，这时人群中突然有些骚动。他们一看，原来是太子獯鬻到了。他是坐着车一路赶过来的，由于着急，身上竟出了一身热汗。他走到站着的终古、干辛、关龙逢跟前，言道："姒獯鬻见过三位大人。奉父王之命，由予代表父王，开耕籍田祭祀昊天上帝。父王因身体欠安，不能亲自来了。"边说边躬身行礼。三位重臣见状，赶忙与太子见礼。

现在，终古的担忧终于变成了现实，王上不来祭祀昊天上帝了。他内心感叹着："唉，夏朝完了。"慈祥的昊天上帝也有令人畏惧的时候，他不可能永远眷顾一个不敬天爱民的人。终古对太子说："请问太子，您是打算形式上给诸位做做示范？还是在此间住下，认真地耕种几亩谷地呢？""父王无旨意，予只是代父王履行职责而已，不敢在此长住，耕种帝籍。"姒獯鬻回答道。"臣明白，干辛君、龙逢君，那我们就随太子，开耕籍田吧。"终古示意下属牵过一头黄牛，套入了连接青铜小犁的绳线，太子扶着犁，在一个士兵的帮助下，歪歪扭扭地赶着牛耕地。

忽然，天空暗了下来，大片黑云在狂风的裹挟下布满了天空。一时间风雨夹杂着雪粒倾空而下，使人们置身于风雪之中。连被牵着拉犁的黄牛也抬起头向天叫了几声。太子獯鬻哪里受过这种暴风雪的袭击，扔下犁把便快步向明堂跑去。原来围观的大臣和贵族子弟见状，也跟随着跑向明堂，就像战败了的军队那样狼狈地逃跑。未几，参加籍田耕种的人基本跑光了，风雪中只剩下了终古、干辛、关龙逢、费昌、扁将军等人。终古在无奈中高声喊道："诸位请避风雪，我职责所在，耕籍不能停。"说着扶起犁把继续耕田，其余几位重臣见状，都不好意思躲避风雪，跑过来与终古共同扶犁牵牛，耕着准备播种谷子的籍田。风雪中太师终古用尽最大肺活量高声喊着："干辛君、龙逢君，您二位可去躲避风雨。我为太师，理应恭敬虔诚侍奉昊天上帝，今天开犁耕种帝籍，不管天气怎样，也得将这块地耕完。诸君大可不必跟着我受罪。请几位快离开吧。不，我是说请几位快去陪陪太子，这里的事，有我一个人就够了，你们不能怠慢当朝太子。"他说着吆喝牛耕了起来。"既然这样，您也别耕了，我们一起去吧。"干辛使劲喊着。"昊天上帝不让我们耕田，终古君，您难道还不明白吗？这叫听天由命。"关龙逢也大声嚷着。"好，不耕了，我们一起回明堂。"终古终于不再坚持，他将牛的绳线拆下，将牛交给在一旁伺候的下属后，迎着暴风雪，向明堂走去。当他们几个人拖着雪水打湿的衣服走进明堂东大殿的时候，暴风雪停了下来。天气仿佛是在捉弄他们。太子獯鬻站在大殿的正中，施礼迎接着这几位大夏国的重臣，看到他们在暴风雪雨中坚持耕作籍田，他好像有些感动。他的神情就像是为自己刚才的行为而内疚，也为这几位大臣的举动而感染，惭愧地说道："真是辛苦各位大人了，予刚才不该畏惧躲避暴风雨雪，现在已经感到非常的后悔，只是父王那里，望几位大人多多周全。予则不甚感激。""太子大可放心，我们绝不在王上跟前搬弄太子的是非，使你们父子心存芥蒂。"终古躬身施礼回答。干辛、关龙逢、扁见状同时说道："请太子放心，臣等高居庙堂，深知事之缓急。"太子听后，稍感到宽慰："予在此多谢诸位大人了。哎，对了，终古大人，如果接下来再别的事，予就回宫复命去了。"终古便道："是，请您自便。"太子接着说："那予就先行一步了，告辞。"说着出门走了。

性格耿直的关龙逄张了张口，正准备说点什么，终古摇了摇头示意他不要讲了。"干辛君，您是上卿，今天开耕籍田不大顺利，现太子已回宫，我想，咱们就让其他参与的人们就此散了吧，不知您意下……""应该，终古君，即刻散了吧。"终古吩咐道："来人，去传话让大家散了吧。""终古君，我还有事需要料理，就不在此打扰您了。"干辛边说边施礼走了出去。"慢走，干辛君，恕不远送。"将军扁也附和着说："我也该走了。"说罢，随着干辛离开。

现在大殿里只剩下终古、关龙逄、将军费昌了，关龙逄情绪有些激动，言道："终古君，您是国家的太师，主持帝籍与祭祀昊天上帝。照理，开籍田后，太子应祭祀昊天上帝，但您不拦着他，这不是对昊天上帝的大不敬吗？德能配天，方可拥有天下社稷，难道王上父子不要天下了吗？太子坐着车来，已经是大不敬了，再不祭祀，昊天上帝必然降灾，我担心天意会……这该怎么办啊？""龙逄君，你的担忧我何尝不知，太子又不是少不经事的小孩子，他的心计深沉着呢，每年开耕籍田祭祀昊天上帝，他又不是不知，他着急地跑回去，是提早向王上自圆来这里的作为。祭祀昊天上帝，他认为那是耗费财力徒劳的事。自从朝廷不准民众、贵族、诸侯祭祀以来，这个昔日的朝觐圣地，现在已经成为人们心目中的废址。籍田的产出，已经无法满足祭祀所用牺牲的费用。您知道吗？大夏立国已近450年，光王室宗族就已经超过二十万人，有资格领取祭肉的人就达五万多人，如果每个人都分到祭肉，最少也得三百多头公牛作为牺牲，您说这不是杀戮吗？这能符合昊天上帝的期许吗？故而祭祀仪式只能从简。昊天上帝其实不要牺牲，他要的是一颗虔诚感恩的心。燔烧牺牲以祭祀昊天上帝，原本是人们对他的感恩和回报，祭祀从简，并不碍事，但不信仰则会有报应。龙逄君，我心中明白，我会尽最大努力来补救，也请您回去吧。""如此，请您多费心吧，我告辞了。"关龙逄望着终古，一副忧心忡忡的样子。而一边听着他们二人对话的费昌，也无奈地摇了摇头。

当参加开耕籍田的人们全都散去的时候，终古一个人走进了明堂正殿。他望着那块蓝色的昊天上帝的牌位，端起祭酒跪了下去。天子不来亲开籍田，祭祀昊天上帝，从开国以来这还是第一次，他的胸中有一种隐隐作痛的感觉，那是担心国家命运的一种痛。稍有脑子的人都可以看出，那突然而至的暴风雨雪不就是昊天上帝的警示吗？他感到自己有点目眩："亲爱的昊天上帝，愿您还能听到我的诉求，我祈祷你的恩典还能环绕着大夏朝！"他祈求着，泪流满面，他感到了一阵眩晕就什么也不知道了。

第十五章　荒芜了的籍田

1

隔天，斟鄩王宫内的议事堂内，天子姒履癸和他的一班重臣聚集在这里，他们都站着，干辛、关龙逢、赵梁、费昌、扁等，只有太师终古因病而未能上朝。头天开耕籍田不成功所引起的不祥之兆，还笼罩在夏朝君臣的心头上，大家都像不认识一样，似乎连相互打量一眼的心情都没有。他们都收回目光，尽可能地表现出无所谓的样子。这样的情形只有一个人例外，那就是申保关龙逢，他在等待开口的机会，他的职责之一就是规劝天子，以臣正天子的错误。

然而这件事情在天子姒履癸心目中，却是无足轻重。他继承父亲的王位，成为天子已经近四十多年，祭祀昊天上帝，仅仅是一种职务带来的诸多必须做的事项中的一项。昨天不去亲自开耕确实是有精力不济的原因，但最主要的是他认为这是一件徒劳的事，一件仅仅是寄托精神而没有任何实际意义的事。他环视了一下他的这班臣下，心中有一种陌生的感觉，他忽然觉得一夜之间相互都不认识了似的。朝中诸事不顺，棘手之事繁多。他从未见这班人拿出什么好的解决办法，而开籍田不成，这班人个个都如丧考妣，显得忧心忡忡。他觉得这班臣子已经开始和他离心离德了。

日常繁杂的事务，当然可能与他的私生活有关，使得姒履癸刚刚六十出头，便华发早生。在他的记忆中，这四十多年的天子生涯就是安抚诸侯，征敛财用，而且无休无止。花费财用，就好像一个无底的天坑，永远也不能填满。在无数个花钱的项目中，祭祀也是其中的一项，也是让姒履癸闻之而恐惧的事。拥有二十万之众的宗族贵族，将能分到祭祀昊天上帝或祖先的祭肉，视为无上的荣誉，之前还出现过贵族近支因没有分到祭肉而自杀的事件。如此，这要杀戮多少牺牲才能满足分配？故而在前几年，他下令停止用猪牛马羊等牺牲祭祀，从此再不分配祭肉，这也才算将矛盾平息了下来。他知道对于祭祀这件事情的处置上，太师兼太史终古、申保关龙逄不太满意，甚至可以说颇有微词。他必须妥善处理，省得落下一个不敬昊天上帝的罪名。"龙逄大人，太师终古的身体应无大恙吧？""王上，臣已派人探望，只是受了点风寒并无大碍，不日便可痊愈。"关龙逄答道。"诸位大人，朕昨日偶感风寒，身体不适，故特遣太子前去开耕籍田，未料到其结果是如此不堪。还好，终古太师身体无碍，朕也就放心了。只是太子，朕的这个儿子怎么连一件事也办不好呢？真使朕失望！"关龙逄往前走了一步，躬下身子，施礼道："王上，臣为申保，职责所在，故有话不敢不说。开耕籍田本是天子的职事，您派太子代替，本已欠妥。太子扶犁开耕，暴风雨雪突然而至，无疑是上天不满意，以示惩戒。暴风雪之猛，确实无法耕犁，臣以为不关太子事，还请我王虔诚对待祭祀之事，今后还请您亲躬亲事。"姒履癸听后说道："朕从小时候跟随爷爷祭祀，长大了跟随父王祭祀，继位后自己亲自祭祀，祭祀昊天上帝的结果是国事愈来愈艰，愈来愈难，你们诸位告诉我，昊天上帝在哪里？谁见过？请诸位告诉我。"他有点歇斯底里，环视着他的这班臣子。关龙逄有一万个理由，也没想到天子姒履癸会说出这样的话来。他明白了，原来在天子心目中，昊天上帝是不存在的，只是一个虚幻的崇敬物。他的眼前有点发黑，嘴唇顿时显得干涩，天子能讲出如此不敬畏之语，这大夏朝的气数就要完了。但他还是要规劝眼前的这位天子，坚持说道："王上，昊天上帝和您一样在他应该在的地方。起初，先祖鲧治水不成功被杀，首要之罪就是他偷了昊天上帝的息壤，如无息壤，也堵不住滔滔的洪水。我朝律法《洪范》谁人所制？是昊天上帝赐给先祖大禹，以规范天下。王上，如无昊天上帝庇佑，我朝何来450年的江山？"关龙逄说到此处，双目紧闭，但泪水还是掉了下来，"王上，您这样不敬昊天上帝，臣担心天命转移，不再护佑我大夏，望我王收回适才大不敬之语，虔诚悔过，则天下幸甚。""龙逄君，你是诅咒我的江山吗？不需你操心，朕的江山就像太阳一样，太阳永远不会消失，朕的江山也永远不会消失！"关龙逢听着还想和姒履癸继续辩论下去，干辛拉了拉他，请他不要再说了。姒履癸狠狠地瞪了关龙逢一眼，生气地走出朝堂。

2

后宫里，王后妹喜与贴身侍女尘际在窗户前站着。阳光穿过窗户，照在她们身上，使她们感到了春天的温暖。嫁到王宫的这段时间里，妹喜基本上已经适应了作为王后的生活。每当天子离开宫廷，唯一与她做伴说话的就是侍女尘际。原来那个天真、快人快语的尘际，经过王宫的磨炼，似乎也成熟了不少。"小姐，商国的贡使团到了，我打听到了您一定很想知道的消息，我不知您现在就想听，还是改日再听？"尘际半开玩笑半拿捏她。"我不听，不仅是现在不听，而且今后永远也不听，你把你的消息咽到肚子里去吧。"说着，妹喜装作一派正经的做派，故意装腔作势地喊道，"尘际，这里已经没有你的事了，你下去吧！""遵命，奴婢这就下去。"说着蹿开脚丫就要走出去，当她快走到门口时，忍不住回过头来，看了妹喜一眼，使了个鬼脸。只见妹喜瞪着眼睛盯着她，那表情好像是在告诉她，你有胆量走出去试试。"唉，小姐，我咽到肚子里不打紧，我是说怕您急坏了，那样我岂不是犯下滔天大罪了吗？"她边说边又走了回来，继续说道，"纤虺郡主在去年小姐出嫁后不久，也嫁到了商国，嫁给了商国那个国君子天乙。就这样，消息说完了。""说完了？""完了。"妹喜突然伸出手捏住了尘际的手臂，吓唬说："你是疼着说，还是……""哎哟哟，请小姐放手，我说，咱家的那位姑爷，还有咎单，被舅舅作为陪嫁奴隶，一起送到了商国。不久，商国子天乙就拜官给这两位，一位做了商国太师兼尹正，一位做了司徒。商国的贡使说，商国自从来了个伊尹正，晚上的月亮也好像大了许多。现在周边诸侯国的民众争相去投奔商国，人们去那里可以得到土地和自由。"妹喜听着，走到窗前，向东方望着，好像能看见自己那个心爱的人，她什么话也没有说。

只是在尘际眼里，她看到妹喜听到这个消息后，原来呆滞的目光，明显地活泛起来。"还有，小姐，宫里的下人都在议论前天的事。王上没有去开耕籍田，只是派太子前去，但是没有耕成，太子刚刚扶犁还未起步，天降暴风雨雪，昏天黑地，人们说是昊天上帝在惩罚王上。小姐，这多可怕啊！""还有什么？""没有了，就这些。就是那位姑爷住在商国明堂，日夜侍奉昊天上帝，还没有娶亲。""走你的。"妹喜轻轻推了一下尘际。她很快地沉思起来。这是两条表面上看似不相联系的消息，但在她看来是紧密关联的一件事情。伊挚，那个她从心底爱恋的奴隶，如今成了商国的尹正，英雄终于有了用武之地。她知道，伊挚的目标就是她的丈夫夏王姒履癸。如果说，夏朝在姒履癸的掌握下，磕磕绊绊能走到今天，那是还从未遇见过强大的对手。现在，这个对手出现了，而且是和她有紧密关系的一个人。伊挚和姒履癸，一个是她灵魂上的丈夫，一个是她生活中的丈夫。以她对这两个人的了解，那个奴隶一但和子天乙联起手来，失败者肯定是拥有天下，表面光鲜的天子。想到这里，她忽然感觉到，自己该怎么办呢？严格说来她还是一个少女，对于政治，她几乎不懂。之前，她生活在有施国的宫廷里，作为一个诸侯国的郡主，她目睹了一代又一代的郡主，肩上负载着政治使命而远嫁他国，从未有人过问和同情她们个人的生活是否幸福。从认识伊挚后，她的最大愿望就是自己能自由地做主，嫁给一个自己心仪的男人。但是，就这一点愿望，由于天子的征伐而破灭了。她曾经憎恨过这个世界，憎恨过自己的父亲，憎恨过姒履癸。她带着满腔悲愤嫁过来。她在心里安慰着自己：强权只能赢得自己的身体，而永远也无法获得自己的灵魂。她的灵魂早已嫁给了伊挚。她每天机械地做着自己应该做的事情，机械地尽着作为妻子应尽的义务，她把自己装扮成一块冰，一块似乎永远也无法化解的冰。

但是，天子姒履癸对她宠爱有加，一切都依着她。他像一个父亲那样疼她，又像一个兄长那样爱她宠她。天子姒履癸正在努力用自己的胸膛融化着这块坚冰。"尘际，你说要是他们二人争起来我该帮谁，或者说我应该希望谁赢？""您谁也不要帮，要帮就帮我。"那个爱说爱笑的小女仆，忽然神情庄重地说。"你说什么？帮你，帮你哪门子？""小姐。"尘际望着这位大夏国的王后，情感上与她形似姐妹的郡主，耐心地解释。"您知道吗？这大夏王宫里的下人，就是在王宫里做事的人，除我一人外，其余人的身份全是奴隶，这有点像有莘国。他们没有自由，劳动没有报酬，人格上没有尊严。而我服侍您，咱们主公是付薪酬于我家父的。期满后，则自由选择，这您是知道的。我们的国家，我们东边整个东夷人，没有奴隶，没有井田，人人平等，人人有着尊严。这是因为我们始终认为我们的身体是昊天上帝所创造。当年我们的祖先战败于姬轩辕后，臣服他的唯一条件就是允许我们人人都能祭祀昊天上帝。近一千年来，我们一代接着一代地服从昊天上帝的惩戒，接受他的期许。互相敬畏，严守诚信。不像这里，这里的人不信昊天上帝。崇信强权，阴谋欺诈。宫里的人也是蝇营狗苟。我在这里，一点也不适应，我让小姐帮我，其实是让您帮助和我一样做着伺候人工作的人，给他们自由，给他们尊严。而能给他们自由尊严的人，只有一个人，那个人就是伊挚。您说，您应该帮谁？""丫头，你这些道理听谁说的，谁告诉你的？""去年，咱们在有莘国时，我听伊挚说的。他当时是给纡芜郡主讲商国，我听到了。原来理解不深，来这里后，才真正懂得了。对了，听贡使说，伊挚在商国的黄河故道开荒，以昊天上帝的名义赐给人们。各国的人们争先恐后投奔商国，时间不久，已有几万人投奔。""是这样啊，我知道了。鬼丫头，今后我一定给你物色一个傻子做你的夫君，你小心点。""小姐，你可手下留情，我嫁也不嫁夏国人。我要嫁回咱们的东夷去。"

"王上回宫。"随着门响，姒履癸铁青着脸走了进来。他高大的身躯看起来有点摇晃，那完全是一副气急败坏的样子。他一屁股坐在大殿里，顺手将妹喜拉到跟前，言道："夫人，朕只有在你这里心情会好些，朕这个天子做得好累啊。"妹喜望着他，心中仅有的一点同情心，忽然在左右着她，应声道："王上，要不让厨房上点酒菜，您吃点，缓解缓解。""好啊，朕与夫人小酌，也是一件人间乐事，尘际你去安排吧。夫人，你是朕的王后，你说诸侯背叛，需出兵征伐，征伐需要军队。而军队出征，要粮要草。朕的宗族近二十万张嘴等着吃饭，让他们到偏远地方就封，都嫌苦，没有人愿去。朝中大臣无一有用之人，没有人能想出解决财用的办法。朕偶然不去祭祀，他们就寻死觅活不能理解，祭祀昊天上帝能祭出钱来吗？"这时，尘际端着酒菜进来，并给他们夫妇斟上酒，姒履癸端起精美的青铜酒樽，说道："来，王后，朕与你饮下此杯。"说罢仰头一饮而尽。他看着酒菜，露出稍有不满的神色，"尘际，你去让厨房烤一条羊腿来，朕与王后不醉不休。"他与妹喜喝着酒，在他看来，这是一个消解烦恼的好办法。

3

三苗王仡芈蚩决定用坡会的形式来欢迎商国的尹正伊挚、将军石渚、司徒昝单。他们是在商国实行新政已有成效，诸事都步入正轨而出使的。铸造青铜贝币、开设贝局以鼓励和支持手工业和商业，采用青铜农具开垦黄河故道及闲散荒地，吸引了大批周边的民众来移民耕种。经过几年的努力，商国的国力有了很大提高，现在是彻底改造军队的时候了。而军队改造最大的问题就是制造兵器和战车的原料青铜。天下最好的铜矿，大冶青铜山矿就在三苗境内，由三苗王掌控。能够得到青铜山所产之铜制造兵器，是将军石渚梦寐以求的事。伊挚在国内的各项事业都走入正轨后，便请示子天乙同意，由他带着将军石渚、司徒昝单出使并拜见三苗王，以交换或者购买的方式，拿到三苗出产的青铜。

伊挚对此次出使达到预期目的充满了信心。三苗部族是蚩尤和祝融的后代，他们原来也生活在黄河流域，蚩尤在和黄帝、炎帝的战争中失败后，他的后代几经迁徙，来到了汉水流域。尧舜时期洪水泛滥，大禹的父亲鲧不待天命，偷昊天上帝的息壤以治水，终告失败。昊天上帝怒其偷息壤治水，命祝融斩杀了鲧。此后祝融便和后来建立夏朝的大禹结下了难以化解的深仇。大禹执政期间，三次发兵征伐他们，虽然没有灭绝三苗部族，但也使其元气大伤。几百年来，三苗部族视夏朝为其最大的敌人，而敌人的敌人就是自己最好的朋友。三苗部族崇拜昊天上帝，以凤鸟为图腾。居无定所的迁徙，使他们把自己的图腾凤鸟用白银打制成精美的头饰，戴在妇女头上，把祖先祝融刺绣在妇女衣服的前襟上，让他骑着一条龙，以护佑自己的子孙后代。由于男人在迁徙中不停地在战斗，承载图腾和祖先的神灵，就成了女人们责无旁贷的事。同时，他们还严格信守蚩尤始于昊天上帝的承诺，饲养天蚕但不抽丝剥茧，信仰使他们从不计较经济上的得失。

在伊挚的心目中，这个历经动荡、坎坷屈辱的民族是非常伟大的。多年来，残酷的战争，不仅未能灭绝他们，反而铸就了他们顽强的生存意志。苦难没有使他们沉沦。即使生存环境极端险恶，这个民族也没有丢失自己固有的信仰，未曾违背祖先曾对昊天上帝的许诺。戴在头上的图腾和刺绣在胸前的祝融先祖，无时不在撞击着这个民族的心灵，也无时不在涤荡着苗家人的精神世界。圣洁的信仰规范着他们的行为准则，那就是尊重道义、恪守诚信。伊挚是怀着崇敬的心情来拜见三苗王仡芈蚩的。当他们一行走进仡芈蚩的木楼时，仡芈蚩站起来，走向前与他们分别拥抱来欢迎他们。伊挚从仡芈蚩热烈而有力的拥抱中感到了亲切，感到了信仰的力量。眼前的这位苗王四十多岁、中等身材，从黝黑的皮肤中透射出结实而强壮的身体。他的双眼流露出在智慧闪耀下的热情和信任的目光。"真是欢迎贵使啊，贵使在商国的施政作为，予也早有耳闻，是昊天上帝让您来到敝国。来，请三位入座。""多谢王上，敝国国君子天乙亲写国书，现呈交王上。敝使本次访问贵国之意，国书上已写本末，请王上过目。"伊挚双手递上了石渚呈过来的用白绢书写的国书。"多谢，请贵使饮茶稍等，予先观之。"此时，盛装的苗族少女，为伊挚、石渚、昝单倒上了热腾腾的打油茶。"好啊，看来贵国的君主与大人对敝国的情况非常了解。"仡芈蚩说着，环视了一下他的一班大臣，把国书递给他们。"诸君请阅看，商国的提议予十分赞同，可以说可解敝国的燃眉之急。用白银按市价交换黄铜，公平合理。派人来在敝国开设作坊，收购我们的蚕茧，缫丝纺织，将织成的绢段再卖给我们。这个办法，还请贵使明示。""唯。"伊挚听后接着解释："王上，不是收购，纺织作坊由敝国来建，建在贵国。敝国筹划每年送500个织娘来加工蚕茧，绢缎全部返还给贵国。敝国只赚加工费用，按劳动工价计算，折款贵国用黄铜付给我们即可。之所以把作坊建到贵国，是顾及运输费用。""噢，予也明白了，完全可行。"仡芈蚩高兴地说。"另外，敝国国君指示我们，将无偿地为贵国提供铸造冶炼青铜兵器和农具的技术和配方。着重说明一点，石将军和我们的司徒昝单一起研制成了三层牛筋弓，射程比时下的二层弓远十多丈，成为军之利器。我们已经带来了样品，为防止万一，此事未写到国书上，全在石渚将军和昝单君的脑海中。"伊挚补充道。"真是兄弟之情，雪中送炭啊，只是予有一事不明，贵国购买如此多的黄铜，所为什么？""中原地区所产黄铜质量差，而且朝廷禁止开采。毋庸讳言，敝国来求购大量黄铜为的是改良兵器和装备三军。当今天子，不敬昊天上帝，废籍田，重武备，不以德怀柔诸侯，而以征伐显示强权。横征暴敛之下，多少黎民破产，沦为奴隶或流离失所。敝国君臣欲彰显昊天上帝之德于天下，不得不强化军队，以诛灭暴政，还自由和尊严于人民。敝使此次访问贵国，不仅为购买黄铜，更重要的是与王上结盟，共同铲除暴政。"伊挚站起来，双手拱礼对仡芈蚩说道。"如能与贵国联手，灭了夏国，报了先祖之仇，予当裂骨焚肉，在所不辞。"仡芈蚩说着，看了一下他的一班大臣，他明白他们全都是赞许的目光，接着道："予当与贵使在昊天上帝面前歃血盟誓，定不负贵国国君的情谊。走，诸君，我们出去到坡会上盟誓去。"

木楼的外面就是进行坡会的广场，当中树立着一个高高的木杆，上面立着一个"帝"字。此时的广场上人山人海，男人们身穿崭新的黑色缎衣，吹着芦笙，弯着腰边吹边舞，以示对昊天上帝的敬畏。围绕着写有"帝"字木杆，盛装的苗家女儿，头戴用白银制成的带有凤鸟图腾的银帽，脖子上挂着用白银制成的项圈，他们拉着手结成三圈，围绕着广场中央跳着苗舞，唱着欢快的歌曲。

一头黄牛被几个苗人祭司牵赶着，牵牛的人与众不同的是，他们围着红红的头巾，以示庄重，他们是祭祀。进入广场中央，歌舞立即停止，人们都在关注着广场中央歃血盟誓的场面。仡芈蚩一手拿着青铜刀子，一手执起牛的耳朵，刺进了牛耳朵下面的血管。鲜红的牛血流进了一个陶碗中。

仡芈蚩和伊挚从祭司递过的陶碗中，同时伸进手指头蘸了蘸，各自抹到了自己的嘴唇上。仡芈蚩面对帝位，躬身拱手立誓："光明真神昊天上帝啊，您的子孙仡芈蚩以您的名义起誓，今日与商国使者所议定之事，诚信遵守。如有违背，请您降灾祸惩罚我们。"伊挚亦躬身拱手立誓："至高无上的昊天上帝啊，商国之君子天乙和小臣定当遵守与三苗王所定之盟约，如有违背，愿受毁宗灭社之罚。"

盟誓之后的下一项议程，就是饮血酒。苗族祭司端给仡芈蚩和伊挚各一大碗滴入牛血的米酒，仡芈蚩性情中人的性格充分显现出来，豪气地说："贵使请。""王上请。"二人谦让着，仰起头，一口气饮了下去。

欢快的芦笙奏了起来，人们载歌载舞，开始了盛大的坡会，以欢迎商国的特使，庆祝两国间的结盟。在仡芈蚩的邀请下，伊挚和石渚、昝单加入了苗族姑娘们的圆舞中。仡芈蚩似乎心情格外好，边跳边唱了起来："上天怜我，岂能无志？铸箭制戈，与子同仇。"他们跳着唱着，篝火烤着的牛肉已经熟透，沁出阵阵肉香。伊挚闻到了，他更相信，天上的昊天上帝也闻到了。他知道昊天上帝在默默地看着他们。

第十六章　银饰的承载

在许昌，昆吾国的宫廷里，己牟卢正与他结盟的诸侯会议。从地图上看，在夏朝首都斟鄩与商国及东夷之间，这五国呈"一"字形排开，从南到北依次是昆吾、顾、葛、彭、豕韦等国。几年前，在昆吾国国君己牟卢的倡议下，五国结成同盟，对内有事相互帮衬，对外成为首都防范东夷的屏障，故而被天子姒履癸称之为"金屏之盟"。为此朝廷每年减免五国税赋一半，作为支持。天子姒履癸随即任命昆吾国国君己牟卢为"金屏之盟"的首领。对外有征伐之权。表面上看，五国都能遵守盟约，相互扶助，但在内部，不和谐之处时有发生，只是力量弱的诸侯不敢言语而已。对外征伐，遵照盟约，五国同时出兵，但得到土地后，就全被己牟卢自己独自占有，那四国是敢怒不敢言。今天他们开会讨论的事情，是他们共同遇到的一件事，那就是民众流失。自从几年前，商国用伊挚为尹正，实行了大规模的开荒赐田之后，凡是实行井田制的国家，都出现了大量的人口流失，以至于有不少井田无人耕种。而且人们投奔商国的势头有增无减。虽然大家都采取了不少的办法，但都于事无补。东夷各国全部实行赐田制，已经上千年，不遇大的灾年，大家都安居乐业，不存在人口流失的事。大夏王朝分封的诸侯国，实行井田制，劳役、税赋较重。商国垦荒赐田，不收赋税，大大吸引了周围国家的人民。人性趋利避害，人们都向往移民商国。"诸位君侯，"己牟卢兼着主持会议，首先开口说道，"敝国也遇到了同样的问题，大量民众，特别是奴隶拼死也要投奔商国。前几年围追堵截，效果都不理想。此事予已呈报天子，但朝廷也无可奈何。因而今天召集诸位君侯来到敝国，就是商议一下可否有好的解决办法，大家联手而制止民众及奴隶投奔商国。""诸位君侯，"豕韦国国君孔宾一副悲戚之状，由于着急，嗓子有点嘶哑，"敝国逃奴最多，按户籍算，大体逃去商国十之有二。去商国者，子天乙给予耕牛、青铜农具，三年不收赋税。黄河故道开垦，由国家开好，分给流民。敝国境内也有一段黄河故道，前些年，也曾试着开垦，但劳民伤财，黄沙和盐碱无法治理。敝人曾秘密派人查看商国开垦黄河故道，昔日黄沙蔽日的盐碱滩，现在都成了肥沃的农田。究其原因，除技术外，商国青铜农具的使用，也是我们无法比拟的。"葛国国君垠尚一脸茫然，良好的营养使得他肥头油脑，他是一个从不多用脑力的人。"难道朝廷对商国的所作所为，熟视无睹吗？这样任其下去，可如何得了啊。"他望着盟主己牟卢，眼光中要己牟卢给出答案。"开垦荒地，收留流民，原是朝廷鼓励推行的事，这又没犯了哪条律法，你让朝廷怎么说话？"己牟卢不加思索地对垠尚说道："这商国又买耕牛开荒，又在改造军队装备，又减免税收，钱从哪里来？""从贸易中来。"孔宾接着垠尚的话头，"他们从事朝贡贸易，东夷诸国朝贡物品都由他们采办，各国只出钱即可，他们赚运费和差价。据说他们还和南方的三苗开展贸易，已获得大冶青铜山铜矿的铜。既然商国富得流油，盟主您有对外征伐之权，我们何不打他一下，灭掉商国，把那些逃奴都杀掉，以解我心中之愤。"听说又要征伐，一直没有开口的顾国国君姬雍赶紧说："出兵征伐？上次出兵的费用，敝国还没有了清呢，予非是不愿出兵，只是敝国国小力单，真正是糜费不起。再说，征伐商国，我们有打胜的把握吗？""军费吗？盟主可以向朝廷申请，但不打，怎么能知道打不过商国呢？予就不信这个邪。"垠尚说着，抬起头望了望房顶的仰尘，其实，大家都听出了他讲这种大话时内心深处的虚弱。

"诸位君侯，现在敝国和大家一样，财用不足。征伐商国予看还是不宜，但也不能听之任之。垠尚君，商国贡使去国都，必经贵国，您就不能在这上边打打主意。他抢咱们的人，咱们就不能抢他的货吗？他不能如期上缴朝廷的贡品，天子会怎么想？到时候大家一起上奏天子，看他商国怎么应对？对了，再过几个月，就是天子的六十大寿，凡属诸侯都要朝拜，子天乙岂能不去？我们大家一起发难，控告他图谋不轨，让天子杀了他，解除了东边的后顾之忧，诸位以为怎样？""好主意，好主意，就按盟主吩咐的办。"大家都附和着说。

第十七章　人格的日落

公元前1601年的夏历四月初八是祭祀昊天上帝的日子，因为之前昊天上帝在这一天降生，以女子之身化生在中华大地上。她在北方燕山的寒窑里独自修行，并化为乞丐，在民间乞讨了十八年。她深知民众的苦难，因而她没有降灾，年年五谷丰登。

这一天商国都城亳城南边的明堂里，神道东侧，一溜摆放着九个硕大的青铜燔烧炉，下面架着木柴。上面依次放着已经宰杀好的马、牛、羊各三头。正殿昊天上帝的牌位下，一个厚厚的大木头桌上，摆放着很多的青铜礼器，里面全都盛满了粢米及祭酒。因为太多，桌子上放不下，故而大殿的地上也都放着，这是因为无数的民众用自己的产出，来虔诚地祭祀昊天上帝。而在明堂外的籍田里，上万人在收割谷子，男人、女人、老人小孩全都来了。人们出于对昊天上帝的崇敬，无一人说话，只有青铜镰刀割断谷子茎秆的声音。

今天注定是好天气，是艳阳高照的日子，没有人怀疑慈祥的昊天上帝在看到这样万众一心的场面而心情不好。在靠近明堂的籍田里，子天乙和夫人纴祀，侍女姝训弯着腰割着属于他们亲自播种耕耘的谷子。相邻的田里，伊挚自己在用力地割着，由于伊挚是一个人收割，进度明显慢了很多。姝训割着麦子，眼却不停地往伊挚这里看，一副魂不守舍的样子。纴祀见此情景，叫住她："姝训，你去帮伊挚割吧，他一个人忙不过来。要不你有割手的危险，哈哈。""我才不去呢，谁要帮他？是他自己种了这么多谷子，累死他活该。"纴祀和子天乙看着姝训口是心非的样子，对视着笑了。"你不去，我去帮他，这里你们两个干吧。"

子天乙说着就向伊挚的田里走去。"我去，我去，这种事还是我去吧。"妹训说着连蹦带跳跑了过去。

不远处，商国的重臣们，仲虺、夏革、女鸠、石渚、昝单、义仲、义伯等，都带着他们的家人，收割着籍田里各自种植的谷子。太阳已经升起来了，天空由于没有云层的遮挡，显得格外蓝，但在地面上，空气形成了一股一股的热浪，使得干活的人都大汗淋漓。几百亩成熟的谷子，经不住近万人的抢割，肩扛人挑，都运到了明堂西院的打谷场上。现在也只有子天乙和伊挚的谷子，还没有收割完。这是因为未经允许，没有人敢来帮忙抢割。

现在，收完谷子的人们，男女老少都聚到了子天乙和伊挚他们的田埂上，在看着他们。一位白发苍苍的老者下了田埂，走到了子天乙面前，向他弯腰行礼，说道："主公，我知道您不让大伙帮忙，是出于对昊天上帝的敬畏，而大伙帮您收割也是出于对昊天上帝他老人家的敬畏，这没有什么区别，主公请您原谅，我们开始收割了。"他回过头来吩咐道："小伙子们，下田帮主公和尹正收割吧。"话音未落，无数个健壮的小伙子，跳下田来，还没等反应过来，刚才还是大片的谷子，现在已经变成了谷捆，被大伙撩上肩膀扛走了。

望着上万人来籍田劳动工作的场面，子天乙心中感到了一个从未有过的信念，那就是只有敬仰昊天上帝，才能将亿万人凝聚起来。他们争先恐后来劳动，使他感动。此刻也容不得他多想，拱手对着老翁施礼。"您是长者，在此，受子天乙一拜，天乙在此谢谢大家了，谢谢乡亲们。""君侯德政，惠及万民。要说谢，是老朽代大伙谢谢君侯了。不瞒君侯说，现在大伙家家都有三年的余粮。大家都说，现在我们商国的官员，最清闲的就属管刑狱的官员了，因为我国基本上没有诉讼的案件。老朽等庆幸身为商国的臣民，得到昊天上帝赐予的恩泽。"说罢老翁深深地躬身对子天乙施礼，大伙儿也都随着他施礼。

在阳光的照射下，子天乙满脸通红。但他显得兴高采烈，他拉着老翁，向伊挚走去，身后纴充紧紧跟着他，生怕挤丢了她。子天乙走到满头大汗的伊挚面前道："乡亲们，昊天上帝的子民们，我们商国能有今天的繁荣，得益于他。伊尹正，我们商国的尹正大人，是他为我们设计了这一切。他是昊天上帝的化身，是昊天上帝把他派到予的身边来的，他用昊天上帝的教化感化我们，使我们大家相互敬畏，团结友爱。他用昊天上帝的期许规范我们，而使我们灵魂充实、精神高贵、生活富足。这一切都是伊尹的功劳啊。"人们听着子天乙的介绍，目光都投向了伊挚，全部躬身向他施礼，异口同声地说："感谢伊尹大人。"伊挚忙把手中的镰刀交给站在身边的姝训，用手揩了揩额头的汗水，环视着向大家还礼，说道："承蒙君侯谬赞，我的初衷和使命就是让昊天上帝他老人家的恩典，始终环绕在大家身边，让我们每个人都有信仰和自由，都享受到做人应有的尊严，都沐浴在和平的曙光之中，谢谢乡亲们。"话音刚落，人们就掌声雷动，站在他身边的姝训，手不停在把玩着两把镰刀，向伊挚投去敬佩和羞赧的目光。

祭祀昊天上帝的时辰到了，在夏革的指挥下，鼓乐奏了起来，燔烧炉燃起的大火化成烟雾带着灼烤的牺牲的香味冲天而去。商国明堂的大殿内侧、广场、神道上，站满了前来祭祀的人们。随着音乐的节奏，大家跳起了欢快的乐舞。主持祭祀的夏革，站在一个高高的木凳上，手中挥舞着一面红色的三角形小旗，朗声道："乐舞停，跪。"随着口令声，上万的祭祀者跪了下去，大家全穿着商国人独特的白色衣袍，整个明堂，现在成了一个白色的世界。"一叩首，主祭献酒。"伊尹双手端起青铜酒器，向地上洒去。"起，跪。二叩首，君侯祭酒。"这回是子天乙双手捧酒，献于昊天上帝。"起，跪。三叩首，夫人祭酒。"跪着的商国夫人纴兝，依规矩向昊天上帝祭酒。她向前献酒之后，回到原来的位置上跪下。"太师伊尹恭献祭词。"伊挚站起来，走到昊天上帝牌位前，双手抱握，声音十分洪亮："光明伟大的昊天上帝啊，我们用籍田的产出作为牺牲，来敬奉您啊，是商国君民对您的一片敬畏之心。万民来耕种籍田啊，那是因为他们知道了自己的身体和灵魂都是您的赐予。您创造世界而不占为己有，您成就我们而不主宰我们，这是您对我们最深刻的顾念之情。您的顾念使商君子天乙和我明白了您的期望，那就是任何人也没有资格来主宰人民，人民只有自我主宰，才能自我成就。他们才能拥有自由，赢得尊严。亲爱的昊天上帝，我知道在您的庇佑下，商国人民已经拥有了他们所需要的东西，而我今天着重向您汇报的是：人民坚持和确信对您的信仰，荣耀自我，脱离低级趣味，追求无私的自由和平等，将成为整个中华民族的精神源泉。亲爱的昊天上帝，请您接受我们对您的敬奉吧，愿您的光芒永远光耀我们！"伊挚祈祷结束后，就地而跪，向昊天上帝磕了三个响头。

"祭祀昊天上帝礼成，奏乐、献舞、分享祭肉。"夏革脖上蹿出了像蚯蚓一样的青筋，高声地叫颂着祭祀的仪式。商国明堂里，人们载歌载舞，分享着感恩昊天上帝的喜悦。牺牲的肉已经烧透，散发出诱人的香味。由于人多祭肉少，男人们都自觉地回避，不去吃祭肉，他们留给了妇女和孩子。而妇女们也只是用刀子轻轻地割下一点点，喂给孩子，以祈求昊天上帝对孩子的护佑。没有人去争抢，也没有过多地取食，只是尝尝而已。因为他们知道，后边有很多人还没有吃到。当祭祀昊天上帝的仪式全部结束后，人们静静地离开了明堂的广场，没有人喧哗，没有人拥挤，没有人扔过废弃物。广场和神道干净如初。望着眼前的景象，伊挚知道，其实人们精神上的高贵，就体现在这些被称为"趣味"的小事上。但也只有具备昊天上帝信仰的人，只有怀着一颗敬畏之心的人，才能做到。

伊挚在当年谢绝了国君为他修建府第，而选择在明堂栖身，以方便自己昼夜敬奉昊天上帝。明堂的东院既是他日常居住的地方，自然也就成了他办公的场所。当人们都有序离开后，国君子天乙，夫人纴冘，仲虺、夏革、女鸠、昝单、石渚、义伯、义仲等商国重臣，都来到了伊挚居住的东殿。夏革指挥着下属端着祭肉和米酒进来，说道："主公，大家礼让，竟然剩下一些祭肉和祭酒，我们也分享一下吧。"子天乙率性真诚，性格捭阖，这也使得大家喜欢与他共事并尊重他。"好啊，既然乡亲们给我们也留下点肉和酒，我们就借着昊天上帝他老人家的名义，也吃点吧，这叫午餐朝事，诸君以为如何呀？哈哈。""好啊。"大家都在说。伊挚端着盛满了祭酒的青铜酒樽，躬身向前，来到子天乙和纴冘身旁，举起酒樽道："君侯与夫人，臣请二位饮祭酒一樽，以娱我昊天上帝。自从实行惠民养生之政，将近十年，闻君侯与夫人钟鼓之音未闻，娱乐之音未听。今日祭天之米酒，当不在禁戒之列。"子天乙与纴冘端酒并与伊挚一同饮下。伊挚放下酒樽，环顾大家并说："诸君，我听说音乐集天地之气而成，只有圣人才能使音乐和谐。依我看，只有政通人和才能使之和谐。适才祭祀昊天上帝之乐舞，在我看来就非常和谐，我与诸君上对君侯负责，不违天道，下保万民安宁，使其富足，诸君辛劳。当年君侯问我：'予欲取天下，以解万民于水火之中。如何取？'我回答说：'您要取天下，天下不可取，要先取您自己。'这样，君侯自己攻取自己，已属无我的境界了。我现在可以说，我们夺取天下，解困人民，条件基本成熟了。""多谢先生。"子天乙感慨道，"予与诸君相遇，用夫人的话说，就是昊天上帝之缘，予与诸君一起所做的，就是昊天上帝的事业，他使我们走向信仰，走向创造和尊严之路。昊天上帝之光，赋予了我们神圣的力量，今天我们的成就，非是予所为，而是昊天上帝的感召，是他把人心发动起来，变无知为信仰，化愚昧为理性，化贫困为富裕，化仇恨为友爱，化欺压为合作，化特权为平等。要做好他老人家的事业，予知道路还很长，困难还很多，望诸君与予共同面对，以慰天下苍生。眼前诸多事务，还需要我们认真谋划，缜密部署。""是啊，君侯。"伊挚接着说，"采用青铜农具和耕牛，使我们开荒赐田的计划获得成功。十多年来，我们共开垦出良田近三十万亩，投奔我们来落户的人们超过三百多万人。加之轻徭薄赋，人民生活富足，人心安定。据实地了解，普通人家的存粮均有三年之余。这些人的到来，为我们提供了稳定的兵源。根据形势的需要，我们已将军队扩建为上、中、下三军建制。总兵力为二万人，兵车为一千乘。其中中军兵车四百乘，步兵为七千人。其余为上、下军所分。我们收购上三苗的蚕茧，加工成丝绢，再反卖给他们，其差价三苗人用原铜付给我们。几年下来，满足了军队武器改造所需的青铜。做朝贡贸易顺便买到了不少北方草原上的黄牛皮，用狄人所产的黄牛皮加工成铠甲，韧性好，士兵们都非常喜欢。更重要的是，黄牛筋制成的弓箭弦，强度高，比普通弓箭射程远三十尺左右。现在，石渚、义伯、义仲三位将军正在研究阵法操练士兵，只是制作弓箭工时长，工艺复杂，还需一段时日才能全部赶制完成。我想，由于形势的变化，我们必须在立秋前将兵器改制完毕，不知三位将军可否按期完成？""禀尹正大人，从三苗来的一批铜料，不日将运来。我们三个人计议过，时间上应该没有问题，我们再想想办法，一定按您的要求，按期完成任务。""好，有劳三位将军。"伊挚说着将目光转向了女鸠："女鸠君，您管钱粮，三军的后勤给养就请您准备筹措吧，立秋前，也应准备停当。""请您放心，我们现在不缺的就是粮草，可随时调运。""好，有劳您了。""大人不必，这是我等分内之事。"女鸠说。子天乙听着他们的对话，和夫人纴㐬对视了一眼，点了点头，接着女鸠的话："诸君操劳辛苦了，军政之事就请诸位禀告尹正即可，就按先生的安排筹划吧。眼下一事，予告知诸君，五月二十是天子的寿诞，朝廷已发明诏，命诸侯悉数赴国都朝觐，以示祝贺。随天子诏书给我们开列了一个贡品清单，数量之大，如同勒索。理由是，我国财用足，应多贡，真是气人。"说着将内侍递上的绢书，递给了伊挚。伊挚看完，便皱起了眉头，他将绢书递给了旁边的仲虺，并问子天乙道："主公打算亲去祝贺？"子天乙道："是啊，予何尝想去呢？但诸侯之本分就有朝觐天子之责，更不要说天子寿辰。""主公之去，恐有不测，应做好应变之举，但不知主公安排谁人随同前去？""予想仲虺君陪着就行了，家里的事就全仰仗先生了。""可否不去？这太危险了，那个夏王生性暴虐。"夏革急了，有点紧张地说道。"没有理由不去，而且予也想去，去了解一下朝廷的动向也好。"子天乙平静地说。"话虽如此说，但不得不未雨绸缪。臣假想不得已而安排，望主公定夺。真如天降灾难，主公如有不测，臣等将立太子为商国国君，发兵一举荡平夏都，三位将军从现在起，做好军队的战斗动员，请主公明示。"伊挚说着，显得有些无奈。"就如先生安排，还请女鸠君安排一点贡品，我们得破点财啊。""臣遵命。"女鸠上前回答。

这时，主管朝贡的女房突然走了进来，看得出他是经过厮杀而回来的，身上有几处血迹，臂膀上有剑刺的伤口，还在往外渗着血。他伸出双手困难地施着礼，他的嘴唇已经干裂，声音沙哑地说："报告主公、尹正大人，我率领的贡使团，在经过葛国时，遭到强盗的打劫，货物被抢，人员大多被杀。臣看出，劫匪不像是绿林中人，应该是葛国的兵士所扮。臣未能完成好使命，请主公降罪责罚。"子天乙听后，一脸惊愕，他站起身走到女房跟前，关切地说："降什么罪啊，您能活着回来，则万幸了。货物丢失，我们可以再赚，人没了可就没法补了。仲虺君请您赶快安排大夫给女房君疗伤。"仲虺显得一点也不着急，说道："主公您太急了，这里便有最好的大夫，不用安排，哈。"子天乙回头一看，只见伊挚拿着药箱，对女房说："快跟我来。"说着，大家扶着女房往伊挚的卧室走去。

　　现在大殿里只剩下夫人纴鸢与侍女姝训，她们在焦急地等女房治疗的情况。此时的纴鸢已经从一个十多年前的少女变成了容光焕发的少妇了，成了三个孩子的母亲，准确地说是三个儿子的母亲，更准确地说是商国的诸侯夫人。虽然子天乙的年龄比她大二十多岁，但夫妻间松萝共倚，同声相应。一些重大的活动和场合，子天乙都会带着她出席。需要知道的是，在公元前17世纪，女子的地位是相当高的，她们有自己的私有财产和相应的政治地位，而将女子彻底打入历史的尘埃中，以致几乎找不到一个正面的女人形象，是五百年后的周公姬旦所做的事。在商国人的心目中，她就是祥瑞。商国的一切变化，都是国君子天乙迎娶她而带来的。这不仅仅是因为她具有超强的生育能力，更主要的是她给商国带来一个伊尹，那个告诉商国人民怎样生产和生活的尹正。纴鸢打量着这间明堂的东偏殿，这就是伊挚日常生活起居的地方，凭着一个女人特有的细心，她看出伊挚平时生活得粗糙。她感受到一个家的意义，没有女人操持的家根本就不是家，充其量也就是一间过店。她看了看跟在她身后的姝训，又无奈地收回了目光，这个傻丫头已经成了大龄姑娘，任凭门第多高的男人她都不嫁，等着伊挚。而伊挚又发了重誓，事业不成不完婚，至今也未见伊挚吐一个字眼。她担心姝训真的孤独终老。现在，她感觉，暴风雨就要来了，西边的"金屏之盟"五国，已经开始向他们动手了。朝觐天子，凶吉未卜，她现在最大的担忧就是丈夫的安全。

　　一阵忙乱后，子天乙他们终于从伊挚的卧室中走了出来，纴鸢迎上去开口问道："情况怎样？女房大人的身体？"子天乙面带一种紧张后的放松，说道："夫人请放心，女房君身上的创伤已经包扎处理，血也止住了，先生说并无大碍，将养一段时间就可痊愈了。哈，我国的尹正大人，竟然是世界超一流的大夫啊，这我怎么才见识呢？""臣在有莘国时就做过大夫。臣现在明堂西院，专门招了二十人学习医术，过一年便可出师行医了。可喜的是，这批人当中不乏英俊之才。考核合格者，将以国家的名义给他们推荐，让其开设医馆，以治病救人。""好，这又是先生一功德之事，予代商国子民感谢您啊。""主公客气了，我也是商人啊。""对。"子天乙和伊挚面对着面说。纴鸢听着，有点得意，又像是撒娇地对她的丈夫说："您现在才知道，我父君将我嫁给您，他老人家的损失有多大了吧？""对，他老人家对我的恩义，予将永远报答。"子天乙说着，话锋一转，"贡使车队被劫，重臣受伤，这给我们敲响了警钟，先生看我们该如何对待？""很明显，此是己牟卢与垠尚处心积虑，早有预谋。当下我们权当是盗匪抢劫而为，只是暂时停止代缴贡品，一切等主公觐见天子之后，再做理会。那时候我们将用兵车去理会他们。另外，女房君虽然无大碍，但此时还不宜走动，就让他在臣这里休养吧，也方便臣为他疗伤。主公觐见天子之事，臣当择日占卜，请您再最后定夺是否去觐见。""好吧，一切按照先生的意思办，诸君辛苦。夫人，我们回宫吧。""君侯且慢，我有一事禀报您。我们堂堂的国家尹正，竟沦落到了自己洗衣做饭的地步。因为他把俸禄基本上全用于办医学班和捐给生活有困难的人了，故而雇佣不起伺候他的人。我这里有一个不用他付工钱的人，请君侯下令让她留下。来，过来，姝训。"纤宄夫人说着伸手将姝训推到子天乙的面前。子天乙听后一脸的惊愕，他看着伊挚，脸上露出了心疼而责备的目光，说道："有这样的事，予现在以君主的名义，命令你收下姝训，不得有误。"伊挚面有难色道："多谢主公和夫人，臣有过重誓，暂不婚娶，再说姝训姑娘是老君主亲选送来照顾小姐的，她生来是小姐的人，此事断不可为。"纤宄忙说："又不是让你娶了姝训，别的你就少说吧。我们只是让她留下来照顾你。到了结婚时，我们定为你们举行隆重的婚礼。现在，君侯我们可以回宫了。姝训你的随身物品我过会儿打发人给你送过来。""好，我们走吧。"子天乙望着一脸无奈的伊挚，打趣道："先生，您可不能为难这位姑娘，她可是我们雇佣的。哈哈。"说着他握着纤宄的手走了出去。"臣等恭送君侯。"大家对子天乙和夫人抱拳施礼。

商国的重臣们陆续离开了明堂后，伊挚招呼着医学班的学生们将女房大人用担架抬出，安顿在另外的一间紧挨着自己卧室的屋子。之后，他带姝训来到自己用于做饭的屋子，对她说："委屈姑娘了，您就将就着住在这里吧。跟着我粗茶淡饭、生活清苦，姑娘若是哪天受不了时，随时可以回到夫人那里去。"姝训跟着伊挚走进屋子，打量了一下可以算是能够将就着住人。屋内除了一张床外，就是用于做饭的锅灶等物品。"当然若需再添置什么，姑娘可到集市置办。您不要听夫人的，我还是有能力养活您的。"伊挚说。姝训抬起头，好像不认识地打量着这个身穿白色袍服的伊挚。她自小跟着纡氖郡主，宫廷的生活使她懂得了做人做事的规矩以及礼法。她打小时候起，就认识了眼前这位由奴隶而变成商国尹正的伊挚，她曾亲眼目睹了妹喜与他举行的精神婚礼，她当时就留下了伤心的泪水。当时，在她幼小的心灵里，她无法接受这对相爱的人以这种方式分离。来到商国后伊挚很快就成为尹正，她与他虽然经常有机会见面，但从未说过话。有关他的事全都是从国君和夫人那里听到的，她在不知不觉中爱上了他，但她甚至不知道自己是什么时候爱上的，更让她不敢想的事是，那个心高气傲的奴隶，能不能喜欢自己呢？他现在可是商国的尹正啊，一人之下，万人之上，有多少贵族家的女儿在盯着他。她把对伊挚的爱深深地埋藏在心底，但当她在纡氖郡主那里，每每听到有关伊挚的事时，她本能地手忙脚乱起来，有时甚至是手足无措。她发现自己的这种隐瞒充其量只是一种掩饰，一种很容易被人识破的自欺欺人。不用问，纡氖小姐一看就明白了一切。

她和伊挚一样，也是孤儿。同样是由国君收养在宫中。她在有莘国的宫中服侍纡氖郡主，这与她生来就有的条件有关。之前，她就像一颗刚顶出土的豆苗一样，在未散开毛叶之前，无人看好她。她知道她的一举一动都瞒不了那个无比精明的纡氖郡主。

此刻她抬起头来，看着伊挚。这是她有生以来第一次这样近距离单独与伊挚在一起。她不想正面回答伊挚的问题，只是笑着说："我在想，连我的薪酬加在一起，可否养得起那班跟着您学医术的学生。还有，我若照顾不好您，您是否到夫人那里状告我？"伊挚听着姝训的话，感到意外，不由得转过身来仔细地端详着她。他觉得姝训的身材一下子高大起来，之前他并没有觉得这丫头有这么高的个子，与他站在一起没比他低了多少。她如同空谷幽兰，朴素俊貌，清丽天成。他看着她，冥冥之中，觉得她像一个人。对，她的眼睛，就像是妹喜的，特别是他与她对视时，从她眼中流露出的那种火辣辣的目光，与妹喜像极了。"我在姑娘心目中的尺寸难道就像箆梳草一样高吗？到现在为止，我还没有状告过谁。"伊挚觉得自己已经放下了平时的矜持，说话有点调侃的味道。"那么您希望有多高呢？"妹训回答道。伊挚一直看着她，笑道："这个高度嘛，最好您来定，只要比篦梳草高点就行。"妹训自幼跟着纡亢郡主长大，养成了快人快语的性格，马上问道："真的要我来定吗？""是。""我定，我的尺寸是，您的高度在我心中能够得着就行了。"说罢，她的脸有点发烧，低着头开始收拾散乱的东西去了。

"够得着"三个字深深地刺激了伊挚，那感觉就像食用了过量的芥末，神经反应难以控制，以致泪流不止。他顿时感觉自己被妹训骗进了感情的迷宫。她在他前边忽隐忽现，而自己却只能看到她的背影。他与妹喜相爱，不论爱得多深，多么执着，最后的结果却是"够不着"。"够不着"仿佛是提醒他从梦中回到现实中来，回到"够得着"的生活中来，他看着忙碌中的妹训，干涸的心田中有了一种清泉注入的充实感。"您先忙着，我回那边去了。"妹训听到直起身，向他施了一个礼。

第十八章　信靠的力量

斟郡王宫里的瑾瑄殿内，天子姒履癸在床上睡着，已经三天没有醒来，谁也不知道他得了什么病症。较长的时间里他呼吸平稳，就好像熟睡了一样，有时候则呓语连连，含糊不清。宫廷的几个大夫急得满头大汗，但无济于事，他们从未遇到过这样的病。

天子昏睡不起，使得大夏朝整个朝野不安起来。几个重臣，太师终古、上卿干辛、申保关龙逄，以及赵梁、费昌，当然还有太子獟鸄等，天天聚在朝堂，焦急万分。但也没有什么办法，大家只有盼着天子尽快醒来。因为他们觉得应该没事，天子的症状毕竟像睡着了一样嘛。只是，这些大夏朝的重臣们还没有意识到多事的时代已经到来，即使个别的大臣已经意识到危机的到来，迫于禁忌，他们也不敢表答出来。

其实，年初西南方向的地震和此时的干旱似乎都在提醒着他们，今年注定是一个多事之秋。但是，他们君臣只是沉浸在天子七十岁寿诞的庆祝和喜悦当中。

这天上午，太师兼太史的终古，在朝堂外的广场上燃起了篝火，他是为天子的病进行占卜，他率领着几位地位比较低的祭司进行占卜。他们打着鼓和铜叉，围绕着篝火，跳着敬天的舞蹈。他们穿着红褐色的长袍，头上戴着插有孔雀羽毛的帽子，脸上画着红白相间的条纹。篝火帮着太阳烘烤着他们，这些祭司们没跳多久就满头大汗了。终古一脸肃穆之气，跪在地上，手里拿着一把青铜制成的钳子，他把事先钻有九个小孔的龟甲用钳子钳上，放在燃烧着的火堆上烘烤。

这是一件庄严的事，容不得出现任何纰漏。终古双目凝视，手有些颤抖。可以看出，他在用尽所有的力气控制着钳子。而在他内心深处隐隐地为天子及王朝的前途担忧。龟甲在火中烘烤着，啪啪作响，不用多久就变得发黄，出现了一条条的裂纹。当终古判断火候已经差不多时，便不再烘烤。他从钳子上取下了龟甲，他犹豫了一下，睁开了闭着的双眼，盯着龟甲的裂纹，脸上露出了满意的笑容。是的，龟甲上裂开的条纹整洁，排列有序，没有断纹，这就预示着大吉。这个占卜的结果，让始终紧绷着脸的太师的脸上有了放松的迹象。占卜大吉，天子无事。他站起来示意跳舞的祭司们停止鼓乐。

那些原本在朝堂上等着的重臣们，都希望在第一时间里知道占卜的结果，他们都站在朝堂外面的台阶上等着。若不是占卜的禁忌和规矩，他们早已来到终古的跟前。他们紧盯着终古的一举一动，当看到终古那张像榆树皮似的脸有了活泛的笑容时，不需要说他们便知道了占卜的结果。

瑾瑄殿内，王后妹喜坐在床前，不时地用白绢为她的丈夫姒履癸擦去额头的汗水。她望着这个年龄比她大一倍的丈夫，心中充满了无奈，就像是五味一起涌入了她的舌尖，使她无法分辨其味道。人性深处的善良，慢慢地在她心中析出一点仅有的同情心。她不爱他，嫁给他成为王后，是强权政治的一种裹挟，以她自身的力量难以抗衡。

十多年来，天子对她横竖相依，像父兄那样疼她，用他自己的胸膛来融化着妹喜这块坚冰。尽管她从不在精神上与他交流，但她是他的妻子，她必须尽一个妻子的责任和义务。她把自己限定在一个尺度，那就是被动地肉体交流。她从未怀过孕，尽管姒履癸在她身上雨露不断。她想，这也许是昊天上帝的意思。

痴狂的虚荣心，塑造出天子姒履癸易怒冲动的性格，而且刚愎自用。在他心中，那些大臣只是职务上的雇佣，充其量就是顾问职能。他继承父亲姒发为天子之后，不知道什么原因，昊天上帝一点儿也不垂怜他。这些年来旱灾、水灾频繁，地震时有发生。祖宗定下的诸侯贡赋制度，也已经不大灵验了，经常出现附近诸侯欠赋，荒服诸侯不贡的局面。他的朝廷自始至终处在一个财用不足的状态中。他与朝臣们试图改革，制定政策以刺激经济，但遭到了宗族和诸侯们的反对和掣肘，以至于半途而废。无奈之下，他只好诉诸武力，征伐那些有代表性的诸侯，以震慑天下。在他看来，这一招效果还不错。但出兵征伐，调动忠于自己的诸侯军队，会带来巨额的军费开支。有时候甚至得不偿失，但总体来说天下还算安稳。妺喜自从嫁给夏王之后，她从不过问和参与政事，对任何事情也不感兴趣。仿佛这大夏朝的安危，与她没有任何关联。这样冷漠的态度，来源于妺喜心灵深处的一种放弃，一种对生活的放弃，一种对希望的放弃。她在少女时代憧憬的生活，对爱情的希冀，全部毁于眼前这个男人。她觉得自己的心已经死了。尽管她清醒地知道，这个表面上看起来强大的王朝，其实风雨欲来，危机四伏。她认为这是昊天上帝在抛弃这个政权，自己应该顺应这种安排。

姒履癸又开始了梦呓，而且身体扭曲，好像非常地痛苦。他伸出了双手，在空中抓着什么。妺喜抓住了他的双手，试图放下来时姒履癸顺势坐了起来，睁开了双眼。他打量着妺喜，如好久未见面似的。他嘴里喘着粗气，断断续续地说道："王后，朕口渴得厉害，快给朕拿水来喝。"他一口气喝完了妺喜端给他的一陶碗水。"王上，您可醒了，您已经睡了三天三夜了。""是吗？朕做梦了。"他拉着妺喜的手，看着她就像端详一件心爱的宝物一样。

连日来，妺喜忙着照顾着睡不醒的丈夫，衣不解带，脸色憔悴。姒履癸看到妺喜这般模样，心中有了一种慰藉，那是融化了一块坚冰的感觉。

"来人，召集大臣们，朕有话要说。""慢。"妺喜对内侍说道，"你先到朝堂告知各位大人，就说王上醒了，身体无碍。您刚醒来，不必忙着上朝，大臣们这几天全在朝堂上守着。我给王上预备了小米粥，王上先喝点。"姒履癸起床下地，伸手接过来了妺喜递来的绢帛，擦了擦脸和手，开始喝粥。

朝堂上，酣睡了三天的天子，终于醒来与大家见面了。姒履癸有点不耐烦地听着众大臣的千篇一律、政客式的问候话语，或者说他不想把精力浪费在这些虚假的客套上。他向大家摆了摆手，开始切入正题："诸君，朕昏睡了三天，原来是一场梦。朕梦见了先祖鲧，穿着一身血衣来到朕面前，对朕说：'孩儿啊，予偷盗昊天上帝的息壤治水，失德悖理。昊天上帝惩罚予，派火神祝融在羽山将予所杀，予心服口服，予甘愿领罪。但治水未酬，死不瞑目。殊不知，没有堵哪懂得疏？羽山就是岷山，昊天上帝的息壤就存放在岷山上。可恨的是，当初予偷昊天上帝的息壤，就是岷山君向昊天上帝告发的。以至于治水功败垂成。昊天上帝将予的灵魂囚于用琬琰之玉制成的盒子，用息壤镇压。五百年来，予饱受凄凉，未能入祖庙，受你们后代的祭祀。你要还是予的子孙，就兵发岷山，灭掉岷山国，替予报仇。同时拿回琬琰之玉盒，放出予的灵魂，安置在太庙，不至使予凄凉孤苦。'‘老祖且放心，孙儿一定按您说的去做，发兵攻打岷山，灭了岷山的宗庙，替先祖报仇，拿回琬琰之玉宝盒，让您永享子孙的祭祀。'先祖显灵，才使朕昏睡三天。"上卿干辛闻言，接住话头说："是这样啊，但不知王上准备怎么做？"“还能怎么做，兵发岷山，灭了这个祸患的岷山国。姒扁将军，由你率军，朕发兵六千，兵车三百乘，征伐岷山，干辛、赵梁二位大人准备粮草补给，三日后出兵，荡平岷山，拿回琬琰之玉盒，朕在朝堂为你们庆功。"“臣等谨遵王上之命。"姒扁、干辛、赵梁回答道。太师兼太史终古见状，拱手施礼，谏道："王上，臣以为发兵攻伐岷山国实为不妥。先祖鲧治水失败，技术上的原因虽然是一方面，但更为主要的是失德所致。他偷盗昊天上帝的息壤，先为自己的部落筑城围堤，这是昊天上帝震怒处死他的原因。岷山氏世代为昊天上帝掌管息壤，发现被盗后禀告昊天上帝，乃是分内之事。依臣看来，这无所谓仇恨。至于昊天上帝囚先祖之灵魂，肯定有他的道理，我们不能和昊天上帝争斗，臣请王上三思啊。"申保关龙逢上前附和道："王上，臣赞同终古太师的意见。如今天下，灾害频繁，诸侯觊觎。这完全是因为王上不敬昊天上帝，不体恤万民所致。先祖鲧，乃为四罪之一，王上若迎回祖庙祭祀，将置先祖大禹于何地？天下臣民势必质疑我朝立国之德。臣以为，现今当务之急，应是重修籍田以敬昊天上帝，轻徭薄赋，体恤人民，怀德诸侯，这才是治本之道。望君上罢兵免征。"大将军费昌也劝阻道："岷山国山高险阻，道路崎岖，易守难攻，早晚瘴气弥漫，我中原将士难服水土，望王上谨慎思虑。昔日，先祖大禹三次攻伐三苗，未获大功，皆因士兵难服水土，久攻不下，不胜而返。臣为江山社稷之故，我王此时不宜兴兵。"

天子姒履癸耐着性子听着，一种难以忍受的烦躁转化为怒火。他站起身来望着这三位重臣，强压着怒火不让自己发作起来。他想不通，这几年来，自己每一次决断，这三位都不能附和并同意。朝廷之上，每天都有上百件事情需要处理并解决，一旦一件事情处理了，随之又发生了由此而引起的另一件事情。他的重臣们从来都不提出处理的意见，而一旦他提出处理意见，这几个人又总是反对。他感觉在治国理念上，这几位重臣与他有极大的分歧，而这种分歧导致的君臣不和，才是国家最大的危机。

他十九岁的时候，登基成为大夏朝的天子，在他执政的前十年间，他每天要花相当大的精力去处理他的父亲乃至祖父留下的很多棘手的事情。他有时甚至埋怨他的父亲和祖父，为什么把自己要做的事留给后人呢？直觉告诉他，他自己再不能把在位时的事情留给后人解决，那样后继者和天下的人们，就会认为自己的能力有问题。其实，他与以终古、关龙逄等为代表的大臣们的矛盾和分歧，主要体现在两个方面，一个是宗教信仰，另一个是军事力量的使用。自己承仰昊天上帝，承认君权神授。但他骨子里不愿意让神权壮大，进而有一个强大的祭祀阶层来制约君权。这是大夏朝历代天子口口相传、秘而不宣的事。大禹躬身治水，三过家门而不敢入，就是做给昊天上帝和天下人看的。大禹是具有超强忍耐力和智慧的人，他明白要想赢得舜王的信任，就得约束自己，就得表现为敬天爱人，建功立业。而要想化国为家，王权世袭就得不断抑制和弱化神权阶层，不受他们的约束。他做得非常完美，他恨昊天上帝杀了他的父亲鲧，但他不能也不敢和昊天上帝斗。他最终把怨气全撒到奉命杀了自己父亲的祝融身上。执政后，他三次发兵攻打祝融的后代三苗。从大禹开始，历代的夏王都是表面上敬畏昊天上帝，而内心里却充满了怨恨，人性深处的黑暗，使他们既要垄断对昊天上帝的祭祀但又不虔诚，他们既大张旗鼓地祭祀昊天上帝，又严格地限制神权力量的成长。姒履癸心里想着，终古、关龙逄怎么能明白其中的秘密呢。至于军事力量的使用，四十多年执政的经验告诉他，要不是征有仍，伐有施，出兵西戎，哪能有今天这样的局面？隔几年进行一次征伐，就是要达到震慑天下诸侯的作用，就是对诸侯们最有效的灵魂洗礼，使他们时刻都知道自己的身份及责任。

"费昌将军，你从军事角度劝朕不要出兵，朕会权衡。太师终古虽然意见悖谬，也为人臣之言。而关龙逄，你说朕上不敬天，下不恤民，难道朕就是那样的昏暴之君吗？你出言狂妄，目无君上，理应重罚，但看在你先祖有功于社稷，你又忠心的分儿上，不予重罚，但须闭口，不要再说了。朕已经答应先祖之灵回归祖庙，又岂能食言？发兵征伐岷山，朕已经决定，诸位再勿多言。只是出兵日期，劳烦终古大人在明堂占卜后告朕，望诸君齐心协力做好各自的事情。朕的七十寿诞需要一次胜利来慰藉朕心。"

来日，天气依然是红日高照。由于久旱无雨，这样晴朗的天气，无疑会带给人们心灵上的虚弱和感官上的烦躁。姒履癸迈着自信的步伐来到朝堂。他还没进入朝堂就听见了他的大臣们叽叽喳喳的谈论声，他已习惯听这种声音，无论你有无精力去听，还是是否愿意听。四十多年来，只要他来到朝堂听政，这种声音始终成为他处理政务的主旋律。问题在于，他的大臣们从未提出过让他满意的建议来。有时候他非常讨厌他们，尽管如此，他和他的朝廷都离不开他们。看到他进来后，他的大臣全都闭上了嘴巴，他们像接受过培训似的，整齐划一地向他施礼，他很简单地向大家还礼。他没有说话，眼睛盯着终古，那意思很明显，就是出兵岷山的日期择好了吗？"王上。"终古明白天子姒履癸的意思，他手里拿着用白绢包着的龟甲片，"臣奉命在明堂占卜，龟纹显示为克兆，出兵不吉，没有合适的吉时。臣主祭祀和占卜，不敢不将天意禀报王上。臣意已在昨天向王上禀报，何去何从，请王上定夺。"他边说边握着关龙逄的手，示意他不要开口说话。上卿干辛、太宰赵梁、将军姒扁由于准备大军出征，不在朝堂上。可以看出，今天参加朝会的人，基本上都是反对攻打岷山国的大臣，但在终古向天子汇报完占卜的结果后，都显得欲言又止，沉默不语，似乎朝堂里的空气也凝结了。他们知道王上的性子，劝谏姒履癸不要一意孤行，几乎是一件不可能的事。"占卜，天意？"姒履癸最终打破了沉默，"自从先祖大禹建立帝邦，祭祀和占卜就从未停止过。朕虽然虔诚地祈求过昊天上帝，但未见有所应。给朕的感觉是，天下事越来越艰难，三灾八难越来越频繁，天下诸侯越来越变得桀骜不驯，难道这些也是天意吗？朕知道诸位的想法，朕何尝不想做个太平天子？诸位，朕希望你们明白，天下诸侯需要震慑，先祖之灵需要回归，朕不能失信于先祖啊。既然终古太师未能挑选出日子，就让他们做战前动员吧，大军给养准备好了即可出兵。"众臣闻言，面面相觑，无言而退。

第十九章　祖先神

　　商国都城亳。伊挚和子天乙夫妇以及姒训四人，正在明堂里准备占卜子天乙可否去斟鄩为夏王姒履癸祝寿。一轮明月挂在天上，好像在监督着他们的态度是否虔敬。伊挚耐心地用砺石打磨着龟甲，不一会儿，凭着手感，伊挚察觉出打磨得已经符合要求后，便用青铜钻杆在龟甲上面钻了两排孔，一边三个，共六个。姒训从院子里抱来木柴，准备烧烤龟甲。纴妀在青铜釜里淘着小米，不时锅里便冒起了热气。子天乙忙着往架子上放切好的牛脂肪和肥羊肉。他们不让别人帮忙，亲自操作以表示对昊天上帝的虔诚之心；他们祭祀所用的牺牲和小米，全是子天乙和伊挚在籍田亲自生产的；牛羊则是用小米交换来的。为了保证有清香的味道，伊挚选择的是松柏木头。当这一切准备妥当后，伊挚点燃了木柴，他们四人在昊天上帝牌位前跪成一排，仍然由伊挚主祭。"赫赫之灵的昊天上帝啊，熊熊之火已经燃起。烈烈火焰祭祀您啊，我们把自己亲手生产出的小米放在碗里，把自己亲自酿制的米酒盛在樽里，这些祭品的香气上升，请您享受美味馨香。请您不吝而赐给我们智慧，也请您赐给我们平安。"伊挚祈求之后，引领大家向昊天上帝磕头，以示礼敬。他们每个人都表情严肃，一丝不苟，然而他们每个人流露的目光非常柔和，可以看出他们的心灵和昊天上帝是那样贴近。

　　现在，散去大烟后的篝火堆烧得通红，尽管灼热的火焰使人难以靠近，但伊挚仍然拿起钳子夹着龟甲进行灼烧。受热的龟甲发出"啪"的声音，随即产生了裂纹。直到龟甲里的水分全部挥发，不再发出"啪"的声音，这就意味着灼烤的火候已经到位。伊挚从青铜钳子上拿下龟甲，仔细观察着。从他逐渐舒展的眉头可以看出，占卜的结果基本符合他们的期盼。"主公，您请看，龟甲的裂纹呈'驿'兆，主吉，可行。但有裂纹穿过两个钻孔，并且阴阳各一，只留下四个完整的钻孔，主四人同行，且阴阳各二，看来夫人也得同行了。穿孔之纹弯而扭曲，主有惊无险，主公大可放心前往斟鄩为夏王祝寿。阳孔末位被穿，任仲虺君不可去，由我陪您去吧。"伊挚解读占卜的结果。"好。就依先生之言，您与夫人与我同行。只是另外一位'阴孔'由谁去？"子天乙说着扭过头来看着姝训，再看看伊挚笑着问。"当然是……"还没等伊挚说下去，夫人就接过话茬："当然是姝训去了。这个事我替你们二位做主了。是啊，我也想去斟鄩看看我那王后妹妹了，主公您说这样妥当吗？""没什么不妥，知我者夫人也。只是不知姝训姑娘是否愿意陪着予去。"说完后，看着姝训。"主公也是拿我开心，我是郡主的人，生死不离，不让我去我也要去，出门在外，别人照顾郡主我还不放心呢，另外我也想念妹喜郡主和尘际丫头了。""照顾我？怕是口是心非吧，你现在是我们雇佣你照顾某些人的，怎么后悔啦？还是有人欺负你，待不下去了。"纴宄憋着笑，开涮着姝训。"我自己说不过主公和夫人，但我不怕欺负。"姝训噘着嘴说。纴宄对伊挚打趣道："我们的尹正大人，您倒是开口说话啊，姝训去您是不同意？""既然郡主和主公定了，我没啥好说的。她处事机警，是不二人选。主公和郡主慧眼识人。姝训姑娘原本就是照顾郡主的。"纴宄调侃道："我现在忽然发现商国的尹正是一根点不着的木头。主公，这样的木头可是有点儿耽误国事，请您留意啊。"子天乙笑着说："有点儿，不过这样的木头一旦点燃，那可是烈火啊。夫人暂且放心，到了燃烧的时候不点自燃。哈哈。"伊挚听着子天乙夫妻二人调侃自己，他感觉到，虽然他们的关系名为君臣，但隐约透着一股兄弟般的情谊。这情谊丝毫没有附着权力和金钱。子天乙的性格严谨正直，刚毅豁达虚心，这也是自己喜欢这位君主的原因之一。他决定终止他们的调侃，而终止这样的调侃办法只有一个，那就是说国事，于是正声说道："主公，臣刚得到朝廷那边传来的情报，朝廷发兵攻打岷山国，由将军姒扁为统帅。朝内大臣大多数持反对意见，但都无济于事，臣已经快马加鞭将情报送往三苗王，但未给他们提出建议，随他们自己处置。臣料想，此次三苗王不会坐视不管。他正想试一下我们传授的技术，新制弓箭的射程和穿透能力。如果三苗王出兵帮助岷山国，此次朝廷军队必败，我们在斟郼可获知详情。王上寿诞，给我们分配的贺礼，相当于十年的贡赋，无异于抢劫。仲虺君和女鸠君已经准备好了一小部分，我们可择日去往斟郼了。请主公安排仲虺君主持家里的事务吧，石渚将军陪我们一起去，他武艺高超，遇到危险可以抵挡下。"

第二十章　去亳都

1

公元前1601年的夏朝国都斟鄩，已经是一个大都市，一个云集了王室宗族卿大夫等各阶层贵族的中心。当然也是各种手工业者、经商者及有识人士的聚集地。

少康复国后，因为不愿看到与后羿有关的任何痕迹，便从晋南的夏县迁都斟鄩，粗略估算也有300多年了。物壮则老，这座城市与他的朝廷，就像燃料快耗尽的油灯，虽然扑朔闪亮，但究竟挣扎不了太久。由于久旱无雨，街道上的土路布满了灰尘，当车马走过来时扬起了满天的黄土尘埃，使得这个大夏国的都城更显得破败。近些年，天灾频繁，战争不断，这直接导致了朝廷的禁忌增多，赋税加重。不少工商业者，难以维持生计，破产而逃离斟鄩。放眼望去，街道上店铺凋零，往日的熙熙攘攘，已经变成了回忆。唯一能够勉强维持的产业就是客栈。这是缘于诸侯的朝觐和诸侯国的朝贡使者络绎不绝。

商国的国君子天乙和夫人纴夼、尹正伊挚、将军石渚，在黄昏时住进了一家较为高档的客栈里。这是一个较为庞大的队伍，光车辆就有十几辆。加上护送的士兵近一百多号人，使得客栈几乎容纳不下。士兵们在院子里搭起了帐篷，既解决了客房不足的问题，又方便护卫。

其实这家客栈的真正东家是商国的尹正伊挚，也可以说这家客栈的幕后老板就是商国的国君。

几年前，伊挚为了刺探夏王朝的情报，投资开设了这家客栈。那也是一个机会，趁原先的客栈老板转让之际，将其盘点下来。客栈的经营者名叫邦及，他是伊挚从众多的商国贵族中挑选而来的。他四十多岁，两只眼睛炯炯有神，给人一种智慧的形象。当然，伊挚更看重的是他有虔敬的信仰和贵族的荣誉感。客栈的一间大客房里，商国的君臣正在用晚餐。不论在家，还是出门在外，他们从不饮酒，这也成为商国朝野一条铁的纪律。但是，晚餐还是相当的丰盛，这是当时世界上最精致的食物，特别是烤羊肉。那是他们从进客栈就已经闻到的香味。子天乙和伊挚这对君臣，他们从不浪费时间。他们议事大多数是在用餐的时候。由于他们的谈话涉及机密，故而大厅里不容许外人进来，照顾他们用餐就落到了姝训身上，她忙得满头大汗。伊挚在刚开始说事时，看到了站在门口的邦及，用手势示意他："邦及君，请您进来。"他回过头来，对着子天乙说，"主公，这是我们派到这里经营这家客栈的，名叫邦及。他的工作状况，主公从入驻进来就应该感受到了。近年来，邦及君为我们提供了不少朝廷的情报，这些情报快捷、准确，为我们掌握朝廷的动向以及决策提供了依据，邦及君是个有功之人。""好啊。"子天乙满脸微笑。"臣邦及拜见主公和夫人、尹正大人、石渚将军。"邦及躬身施礼，尊敬但不失自尊，骨子里显示出一种贵族特有的人格。这样不卑不亢的特质，使得子天乙格外喜欢他。"看您的姓氏就知道您是予的同宗，既然是尹正看上的人，又有大功，必然是德才兼备之人。予现在就拜你为我商国的中大夫，等回国后履任。"说着子天乙站了起来，躬身拱手，向邦及拜了三拜。突然而来的任命使邦及举手无措，他忙还礼："这可万万使不得。臣无功不受主公的拜授，那样会有辱祖先之灵，臣不敢接受。""邦及君，请您接收吧，您的功劳不辱这份任命，另外，主公这几天在斟郭的活动全凭您来周旋，没有相应的职务和身份怎能工作？"伊挚劝说道。"既然如此，那臣就愧受了，多谢主公。"子天乙回到座位上，活泼的天性又开始活跃起来："请您为自己准备一套餐具，我们一起用餐吧。""臣谨遵主公之命。"姝训给邦及拿来一套餐具，放在石渚的一旁，邦及坐了下来。伊挚言道："还未议事，主公得一贤才，实乃大喜之事。明天一早就请邦及君带我去见上卿大人干辛，将主公的牒牌验证，以示报到。另外请您想办法把夫人送给王后的礼物送到，最好能让王后接见一下夫人，可以办到吗？""没问题，这是很容易的事情，请尹正大人放心。"邦及回答道。"既然如此，我把此行的事情告诉您，以便您心中明了目前的局势。主公这次涉险朝觐夏王目的，就是争取三个月的时间，以做好战争的准备。王上寿诞，用诏命的形式，命令我们向朝廷上缴祝寿的贡礼，其数量相当于我们十年的贡赋，这无异于抢劫，理由是近年来我们的生产和经济发展迅速。如果全额上缴，商国的经济和财政就垮了。但不能全额上缴，夏王将会惩罚主公，目前还不知道他们打算怎样做。我们知道这是王上与上卿干辛、太宰赵梁以及己牟卢等人商量策划的。此前陆续上缴了一部分，此次主公来，又带来了一些，但是还远远不够。我的意思是，后天在朝堂向夏王祝寿时，主公可生病，当然生病的药我已经备好，逃出王宫，但需要出宫的令牌，想王后能帮我们解决。因此，您一定要想方设法让我们见到王后。邦及君，这几天一定要留意朝中的动向，同时一定要保护好自己，因为我们撤退后，您还得把这个客栈开下去。朝觐夏王那天，石渚将军将扮成侍者亲自驾一辆辒车停在宫里，主公上车后一出宫就快马加鞭往南走，我们去三苗那里绕道回国。届时，邦及君与夫人及其他人在南门外等候主公。妥否？请主公定夺。"伊挚顾不得用餐，一口气说完了所有的计划。"好，就这样办，大家都按着先生的安排做好各项准备。只是先生给予下药时千万小心点，予还没吃先生的喜酒呢，哈哈。"听到子天乙的玩笑话，大家都笑了起来，只有忙着的妹训满脸通红。

促成伊挚认识并了解邦及是起于一件诉讼案件。那时邦及还是一个低级的小吏，在他主管的地方发生了一个有争议的案件。一位年轻的儿子主动控告他的父亲偷了别人的一头牛，按照商律邦及判处这个偷牛的人死刑。这个儿子得知判决后，主动提出代父受刑。按照当时的法律，儿子代替父亲领死是允许的。但在执行时，这个儿子却说不应该将他处死。理由是他控告父亲偷牛是对朝廷的忠心，他代父亲领死是出于对父亲的孝心，因此不能将他这样一个忠孝两全之人处死。案件申诉到更高一级的官府之后，官员们都认为不应该处死，而应作为典型去宣扬。只有邦及一人坚持原判，主张用更严厉的办法将其处死。案件报到伊挚这里，伊挚批示将其活埋。他问郏及处死罪犯的理由，郏及回答道："名为忠孝，实为大奸。既亵渎信仰又违人伦，理应处死，以儆效尤。"他的回答令伊挚满意之余，又多了几分欣赏。当他决定在斟郡开这个客栈，刺探朝廷的情报时，郏及便成为理想的人选。

2

　　王后妹喜在瑾瑄殿端量着她的表姐纤宄送给她的礼物：三束白绢绑着三对玉璧。这纯粹是诸侯觐见王上的礼物，从中看不出姐妹间的亲情来。当尘际打开一个精致的木头盒子，里面丝绢包着八味药材：人参、白术、白茯苓、当归、川芎、白芍、熟地黄、炙甘草。这是被中医誉为八珍的滋补佳品，主要是用于滋补女子的气血不足。妹喜看着心情好了许多，她明白她的表姐是不会配这些药材的，能配这种名贵药材的人只有一个人，那就是伊挚。这些药材在阳光的照耀下显得格外地有神韵，似乎在告诉她，她无时不在魂牵梦绕的伊挚来了。那个和她拜过天地精神上的丈夫来到了斟郡，她感到自己的心跳加快了许多，心中升起一种难以言表的期待，一种希望等待满足的期待。"小姐，"尘际看着妹喜发呆的神情，说道，"送礼物的人反复叮嘱，纤宄郡主希望在今天能见到您。而且特别地告诉我，"她看了看窗外，确定没人偷听后，低声对妹喜说，"您的伊挚也来了，就住在客栈里，他们都是陪着子天乙来朝觐王上的，您见不见？""你说呢？"妹喜回答道。尘际望着这位大夏朝年轻的王后，不由得开始可怜起她来了。她知道妹喜在内心爱伊挚有多深，她为了伊挚可以牺牲所有，甚至生命。所以说妹喜会不顾一切地去见伊挚，当然会见表姐也是必须要去做的，但那不是主要的。嫁给夏王成为王后已经十多年了，尘际从未看到过她眉头舒展过，她知道昊天上帝和妹喜开了个玩笑。她天天在妹喜和夏天子跟前服侍，王上和朝廷的一举一动，她非常地清楚，她知道此次要求诸侯寿诞来贺，隐藏着一个很大的阴谋，那就是朝廷针对商国设下的阴谋。"好，你现在就安排出宫吧。趁王上还在朝堂上，出宫去会见自己的表姐，天经地义，没有人可以有理由反对。我们马上出宫，去客栈。""唯。"尘际说着跑出了瑾瑄殿。

3

在王后妹喜坐着专用的辒车，前往客栈会见商国的同时，天子姒履癸正在和他的几个大臣和诸侯，商量着来日怎样处置商国的国君子天乙。参加秘密朝会的朝中大臣只有上卿干辛和赵梁，而诸侯则是"金屏之盟"的五位国君。由于事情机密，他们相互之间坐得很近，说话声音较平时低了很多。"朕以德怀柔天下诸侯，但使得个别诸侯总是生出反叛之心，甚至有人想着取朕而代之。"姒履癸讲着话，看着被他称为"金屏之盟"的五位诸侯，昆吾国的己牟卢、顾国的国君姬雍、葛国的国君垠尚、彭国的国君彭辛、豕韦国的国君孔宾。"诸位侯君为朕的藩屏之国，也是离商国最近的封国，你们说说看，商国的子天乙究竟有哪些不轨之事？此次朕的寿诞，子天乙不也来了吗？如果像你们所说，他一心想着造反谋逆，他还敢这样大模大样地来朝觐朕吗？此次诏令商国为祝寿缴纳贡品，确实有点多，让天下诸侯知道，该说朕刻薄寡义。干辛君，商国的贡品缴纳得怎么样了？"干辛回道："王上，商国连带这次带来的贡品，已经有两次了，看他们积极缴纳，态度也算恭谦，马匹、牛羊数量较多，还未凑齐，但为王上祝寿所需已经够了。"己牟卢言道："王上，臣秘密派人赴商国刺探情报，发现他们在密林深处驻扎着大量训练有素的军队，同时还发现三苗近年来的黄铜，大部分卖给了商国。商国的子天乙其志不小啊。这次敢来朝觐您，臣料想，他肯定有什么不得了的原因。""己牟卢王叔说的这些，朕都知道，他是商国的君主，朕之前的父祖都已经赐给他有征伐之权，因而练兵备战也无可厚非。只是朕感到商国太强大了，已经威胁到朝廷的安危了。"姒履癸讲到这里，思考着怎么处置这个差不多能与他争天下的子天乙。他是天子又好像是一个好胜的猎人，他要吃肉，但又怕沾着腥味儿，他要处理子天乙，又怕别的诸侯说他的不是，该怎么处理呢？要是杀了他，子天乙有的是儿子，商国不缺国君，大军征伐岷山国还未知胜负，一时还回不来。让"金屏之盟"的五国征伐？一来他觉得没有全胜的把握，二来如果己牟卢独大，谁来制衡？他这些年任凭商国发展经济，加强武备，睁一只眼闭一只眼任其发展，就是为了用商国来制衡己牟卢。没想到他的放任，使商国在十几年间就成为天下第一强国，这是他始料不及的。他在努力思考着一个完美的办法。永远自信的夏王，觉得只有自己才能想到这个办法。他忽然有了主意，只囚不杀。对，这样既可以抑制商国，使他们有所顾忌，同时又可维持现状，使眼前的这个大头己牟卢也不敢轻举妄动。想到这里，他又自信满满。囚禁子天乙，问题是必须找个合适的罪名和办法，他不愿意让己牟卢他们知道自己的打算。这只能和干辛、赵梁商量。"朕知道该怎么办了，五位诸侯来为朕祝寿，车马劳顿，谢谢大家了，现在请各位回去休息吧。""唯。"这五位诸侯拱手还礼退了出去。

朝堂里只剩下姒履癸和他的两位亲信大臣，上卿干辛、太宰赵梁。在姒履癸看来，这两位是他的肱股之臣。虽说才干一般，但忠心可嘉。多年来，他们从未违背过夏王的意志，唯夏王之意是从。或者说是顺着和揣摩着夏王的意思说话和办事，是他们在朝廷处世的基本信条。这样不仅可以保全自己，还可以得到王上的喜欢和重用，多年来，使他们君臣心心相印。"干辛君，明天就是朕七十寿诞，到现在诸侯来朝觐的情况怎样？""王上，该来的全都来了，三百家诸侯基本不缺席。斟鄩的客栈都住满了来朝觐的诸侯，贡礼都按规矩缴纳，真是盛事啊！明天晌午招待诸侯的午宴，是最高规格太牢宴，臣已经做好了准备，请王上您放心。"干辛回答道。

姒履癸："赵梁君，过后您把贡品的账单拿给王后看看，让她自己挑几件喜欢的东西。明天的午宴让大家多去敬子天乙喝酒，他无论如何也不能再回商国去了。朕已经想好了一个地方——夏台，那是我们观察天象的地方，让他在那里替朕守着，替我们观察天象吧。明天太牢宴罢时你们二位指挥士兵囚禁他，之后到客栈连他的随从一同抓去那里。要注意安排好他们的生活，他活着，天下就太平，你们要切记这一点。""唯，臣谨遵王上之命。"干辛、赵梁二人拱手施礼，出了朝堂。

4

客栈里，伊挚下榻的客房内，子天乙夫妻和石渚将军，正在讨论明天朝觐夏王的脱身之计的细节。邦及快步走了进来，他边施礼边奏报道："主公、夫人，尹正大人、石渚将军，王后到了。"他们四人听闻后，不约而同地站了起来，赶忙出去迎接，没想到妹喜顺着邦及的脚步走了进来。他们几个人赶忙上前拱手施礼，而纴伉和妹训则施了女人特有的蹲身礼，王后妹喜欠身还了礼。子天乙说道："未曾出去迎接王后，真是罪过，予夫妻及几位大臣，给您赔礼了。""见面不用迎接，姐姐、姐夫，别来无恙啊，我来是为了谢谢你们送给我的礼物。"妹喜半开玩笑地说着，也只有在这个场合，见了这几个人，她才恢复了活泼的天性。子天乙用右手做了请的手势："您请上座，您来看望我们，真是荣幸之至。"妹喜回头说道："尘际，你去告诉车夫，咱们今天的午饭吃商国的，让他们回宫吧，回的时候也不用来接了，商国这里有的是车马。""唯。"尘际应声快步走了出去。"上座就不要了，我今天享受一回座位的自由。"妹喜说着就走到了伊挚的跟前，"这位大人是谁啊？怎么看着有点儿眼熟呢？"妹喜用火一般炙热的目光盯着伊挚。"有莘国奴隶拜见妹喜郡主。"伊挚说着拱手重新施礼后，抬起头看着她。他们对视着，似乎在比试谁的目光更为炙热。见此情景，子天乙忙用目光示意石渚和邦及赶快出去准备午餐，石渚则站在门外以防有人偷听他们的谈话。"不用上座了姐夫，我就和你们商国这位尹正大人坐在一起即可，大家都坐吧。"妹喜说着挨着伊挚那里坐下，她抬起头打量了一下屋子，接着说道，"这个客栈还行啊，我还担心你们出门在外，生活中有很多不便，看来我是多心了，姐姐，你越发雍容和静了。""妹妹，十多年未见，您还是那样的美，岁月未曾在您身上留过痕迹，真是岁月弄人啊。"纴伉本想说自己已经是三个孩子的妈妈了，但猛地想起她的这位王后表妹至今未生育过，马上就改口了。妹喜似乎看穿了纴伉的心思，不再寒暄家常和互相恭维，她把话题引到了正题上。"那位老头，"她把夏王姒履癸称为"老头"，"要趁这次您给他祝寿的机会，除掉您这个商国的国君，也许现在他正在和亲信商量着除掉您具体的办法，这是我从他回宫来断断续续所讲的话中得出的结论。但是他又不敢杀您，他是想把您当作人质囚在这里，让你们永远都不敢轻举妄动。我不明白，以你们的才智不可能不知道您目前的处境，那为什么要羊入狼口，还要来朝觐他呢？"

子天乙答道："多谢王后将如此重大的事透露给我们，予没有任何理由不来朝觐他。必须得来。天下的诸侯都来了，若独予不来，会落下个失德失礼的罪名，天下诸侯会怎么看待予？只是不知，他要处置予的罪名是什么？""罪名，还需要罪名吗？当年他亲自率军征伐我的父母之邦，不就是因为我父亲的黄铜市场吗？欲加之罪，何患无辞？我来告诉您的罪名吧，那就是您和您的商国，现在变得太强大了，已经威胁到了他和他王朝的安全。这就是罪名，这次，不是给您分配了相当于您国家十年税赋的贡品吗？您没完成，现成的罪名在那里放着，随时都可以给您安上去。这样他也能给诸侯们一个解释。另外，极力地带头怂恿和鼓动杀掉您并灭掉您国家的就是那个比猪还蠢的昆吾国君己牟卢。他盼着您的覆灭，他还做着当天子的梦呢。您明天打算进宫吗？"伊挚接过话头显得胸有成竹："既然来了，进宫见他一下又何妨，只是我们需要您的帮助，方可使君侯万无一失。""是吗？但不知我能为你们做什么？"妹喜问道。"我们需要一块出宫的令牌，以保证君侯在明天随时都可以出宫。""这个没问题。"妹喜边说边从自己的袖子里拿出了一块用青铜铸制的令牌递给了伊挚。伊挚接过来，但并没有马上收起，关心地问道："您这样做不会给您带来麻烦吧？如果有麻烦，我们可以考虑其他的办法。"妹喜听后，用手指在伊挚的脑门上轻轻点了一下，似乎在嗔怪他："我的尹正大人，生活本身就是希望，我心中早已放弃了生活，还顾忌什么麻烦，您只管放心收起来吧，但愿能帮得上你们。"说完她喝了一口茶，抬起头望着窗外。"那就多谢郡主了。"伊挚忽然用起了当年的称呼，他没有称妹喜为王后，连他自己都不知道竟然这样脱口而出，但可以肯定的是，妹喜不会怪罪他的。

那边坐着的子天乙和纤玧，两人对视了一眼，便明白了对方的心思。这也许就是人们常说的夫妻间的一种默契，一种超然的眼神交流，一种思想水平接近的共识。子天乙言道："王后，我们还有其他的事情料理，您与先生十多年未见了，应该单独叙叙旧，我们就不打扰了。"纤亢也道："妹妹，希望就在眼前，您没有权利放弃希望，更不能放弃和轻视生活。晌午我们和您一起吃酒，暂时告退。"说罢二人走了出去并随手把门牢牢地关上。

现在屋里只剩下妹喜和伊挚，这是两个用灵魂相爱的人，伊挚心里清楚，身为王后的妹喜名为出宫看她的表姐，实则是来与他相会。顺乎情理的是，她本可以宣召自己的表姐进宫去探亲。他未等门完全关上，就主动地抱住了妹喜，动情地狂吻着他日思夜想的人，他们二人从表明心迹到礼拜天地，全都是妹喜主动，而这次他忽然像变了一个人，主动地抱着妹喜亲吻了起来。似乎可以理解为他多年压抑的荷尔蒙忽然爆发出来，促使了他的冲动。但是，他的这种冲动，绝不能认为是他现在成了贵族，而具备了爱她的资格。这可以往前追溯到他还没有动身之前，在商国的明堂里，在静静的夜里，他向昊天上帝祈祷。那时他一动不动地跪在明堂的地上，他努力地驱赶着在脑海里的其他杂念，他要用一颗纯净的心灵来祈祷。他始终认为，妹喜是昊天上帝送给他的礼物，而且是最珍贵的礼物。但他又不明白，这个礼物就忽然被人夺走了，他又不知道这是昊天上帝对他的诫命还是启示。他同时又想起了自己的两位母亲，以及他的劳作一生的厨子父亲，应该说，他的青少年是非常不幸和痛苦的，但之后又是相当幸运的。这似乎暗示着昊天上帝对他命运的安排。他的祈祷，是他内心世界的表露。他动身来斟郡时，就想好了一件事，那就是如果有机会能见到心爱的人，一切皆会顺其自然，顺其人性深处的自然。他不再觉得，这种顺其自然是一种罪恶。

这对深情相拥亲吻的人，都穿着很薄的衣服，故而他们都感觉到了对方敏感的身体部位。与其说是身体在冲动，还不如说是灵魂的驱使。满足欲望就是在满足身体，进而使灵魂得以安放。从某种意义上说，生殖带来的传宗接代就是灵魂得以安放的结果。伊挚感觉到妹喜全身都在颤抖，口里呢喃地叫着"挚哥哥"，并示意他帮她脱掉自己的衣服。还是处男的伊挚有些手忙脚乱，他看到妹喜闭着的双眼忽然睁开，嘴里说道："挚哥哥，我已经是残躯败体，您如嫌弃……"还未等妹喜说出"嫌弃"二字来，伊挚用手捂住了她的嘴，说道："您不是，在我心里您永远是最圣洁的……"

时间已经是正午，太阳突然将自己倾斜的光线全部收起，改成直线而完全射到了屋顶上，屋内黑得如同夜晚。伊挚意识到自己竟然与她互相搂抱着睡着了，这样的睡姿，使他们彼此间都力图使身体接触的面积最大化。伊挚意识到用餐的时间应该到了，他知道，外面的子天乙和纴亢一定都在等着他们出去用餐，但又不能或者说不忍心打扰他们。他试图与她分开，但对方下意识地抱得更紧了。"亲爱的，"这是他平生第一次这样叫她，"用餐的时间到了，我们应该出去了。"他一边说着，一边断断续续地吻着她，"亲爱的该起床了，大家都在等我们。"妹喜慢慢地睁开了双眼，默默地接受着伊挚的亲吻和抚摸，那样子就像一个吃饱了奶水的婴儿，接受着母亲的抚慰，一脸满足的恬淡。"谢谢您，挚哥哥，您就像山洪暴发，这才是我希望的生活。"她放开了他，披着一张很薄的被子，下床走到帘前，撩起一条细缝，观察着。"正午了，他们一定等着我们，请您先去，待我略施粉黛，马上就好。"她回到床上，抱着伊挚的头，在他额头上吻了一口。"哥哥。"妹喜有一种生理上的满足和精神上报复的快感，她抬高声音对伊挚说，"我这样做是为了一点仅存的生活和希望，天下没有人比您更懂我，您知道是什么东西毁了我？那就是强权，是站在道德制高点上的强权，是披着合法外衣的强权，我生活的希望，就是这次再看到您才找回来的，这种希望和信念就是为彻底摧毁强权，建设一个人人自由平等、有尊严的社会，人人诚信互相友爱。我们的结合，就是为了报复强权，还愿您和我心灵里对爱的诚信。我非常爱您，我知道只有您才能做到这些。因为你是昊天上帝的使者，只有心中有昊天上帝的人才能对人有爱，对人诚信。小时候我曾经听冼姑，您的母亲说过，有信仰者才能高贵，而非拥有权力者。"妹喜将她浓黑的秀发盘起来的时候，伊挚将遮蔽着的窗帘拉开。他掏出了之前妹喜送给他的白绢给她看，而妹喜手里已经打开了麻布包着的两片桑树叶……

第二十一章 白绢与桑树叶

　　进宫去朝觐夏王姒履癸的时间到了，客栈里的空气似乎也紧张起来，伊挚做着最后的安排部署，他在努力平静自己，尽最大努力掩饰着紧张，他晏然自若地说："现在请主公将这颗药丸服下，大约一个时辰后开始发作，症状是呕吐、昏厥。石将军万万不可离得太远，您要保持主公在您视线之内。这颗药为解药，请将军收好。待出宫后给主公服下，可立即恢复正常，我在宫门口接应您。您要记着，如一切正常，把车子上的旗子放倒。我车上带几名弓箭手为您们断后，以确保万无一失。""唯，我明白。"扮作侍者的石渚回答道。"邦及大人，一会儿，您保护夫人和姝训，带领其余士兵扮作商人，出南门十里后等候。""唯，我明白。"邦及回答道。"请主公登车出发吧，石渚将军，一定要将车马停在边缘，以保证随时都能走动，给您，这是王后送给我们的出宫令牌。"石将军收好令牌，准备出发时，伊挚握住了他的一只手："将军此行干系重大，望谨慎处置，但愿我在宫门口能顺利地接到主公，愿昊天上帝怜悯我商国。""请尹正大人放心，属下定将不辱使命，就是粉身碎骨，也要确保主公的安全。""没有事，予感觉良好。"一身诸侯盛装的子天乙感到非常的轻松，大声说道："我们出发吧。"

第二十二章　觐见

1

大夏国的诸侯齐聚王宫，为夏王祝寿，是近十年来未曾有过的。而这次召集诸侯回来，名义上是祝寿，其实是姒履癸借此名义彻底解除商国威胁的一个阴谋。他先是要求商国为他的寿诞缴纳贡品，其数量是商国十年税赋的总和，商国如若不能按时足额缴纳，惩治他就有了罪名。他知道子天乙也不能担着失德的罪名，不来朝觐他。其次，他不能用武力征伐商国，这不仅是因为在军事上没有十足的把握，而是他顾忌昆吾国在背后捅上一刀。十多年前，当他听说商国实行新政，发展经济，加强武备，他还暗自高兴，心想，这下终于有了制衡己牟卢的诸侯。但他做梦也没有想到商国发展得如此之快，形成了尾大不掉之势。短短的几年，其国力足以与他抗衡，或者说已经超过了他的朝廷，严重威胁到他的王朝的安全，这成了姒履癸的一块心病，像一块积食困扰着他。他心中非常清楚那个怂恿他发兵征伐商国的己牟卢，背后隐藏着不可告人的目的。他的如意算盘是既不征伐，也不能坐视不管，制约商国不能没有昆吾国，制约昆吾国也不能没有商国。只是子天乙太强大了，只有将他囚在都城，则一切问题迎刃而解。

当他得知子天乙带着夫人来到斟鄩为他祝寿时，他再次为自己高超的谋略而暗暗高兴。他知道那些愚蠢的大臣们是给不出他如此高明的主意。还有一个意外的惊喜，那就是他没有料到这次来的诸侯竟然基本不缺，除了个别有特殊原因的。他感到了自己这几年软硬兼施、怀柔诸侯的成功……所有这些，都使得他今天心情格外地好。

所谓诸侯向夏王祝寿，其实是一次没有实际内容的诸侯聚会仪式，非常简单，就是在鼓乐声中每位诸侯亲手将礼物交与他的一个仪式，之后便是参加夏王举行的太牢午宴，这次兴师动众的祝寿活动也告以结束。而礼物也是固定不变的，一束白绢附带一对玉璧，当然他们的其他贡品已交给朝廷的有关部门。

公元前1601年5月20日，是夏王姒履癸的寿诞。朝堂上，夏王姒履癸和王后妹喜站在主席台上，开始了接受诸侯礼物的仪式。诸侯们依次走到他们的面前施礼之后，从后边跟着的侍从手里拿过白绢和玉璧亲手递给姒履癸，重复着一句话："王上宜宁。"有侍者便从夏王手里接过白绢，放在姒履癸身后的一个台子上，排列整齐。商国是方国，地位高于一般的诸侯国，故而较为靠前地觐见夏王。现在轮到子天乙觐见了，唱官高声叫道："商国子天乙觐见！"他便在石渚的陪同下向主席台走去，此时伊挚给他服下的药物已经发作，他自己感觉天旋地转，眼冒金星，恶心难忍，但他还是强忍着向前走去，在他艰难地快走到夏王面前时，只见夏国的大将军费昌疾步走向夏王，向夏王耳语着。尽管说话很低，子天乙还是听见了一个字："扁。"那是出征岷山国将军姒扁的名字，子天乙只好停下来强忍着难受，等着夏王接受自己的礼物。

大将军费昌神色匆匆地奔来朝堂，是来向夏王报告征伐岷山国大军战败的消息。三苗王随援军和岷山国组成了联军，以崭新的战术，致使王上的军队全军覆没，将军姒扁战死。刚刚有逃回的军士报告了此事，由于军情重大他不敢耽误，就急匆匆地赶过来报告。

刚才心情还非常好的姒履癸听到战败的消息后，血压猛然升了起来，他感到眼前一黑，几乎站立不住了，费昌与妹喜扶住了他。他是一位崇尚武力的天子，自认为天下无敌，只是近年来由于年事已高，自己不再亲自带兵出征，之前曾无数次率军出征，从来没有失败过。这次在他七十寿诞时兵败，而且败得挺惨，又败在了宿敌三苗王手里，对他来说这是莫大的耻辱，这是他每一根神经都无法接受的事。他感到自己再无力支撑下去。"王后，朕酥软无力，这里的事情就委托您主持，但要记住那件事，费将军，扶朕回宫。""唯。"费昌应着声。姒履癸几乎走不了路，费昌索性将他背在自己的身上。"干辛君，您协助王后主持，一会儿的太牢宴也请王后代朕操劳，诸位君侯，朕失礼了。还请大家见谅。"姒履癸趴在费昌的背上有气无力地说着，费昌背着他出了朝堂。

现在商国的国君子天乙，终于可以在大夏朝的朝堂上施觐见礼了，但他只能向王后施礼了。他冒着巨大的风险来朝觐天子，就是为了这一刻，让天下诸侯都亲眼看见他对天子的忠诚，他绝不是一个谋逆者。他要用这次机会消除天下诸侯对他的误解。他的行为只有一个目的，那就是如果发生了大家所传言的事，那失德的人，不是我。他强忍着药物造成的巨大的痛苦，躬身向王后施礼："愿我王宜宁，愿王后吉安。"他伸手接过石渚递过来的白绢准备交给王后妹喜时，眼前一黑，晕倒在朝堂上。捆着一对洁白玉璧的白绢，也随他重重地摔在石头铺的地面上，一只石璧摔得粉碎。

王后妹喜还着礼，正准备伸手接过子天乙手里的白绢，却不料子天乙口吐白沫昏死在她的面前，情急之下她叫道："商君，商君，您怎么了？"上卿干辛走上前，弯下腰，将手伸到子天乙的鼻孔。"王后，看样子还有一丝气息，将他抬到后宫，请宫里的大夫为他诊治吧。"妹喜没有马上回答干辛的话，只有她知道这是伊挚的把戏，骗过朝廷，想早点出宫去。她着实明白了，伊挚和她要出宫令牌的目的。情况已容不得她过多地思考，便道："宫里的大夫现在为王上诊治要紧，哪里还能顾及别人，况且商君病情如此严重，您难道不怕他殁在王宫？商国内侍，赶快背起你家君侯出宫去吧，回客栈找大夫诊治，快去。"干辛忙说："王后，不可以让他出宫去，我们……"妹喜打断道："他都成这个样子了，我们还能怎样？您不要讲了，一切由我之后向王上解释。王后向宫内官员招了招手，请您护送商君出宫。我们还是开始祝寿仪式吧，下一位是该哪国君侯？""有巢国国君觐见！"乐曲又开始奏了起来。

2

朝堂外的广场上，朝觐天子的诸侯马车全部停在那里。遵照伊挚的指示，石渚将子天乙的车子停在广场的边缘位置，以便他们随时可以撤离王宫。两个扮作车夫的是级别较低的军官，是石渚从诸多军士中挑选出来的，机警又武艺高强。他们看到石渚背着子天乙快步走过来时，一个打开车门，一个顺势蹲下，让石渚踩着他的背上了车，随即车子便启动了。石渚用眼睛示意那位赶车的军官，将车前面的旗子放了下来。商国国君的车子很稳健地、快速地向宫门驶去，可以看出他们是尽量保持一个不疾不徐的速度。因为有王后的旨意，并且有内官的护送，子天乙的车子顺利出了宫门。把守宫门的军士对商国国君提前离开，并没有产生任何的怀疑。当车子走到伊挚接应他们的车前时，石渚确信已经安全，便把那颗黑色的解药给子天乙服下，他们的车子跟在伊挚的车子之后，急忙地向城南驰去。

3

距离夏国国都斟鄩十多里的一个树林里，聚集着五六辆兵车和三辆辐车，他们是邦及率领的一队士兵，保护着商国的夫人纴虠以及姝训姑娘。一个士兵在一棵高大的杨树上向着城市的方向张望，三十多个全副武装的士兵手拿着弓箭，随时准备着战斗，他们在焦急地等待着国君和尹正的到来。虽然无人怀疑伊挚的计谋，但是在人未顺利到来之前，这里的每个人都处在紧张的战备状态中。"报告大人，有三辆辐车向我们这里驶来，看样子像主公的车。"树上负责瞭望的士兵向邦及报告道。"车数是对的，你仔细看车上的旗子是否飘着？"焦急的邦及终于等到了消息，紧张地询问着，"你再向远看看，主公车队后边是否有车马尾随，看有无尘土便知。""没有尾随的车队，也看不见车上飘着我们的凤鸟旗。"尽管瞭望的兵士报告都正常，但邦及还是不敢大意。他命令兵士一字排开，将弓箭拿在手里，随时准备阻止追兵。这时，负责瞭望的士兵又来报告："大人，现在完全看清了，就三辆车，中间那辆就是主公的车，前边走的是尹正大人的车子，都没有插旗子。""知道了，你继续观察，特别是观察斟郡城的方向，如有车马行进引起的尘土，立即报告。""唯，大人。车子过来了，是我们主公的车，没错。""知道了，你不要下来，继续瞭望。"邦及吩咐完瞭望的士兵后，自己从树林里跑出去，迎接子天乙的车队。

当马蹄停止敲击地面，三辆辎车也停了下来，已经恢复神志的子天乙在飞扬的尘土中，跳下车来。后边跟着随后下车的伊挚和石渚，"大家都安好吧，邦及君？"子天乙笑着向邦及询问道。"一切安好，我们刚才在树林里隐蔽着，等主公前来与我们会合。"邦及施着礼回答道。"非常好，邦及君。"此时隐蔽在树林里的战车、兵士全部赶了过来，从车上跳下来的夫人纴巟看着安然无恙的丈夫，心中的担忧终于放了下来。

"现在我们还不是放松的时候，稍事休息，我们即刻行动。从此向南200里就是谢国和邓国。出邓国渡过丹江就是三苗的地盘。我们今天是不能休息了，得连夜赶路。石将军驾战车在前边带路，我在后边断后，主公与夫人可暂时在车上养养神。邦及君，干粮和草料都准备好了吗？"伊挚用手擦着额头上的汗水，语气急促地吩咐道。"后边两辆辎车全部都是人马的给养，烙饼、羊肉和草料足够三天用，请尹正大人放心。""好，邦及君调度有方，临危不乱乃为大贤才，但您此次还不能回国，仍然去管理那个客栈。多留意朝廷和昆吾集团的动向，随时报告。""尹正大人谬赞，我所做的全是分内之事。""上天之德，不灭强将，您在国都，万事小心。如处险境，可随时撤离。""属下明白。"邦及回答道。伊挚转向子天乙说道："主公今天可委屈您了，发病的滋味可不好受，臣在这里向您赔礼了。"子天乙笑道："哈哈，这是回归昊天上帝身边的演练，予已经知道是怎么一回事了。"

"主公您的身体如果没什么不适，我们就出发吧。您将听完三苗的芦笙坡会再回国，让己牟卢那帮家伙，空等着吧。"子天乙道："先生尽可能放心，予的身体无半点不适。"他抬起头来，看着石渚，"我们出发。"子天乙、伊挚、石渚同时躬身向施礼告别的邦及还礼后，分别走向自己乘坐的车子。子天乙刚走了一步像是想起了什么，他便回来，走到邦及跟前，把手放在了邦及的肩膀上，语重心长地说道："予要一个完整的邦及君，您要注意安全，如果形势危险，及时撤离回国，千万不要意气用事。""谢主公关心，臣一定谨慎行事，不辱君侯使命。"伊挚也叮嘱道："您的撤离就是胜利，我们就此别过吧。"他们再次施礼告别。邦及站在路边看着疾驰的车队，眼里噙满了泪水。马蹄的敲击，车轮的碾压，使得久旱无雨的马路扬起了高高的尘土，车队走过后，还在空气中翩翩起舞，它就像一条黄色的彩带在邦及的指挥下，祝福着车队的平安。

4

王宫里，瑾瑄殿内，天子姒履癸穿着一身灰白色绸缎的内衣躺在床上，王后妹喜、太师终古、上卿干辛、太宰赵梁、大将费昌以及诸侯的首领己牟卢，一起进殿来探望天子的病情。看到几位重臣，姒履癸挣扎着要坐起来，但他感到身上没有了往日的力量，脊背里有一股凉气冲击着他的五脏六腑，他第一次感到自己累了，累得身心疲惫。妹喜看他起身困难便快步走到床前，用胳膊将他扶起，随手拿过一个枕头给他垫到后背上。他是一个从未尝过失败滋味的人，在他高贵的意识中，失败永远是属于别人的。他不明白自己所向无敌的王师，这次怎么败得这么惨，但他的虚荣心和自尊告诉他，自己不要主动提起这件事。他睁开了双眼，看着他的这些重臣。早已适应了姒履癸性情的干辛，宛如他肚子里的蛔虫。他首先打破了宁静，对姒履癸说道："王上，此次征伐岷山兵败，与您的决策，就是说是否出师征伐无关，我们兵败是输在了技术上。据逃回的军士说，三苗的弓箭射程比我们的远十多丈，而且用青铜制作的箭头锋利无比，姒扁将军就是中了这样的箭镞而阵亡的。兵士们捡回来一些剑戈，锋利而有韧性，我们的兵器与之交锋便断裂，那简直就是屠杀啊。我不知道三苗是怎样拥有这些技术和兵器的，我怀疑此事与商国有关。因为前几年商国与三苗就已经结盟。"姒履癸听着，原来还想着兵败的事，当干辛提起商国后，他突然想起了子天乙，急问："子天乙呢？

156　　伊尹

抓起来了吗？""王上，没有抓他，他几乎是和您同时发病，口吐白沫昏死过去，看上去是得了疾病，当时情急怕他殁在朝堂，就让他们背着回客栈去了。"干辛回答道。"现在呢？"姒履癸焦急地问。"臣等太牢宴结束后，亲自去他住的客栈去看，子天乙已经退房离开了斟鄩，说是回国诊治去了。""唉，你们这些蠢材，这叫放虎归山，我们以后没有太平日子了。"妹喜听着姒履癸有责备的意思就接过话头，说道："这是我的过失，商君确实病得厉害，没有迹象表明他是装病的，这不怪上卿大人。是我让他们把商君背走的，臣妾愿受责罚。""王后啊，朕知道你的心好，责罚你也于事无补了，听天由命吧。"己牟卢见状，忙上前奏道："王上，臣动身来前，已经安排在他的返回的必经道路上，派重兵设伏，而且结盟五国都做了这样的安排，天罗地网等着他，他回不去商国，您就等着好消息吧。"干辛在一旁言道："君侯，您怕是空喜欢一场，他们根本没朝你们的地界去，据巡城的军士报告，他们出宫后连客栈也没有回，直接出南门，向三苗的方向而去，此时怕快要渡过丹江了。王上，臣有责任，未料到事情的结局会如此，很显然他们是计划好了的。""是这样啊，想不到这子天乙这样地狡猾。"己牟卢显得非常失望，说话的口气有点气急败坏。

　　姒履癸听着他们的谈话，胸口有一种憋闷的感觉，一种失败了的纠结，一种无可奈何的郁闷。他想起刚继位时，也曾设想过励精图治。他努力过，但他的朝廷就像已经年代久远的战车，老旧残破，已经无法在战场上驰骋。他想做的事一件也没有办成，唯一的优势就是军队的战斗力。他曾亲自率领军队八方征战，无一不胜，这也是他作为天子的唯一成就。这次征伐岷山国，军事上的失败似乎在告诉他，他和他的朝廷在军事上已经失去了优势。他不敢再往下想了，没有了军事上的优势，他和他的王朝将会遭受到灭顶之灾。他看着费昌说道："费昌君您主持军事，难道不知道人家的动向吗？武器上的技术进步，您必须认真研究了。我们必须在短时间赶上并超过商国和三苗，如果您做不到，朕就只好另请贤能了。"又对赵梁吩咐道："赵梁君，诸侯为朕祝寿的贡品，拨一半给费昌君做军费，以保证他改造军队，另一半您就用于抚恤这次阵亡的将士家属吧。"他转过头来盯着己牟卢，好像极不情愿地放下架子，语气中略带恳求的意味说道："

王叔，朕的国都，朕的江山就靠您和您的五国来捍卫了，您回去后要做好战争的准备，随时准备应付商国的入侵啊。当然如有情况，朕一定发兵去支援您。朕累了，悔不听终古君和关龙逢君的劝谏。""唯。"大家听着他没有头绪的安排，急忙施礼后依次退出瑾瑄殿。

当殿内只剩下妹喜时，姒履癸拉着她的手，问道："王后，您说真的有天意吗？"妹喜有些迟疑，她不知道该怎样回答，紧握着她的手的天子继续道，"您不要回答了，这对您这个东夷人来说很难，因为瑾瑄殿的隔壁就有您设的昊天上帝的牌位，唉，是我不该这样问您。"妹喜还是没有说话，但她知道眼前这位只相信实力和强权的天子，这个从未真正信仰过昊天上帝的夏王，此时应该是对自己的信条产生了严重的怀疑。

5

终于看到丹江了，商国国君子天乙的车队，经过三天的急行军来到丹江北边的渡口，这里是大夏诸侯国邓国的封地。它们与三苗国，以丹江为界。由于近百年来没有发生过战事，这里的边界上看不到一名邓国的兵士。西斜的太阳还没有落山，但是已经钻到了厚厚的云层中，好像已经完成了今天的工作。临近黄昏，已经没有什么人渡河，故而渡口显得静悄悄的。只有岸边生长着的一排粗大的柳树，在微风的吹拂下树叶沙沙作响，好像在和他们打着招呼。几十只偌大的渡船停泊在河边，隐隐地可以看见几个船工的身影，像是打烊了。车队停下后，石渚跳下车来遥望着渡口，他正准备过去询问时，从一棵高大茂盛的柳树上跳了一个头戴斗笠的中年男人，他下意识地拔出了宝剑，向后退了一步。只见来人摘下了头上戴着的斗笠，露出了只有打招呼才有的笑容，开口道："将军，不认识予了吗？"石渚定睛一看，赶快收起了宝剑，双手抱握，施礼道："是三苗王啊，幸会。您躲在树上，敝人着实没有发觉，真是好功夫啊。敝国的君侯、夫人还有尹正大人都到了。"此时，子天乙和夫人纴宄已经走到了他们跟前。石渚介绍道："主公、夫人，这位就是三苗王，今天亲自来迎接您的到来。"子天乙和纴宄急忙向三苗王仡芈蚩施礼，仡芈蚩躬身还礼道："欢迎商国君侯和夫人来敝国，仡芈蚩特别前来迎接。予从岷山战场赶来，揣测您们一行人今天应该到了丹江渡口，不错，果然到了。予首先恭贺您和夫人脱离险境。""多谢三苗王，亲自来迎接予和夫人，您带兵援救岷山，鞍马劳顿，还专门赶回来迎接予，予何德劳烦您如此厚爱。您真了不起，可预知予今天来到，真是神人啊，请再受予一拜。"子天乙很感动地向仡芈蚩施礼。"君侯谬赞敝人了，这都是贵国尹正大人预先计划好的，要说神，他才是神人哪。"这时伊挚从车队后面走了过来，向仡芈蚩躬身施礼："三苗王别来无恙啊，您守信躬行，真是令人钦佩，请受伊挚一拜。"说完他躬身而拜。仡芈蚩伸出双手扶住伊挚："应该说感谢话的是敝人，这次的仗打得那么痛快，真是解气。现在我们得赶紧渡河，这里毕竟还是人家的地盘啊。请君侯、夫人、尹正大人和这位小姐跟随我上船，后边的人只好麻烦石渚将军您指挥渡河了。"说罢，他从怀里掏出一个牛角，"呜呜呜"吹了三声，从岸边跑过来几十个军士来帮助商国车队摆渡丹江。子天乙、纴宄、伊挚、姝训在仡芈蚩的引导下登上了一艘较大的渡船。

正值雨季的丹江水量丰沛，船行到江中心，在一团团充满力量的水流作用下颠簸着行进，这使得不识水性的北方人多多少少有些恐惧。伊挚在一只脚踏上渡船时，心中的紧张才缓解下来。尽管这是一次有惊无险的朝觐之行，但总的迹象表明，夏王姒履癸就是准备利用这次寿诞的机会，将子天乙囚禁，可以看出，这是早有预谋的。虽然自己的计划都得以实现，但存在着较大的侥幸成分。如果不是费昌这个没有脑子的武夫，来及时向姒履癸报告兵败的消息，则天子不会昏厥，主持拜见仪式的人就不会变成王后妹喜，虽然情况变得比计划顺利些，但事后回想起来，仍然不由得冒冷汗。他突然意识到这是昊天上帝在垂怜商国，使得他们君臣尽管负险，但得以平安归来。他觉得自己是在利用运气来赌博智慧，或者说是利用智慧来赌博运气。总之，他在提醒自己，类似这样涉险的事今生不能再做。

他回过身来，望着岸边，远处是一望无际的中原大地和层峦叠嶂的伏牛山，无限江山令英雄折腰。他想起了十年前初见商君子天乙的情景。子天乙问他："予欲取天下，应该怎么做？"他回答道："您欲取天下，就得先取您自己，就是要修德修身。"十多年来，子天乙就是按照这两条严格律己，而且做得非常到位。此次赴斟鄩觐见天子，顺势接触了不少的诸侯，那些无力左右自己命运的诸侯，都羡慕商国取得的经济成就，又暗自佩服子天乙不惧生死的胆略。无须评估，此次斟鄩之行，商君为自己赢得了政治上的成功与战略上的主动，他在大多数诸侯的眼中，就是一个敬天爱民、诚信守义的有德之君。

三苗王仡芈蚩将靠近丹江的一处军营，作为临时招待商国国君子天乙和他的夫人以及伊挚的场所。虽说是军队驻扎的地方，其实是一个不大不小的城堡。时间已到了黄昏时分，但街上的苗族商人和从事手工业者，都在忙着自己的生意，使得本来不太宽敞的街道变得有些拥挤。当前边骑马引路的三苗王到来时，人们全都自觉地退到了街旁，以使得他们贵宾的车队能够快速通过。几十匹马的蹄子踏着街道上用石头铺就的路面，就像是暴风雨中的惊雷，仿佛使这个刚才还宁静祥和的城堡颤抖了起来。

商君子天乙一行人，掸去身上的尘土，已经是掌灯时分了。他们被邀请到一个军队平时部署作战的会议室里进晚餐。高大的木柱上燃烧着几个用桐油浸透了的火把，将这个偌大的会议室照耀得如同白昼。仡芈蚩与他的助手们，在用苗家最高规格的晚宴招待商国的君臣。在他的心里，除了昊天上帝驾临外，再没有比商国君臣更高贵的客人了。宰杀麋鹿招待客人，是苗人的最高礼节，就如同将他们视为整个民族的圣物，献给了来访的客人。这可追溯到千年以前，战败了的祖先，为了避免追杀而西迁，伴随他们迁徙的就是麋鹿。这是一种具有灵性，不离不弃的神灵。以此而招待客人，就象征双方会不离不弃。

战胜大夏国的军队，对仡芈蚩而言，是对祖先最虔诚最伟大的祭祀，是对整个三苗民族子民最神圣的心灵慰藉，也是对他个人的荣誉最有价值的升华。他和他的民族洗刷了近500年来，夏王朝带给他们的耻辱和仇恨，他明白这一切全都得益于商国的援助。他为自己与商国结盟的外交决策而欣慰。具有昊天上帝信仰的人全都率性、活泼、坦率、诚信。这在子天乙、仡芈蚩、伊挚等人的身上可以得到印证。他们的精神世界就像雨后冲洗过的天空，湛蓝湛蓝的，纯净而广袤。但令人痛心疾首的是，这些人的后世子孙没有人像他们一样信仰昊天上帝，在强权和利益欲望的驱使下扭曲了自己，也扭曲着作为祖先的他们。几千年来没有人活得鲜活。精神世界再没有伊挚那个时代的人湛蓝。令人扼腕叹息的是，由这些人的子孙形成的一个民族，竟然生存在自我陶醉中，自觉地放弃了精神上的高贵，而在追求唯权是从，唯利是图，自私野蛮，低级趣味，视阴险狡猾为聪明。同胞互毒的灵魂，归根到底，始作俑者就是子天乙、仡芈蚩、伊挚他们自己，他们心灵深处的黑暗，那就是贪欲。使得由此产生的心灵模因，铸就了中华民族后世的精神世界，这是为所有人轻视的模式，那就是：只允许用强权成为帝王的那个人，或真或假装模作样地祭祀昊天上帝。权力隔离了民众与昊天上帝的亲近。几千年来，民众的心灵空虚，只好去自己的祖宗那里寻求寄托。

仡芈蚩端起了盛满米酒的青铜酒樽："君侯，夫人，尹正大人，石将军，予闻知贵国君臣麻衣粗食，亲耕农桑，天下不靖不再饮酒。但今日不同，做客他国，可不在此例，有道是入乡随俗。我苗家待客无酒不成宴，望贵客饮了此杯以扫去一路上的劳顿。"子天乙君臣端起酒樽："予与尹正盟誓，不再饮酒，原为君臣自俭，未曾想到有不近人情之嫌。尊王盛情，敢不遵命。"子天乙左右扫了纴夽、伊挚、石渚一眼，大家会意一饮而尽。子天乙放下酒樽，对仡芈蚩说道："此次打扰贵国，承蒙圣意，予感激不尽。由贵国东去绕道回国，实属不得已而为之。予借尊王之酒回敬您以示感激。"说完子天乙和仡芈蚩共同饮完一杯。仡芈蚩言道："您此次斟郚之行，未曾享受到夏王的太牢宴，敝人为此专门为您补上。予听说要清静而食，请各位宾客慢用。只有一事，敝人慎重赠送，这是送给夫人的礼物。"大家看到侍者呈上来一套用白银打制的苗家的饰品和帽子，仡芈蚩亲自躬身送给了纴夽。夫人纴夽站起身来，躬身接过，并说道："嗯，多谢苗王阁下如此重礼送我。"子天乙："苗王阁下，予用薄面再求得一份重礼，我们这里还有一位候任夫人呢，可否也送一份儿？哈哈。"他说着看着站在纴夽身边的姝训。仡芈蚩："罪过罪过，予即刻取来，送给这位姑娘。"他说着让侍者取来了一套白银饰品和帽子，送给了姝训。

第二十三章 与子同仇

1

来日上午，还是在那间会议室里，三苗王和他的几位军事顾问与到访的商国国君子天乙、尹正伊挚、将军石渚一起召开了联席会议。会议室的中间放着一张厚重的木头桌子，他们一群人全都站着，眼睛紧紧地看着伊挚带过来的地图。那张地图用墨画着山川和河流，虽然不是现代意义上的军事地图，但也使得天下一目了然。众人都显得非常严肃，连喜欢打趣的仡芈蚩脸上也看不出任何表情。

现在开会的主角依然是伊挚，从战略的角度讲没有人能够代替他。他指着地图侃侃而谈："我们一行在尊王这里休息一天，明天一早就出发回国，这就需要尊王给我们准备足够十天的干粮及草料。另外您需派人护送我们出了淮夷人的地盘，我们与淮夷诸国已经修好，但不是盟国，以防发生变故。仔细算起来大概需十天即可回到亳都，这就有劳尊王您了。""尹正大人尽可放心，予这次一定要率军亲自护送大君一行回国。"仡芈蚩动情地回答道，而子天乙则向他投来感激的目光。伊挚接着说："此次朝觐夏王动身之前，敝国已经做好军事部署。按照昊天上帝安排的战争礼仪，立秋前不兴兵，立冬后不交战。故而没有多少时间了。要取天下，诛灭不敬昊天上帝、横征暴敛的强权夏朝，必须先解决以昆吾国为首的'金屏之盟'。具体的作战计划已经制定，我们将在七月十五日月圆之时三军出动攻击，先打昆吾五国，以解除朝廷的藩篱。解决此五国，我们的力量完全可以对付，只是担心夏王发兵增援，尊王需要做好的就是兵出邓、谢两国驻扎，严阵以待，若夏王派兵增援昆吾国，您便追击进攻；若他们不出兵，您则按兵不动。我预料夏王有岷山国的教训，再不敢轻举妄动。今年我们只解决昆吾五国，待明年入秋休整后，发兵斟鄩。如这期间有什么变故，我们会及时派信使禀告给尊王，简单而言，情况就是这样。看两位君上和石将军有无其他的见解。"

"战略上先生已经讲得很明白了。"子天乙看着仡芈蚩接着道，"敝国的军政大事，全由伊挚尹正主持，军情紧急之时，凭他自己的印信可直接与您联系，予请您不必讲究身份对等，他可以代表予。望苗王以大局为重，不要计较这些俗不可耐的事，予在此拜托您，配合好我们的军事行动。"说着躬身施礼。仡芈蚩赶忙还礼："大君请您放心，敝人以先祖祝融大神的名义起誓，但有差遣，敝人将不遗余力，在所不辞。""尊王不必起誓，予没有任何不相信您的意思，更不敢有差遣您的想法，如大事可成，您将是商国永远的友邦。""多谢大君，敝人无所苛求，如天命如愿，敝人代三苗子民只向您求得自由和尊严。""那肯定，予断不会食言。"

当二位国君停下来不再讲话时，石渚关心的是军事战术问题，便问："尊王阁下，此次岷山之战我未能参加，实属遗憾。军士所使用的新型兵器，准确地说，到底优势在哪几个方面？"仡芈蚩回答道："将军，予一直在想着有机会当面向您道谢，三层牛筋硬弓加之用敝国铜锡为原料的青铜箭镞，当然那是您提供的绝密配方，生产的弓箭较夏王的弓箭，射程远十多丈。箭镞锋利，可穿透生牛皮制作的铠甲。我们的戈剑坚韧而锋利，与敌方交锋时，犹如断金斩玉。交战时不可先攻击身体，可先毁其兵器再消灭敌人，这是此次作战的实战体会，将军可在训练中加此项目，以告知士兵。如果兵力相当，我军将所向披靡，无敌不克。"石渚摆摆手道："尊王阁下，您可千万别谢我，制造兵器配方的研制，那是敝国尹正大人亲自组织我们研制的，我哪敢贪此功誉。我们将据此而训练兵士，再次感谢您。"子天乙提议道："明天，尊王派一个将军送我们出境便可，不必劳驾您亲自去。""无妨，敝人计算行程，误不了事。"子天乙则道："如此则予再不推辞了，借此机会可与您多求教一些事。真的，与您相交是予平生的一件快事，哈哈。"在两位国君的谦让中，结束了这次联席会议。

2

  商国亳都。朝堂上，负责留守处理国内事务的亚尹任仲虺心不在焉地踱着步。亳都的酷热虽然没有完全消退，但已经有了秋高气爽的感觉。但在任仲虺的心里却没有这种释然的爽快。国君子天乙、伊挚尹正、将军石渚赴斟郡朝觐天子姒履癸，已经走了二十五六天了，按照约定的日期，应该是回到亳都了。但现在仍然未见人影，他不免有些焦虑。按照临行前伊挚的安排，他已派女房率领二十辆兵车，去南方迎接子天乙一行，已经出发了三天了。如顺利接到，应该快回来了。在他心中放心不下的是军事。他命令义仲、义伯二位将军日夜住在军营，随时准备迎战来自夏王、昆吾的入侵。他不懂军事，故而伊挚叮嘱他，在国君朝觐天子的时间里，不论来自哪里的强敌，只准坚守国都，不许出城作战。他知道这是必须坚决执行的命令。他甚至每天都在向昊天上帝祈祷，在他守家监国的日子里不要发生战事。

  他是贵族，是一个在商国东边，封地在微山湖畔尚不足五十里的薛国的诸侯。这是一个科学世家，是一个对中华文明作出杰出贡献的诸侯世家。当然他是东夷人，世代虔信昊天上帝。他的先祖在大禹初建大夏王朝时，由于发明了马车而受封薛地。在他二十四岁的时候，他继承父亲的君位成为薛国的诸侯。也许是昊天上帝在和他开玩笑，等他继位后夏王征税起税点由七十亩调整到了五十亩，养蚕业改为按照桑树数量起征，这直接导致各国争相砍伐桑树，绢帛产量锐减。为了维持薛国的经济，他开始试着用谷、黍的秸秆来饲养牛、马、羊。获得了巨大的成功之后，他发现用人畜的粪便施入农田，不仅可以增肥，还可变轮荒种植为年岁种植，等于土地面积扩大了一倍，使经济有了一点发展和起色，勉强能维持夏王的重税。他感到这样下去绝不是长久之计，最终他和他的封国将被强权灭亡。他终于明白了，救自己，救封国，就必须在政治上找出路，那就是投靠商国。在他眼里，能够彻底将民众从水火中解救出来的只有一个人，那就是商国的国君子天乙。他将封国交给自己的哥哥管理，只身来到了商国，将自己掌握的饲养牲畜的技术、施肥增加地力的办法传授到了商国，这也是后来伊挚开垦黄河故道成功的一个重要因素。他是一个诚信、谦虚的君子，当子天乙拜一个身份为奴隶，又比自己年轻，刚来的伊挚为尹正，官位在自己之上时，他表现得豁达大度，不仅理解，进而竭力支持和配合伊挚，体现出一个拥有信仰的人高贵的精神世界，他用自己的行为捍卫了一个贵族应有的荣誉。十多年来商国经济的发展，国力的强大，更使得他从内心佩服那个奴隶出身的伊挚，佩服伊挚就任后所采取的一系列的政策、举措和办法。现在任仲虺可以自豪地说，他根本不畏惧夏王的强权铁血政策了。

朝堂宽大的门一闪，是君侯子天乙派来的信差到了，从他身上沉积的尘土，可以知道其走得是多么着急。信差躬身施礼道："报告亚尹大人，我奉主公之命向您口头传达主公的谕旨，请您马上召集有关大臣，一会儿主公回来后召开军事会议。""您辛苦了，请您先休息吧，我马上就安排。"待信差走出朝堂后，任仲虺难以掩饰兴奋的情绪，喊道："来人。"侍者进来后，任仲虺嗓音宏厚地说："奉主公之命，请您通知所有大臣，女鸠大人，义仲、义伯二位将军即刻来朝堂，主公要召开会议。"

顾不得车马劳顿的子天乙、伊挚、石渚以及迎接他们的女房快步走进朝堂。已经等候在朝堂内的任仲虺、女鸠、义仲、义伯等人，躬身向他们施礼："主公辛苦了。""尹正大人辛苦了。""石渚将军辛苦了。"子天乙道："诸位不必多礼，你们守国有功，更辛苦。"任仲虺吩咐内侍道："主公安然无恙归来，臣等不胜欣慰，来人，快与主公和诸位大人斟茶。"内侍官将茶倒好后准备退出，子天乙拉住他悄声说："立即将予的斧钺取来。"他吩咐完之后，便站在那里，扫视着在场的每个人，平时那开朗的性格不见了踪影，他那一对又黑又粗的眉毛向上挑着，严肃而认真地开口说道："诸位大人，此次斟鄩之行，虽然有惊无险，但予亲身感到夏王、己牟卢的阴谋，全仰仗昊天上帝的保佑和先生的周密安排，当然，我们还需感激那位王后的暗中帮助，才脱离险境。夏王密谋囚禁予的罪名，就是没有按时缴纳祝寿的贡赋。在斟鄩不长时间，予已经感受到了天下诸侯的人心向背……"子天乙正向大家讲着，看见内侍官双手端着象征兵权的斧钺进来，内侍官有些着急地说道："主公，邽及大人从斟鄩回来了，现在在朝堂外，说有急事要见主公。""邽及回来了？快请！"子天乙意识到一定有大事，或者他是暴露了身份逃了回来。不论怎样，一刻也不能耽误。他判断一定是邽及扮作商人，从"金屏五国"的领地上回来的，否则没有这么快。邽及进入朝堂，看见商国的君臣们站着议论国事，而没有人们想象中的礼节，感到了他的主公子天乙与这些重臣们亲切的关系。他后边跟着扮作商人的军士，背着几个鼓鼓囊囊的麻袋，谁也不知道这邽及葫芦里卖的是哪味药。邽及快步走到了子天乙的跟前正声道："微臣邽及拜见主公，拜见各位大人。因事关重大，臣怕万一出现闪失，那样即使臣有一百条命，也不能抵顶所犯之罪过，故而亲自跑回来了。主公，夏朝的太师兼太史终古大人、申保关龙逢大人，在前几天举剑双双自杀了。臣所带回来之物就是终古大人自杀前，托臣交给主公和尹正大人的。"他说着示意士兵从麻袋中取出里边的东西。"那是大夏朝祭祀昊天上帝的礼器，九个燔烧牺牲的鼎和刻着凤鸟的琴瑟。请主公和各位大人看一下。臣以为这九鼎礼器和琴瑟乐器归我商国，就是意味着天命所归，故而不敢怠慢，昼夜兼程赶回亳都。原来臣的身份早被终古大人识破，只是他未曾出手，不知何故。"邽及说着感到喉咙有些干涩，话音显得有些沙哑。子天乙见状，忙吩咐："内官，快给邽及大人看茶。"子天乙和大家一起看着军士从麻袋中取出的礼器和乐器，他有一些不解地望着伊挚，问道："先生，予知道这太贵重了，关系到我们的国运，您看我们该如何礼敬这些国家的圣物？"伊挚答道："主公勿忧，臣给您道喜了。昔日大禹建立夏朝，铸九鼎以定国界，铸燔烧鼎作为礼器，祭祀昊天上帝。琴瑟乃为和谐，其音为昊天上帝所喜。只是边上刻着凤鸟，这是我商国的图腾，其刻痕新鲜，臣料想是终古大人近时亲刻上去的。他的意思很明显，就是邽及大人所说，天命所归，非我商国莫属。此圣物应保存在我们明堂里，在祭祀昊天上帝时所用。"子天乙言道："此事烦先生操劳。邽及君，您知道终古大人、关龙逢大人自杀的详情吗？"邽及回忆道："据传，二位大人是因为岷山兵败之事，他们责怪自己未能以死相谏，导致六千军士成异地之魂，而羞愧自杀。那天，就是主公离开斟郡的晚上，臣正准备闭门谢客时，忽然终古大人直接乘车来到客栈的院里，当店伙计询问是否住店时，终古大人下了车。他说：'我既不住店也不吃饭，我是夏朝的太师终古，有事见你们店主。我知道他名叫邴及，麻烦你与我通报。'其实臣一直在暗中观察，当确定再无别人时，臣过去见他并问道，'敝人就是客栈店主，请问大人见敝人是？……''让您的店伙计把门关上，找一个方便的房间谈话，要快。'臣当即将终古大人引到了一个安全的房间，正准备给他沏茶，他示意不需要，他的车夫将这几个麻袋放进房间走了出去。臣此时才仔细打量一下了这位大人，他几乎全白的须发显得干燥而没有营养，一看就是过度的忧思所致。他说话干脆，直截了当：'斟鄩的客栈大多以营利为目的，而您不计较这些，故而我知道您的身份是商国在朝廷的耳目。'他看臣要申辩，用一只手挡住臣，示意不要申辩。'我和您说这些不是为了探知您的底细，而是拜托您一件事，这只因为您是商国人，故而拜托。这几个麻袋里装的是大夏国祭祀昊天上帝的乐器和礼器，托您交给商君子天乙，或者交给尹正伊挚。这是我和关龙逢大人商量的结果。请您转告他们，此事是我今生做的最后一件事，也是唯一能够告慰天下苍生的事，这就是天意。无须多说，你们刚离开斟鄩的那对君臣，看到此物就明白我的用意了，拜托您。'说罢，与臣互相施礼后，登车而去。第二天就听说了大人自杀的消息，臣当时未悟到他说的话的隐意。关龙逢大人也是那天晚上自杀的，他们是约好的，未曾听说有什么非自杀不可的原因。国都的人们都在议论两位忠臣的自杀，主流的看法是，他们出于爱国的情结，作为谏官，不能阻止夏王发兵征伐岷山氏而兵败，他们用这种方式在劝谏夏王应该怀德，造福民众，而非穷兵。""噢，是这样啊。"子天乙感叹道。商国的重臣们听到这个消息都感叹不已。子天乙看了看伊挚，问道："先生怎么看待此事？"伊挚对夏王朝两位正直的大臣的离去，感到痛心不已，他听着国人对他们此举那种肤浅的看法，心中充满了同情，又有点哭笑不得。他甚至觉得这二位大臣有点可怜，他们放弃了自己宝贵的生命，竟然无人能够理解他们，似乎只有昊天上帝才能给终古、关龙逢灵魂上的安慰。想到这里，伊挚多少有点冲动，他略带沙哑地说道："这是肤浅和狭隘的看法。他们是祭司，他们的精神世界里有为信仰而献身的动机，而这种动机超越了肉体的生和死。夏王荒废籍田，不祀昊天上帝，直接导致了他们精神世界的绝望。国家毁灭的绝望，他们二人，刎剑而死，标志着夏王朝祭祀传统的终结。这是对信仰的超越，而非单纯的爱国情怀。"子天乙随后道："先生此论如巍巍泰山，屹立于天地之间。"伊挚提议说："我们应将他们二位的灵位，配享昊天上帝，以此来纪念他们。"子天乙便道："就依先生的意见做吧。""好。"伊挚看着邽及说："邽及君，我想您回国时已经安排好代您管好客栈的人，您不能再回斟邿去了。您能够安然将国家重器送归，其功劳不小，请主公给予邽及君赏封。"子天乙爽快应道："予即刻拜授邽及君上大夫之爵。"邽及推说："臣为商国之宗族，为国效力乃分内之事，竟然能承主公和尹正大人如此厚爱，此命臣实不敢受。授爵励士，乃国家各器之所归。臣十天连进两爵，有轻国家纲常之嫌，臣死也不受，请主公收回成命，不然臣将辞职回家，以老养终身。"邽及表现得毫无融通。伊挚见邽及如此固执，一种欣慰之感涌上心头，他从邽及的身上看到了商族人蓬勃向上的活力，看到了有信仰民族的道德底线，总之，他看到了希望。他对子天乙说道："如此，主公可待日后合适时再授爵于邽及君吧。"子天乙只好说："您是我商人的骄傲，予从您身上体会到了自己的责任。就依尹正大人的话，待日后再议。"伊挚又提议说："邽及君做事心细，缜密稳妥，臣意，现在就请邽及君协助女鸠君做好三军的后勤供应。此事唯有德之人才能胜任，不知邽及君可愿就任？""尹正大人言重了。"邽及看着子天乙又说，"臣所任职事，唯主公与尹正大人差遣，断无挑三拣四之理。臣当恪尽职守，协助女鸠大人做好三军的后勤保障工作。""好。"子天乙应道。

　　子天乙和伊挚不顾车马劳顿召开军事会议，由于邽及的归来，而拖延了许久。对伊挚来说，这突然来到的国家礼器消除了他精神上的困惑和担忧。

　　长久以来，他一心致力于在经济上、军事上的实力超过大夏王朝，但在精神上超越夏王，则要困难得多。他和子天乙亲身耕种籍田，用其产出来祭祀昊天上帝，那他只是在自己的明堂里做的事。伊挚非常明白，作为夏朝诸侯的子天乙所面临的困境和精神上的负担。身为大夏朝的藩属国，要进攻宗主国，就必须消除天下人"以下犯上"的看法。大禹开创夏朝，开籍田，垄断昊天上帝的祭祀，就是为了告知天下人，他的君权是上天授予的，这也为以后家天下的创立，奠定了国人精神上的认可。他必须在推翻夏王朝这件事上，为子天乙寻找到精神上的突破，那就是天命归商的预示和昊天上帝赋予的合法性。他明白，夺取天下不仅需要强大的军事力量，更需要强大的精神力量。现在，祭祀昊天上帝的乐器和礼器归来，使得天命所归已经明朗，他感到自己眼前的世界忽然变得宏大起来，希望的未来和未来的希望都近在眼前，咫尺之间可随手拈来。他用激动的目光和子天乙互动，他从子天乙激动的目光中知道，国家礼器的到来，已经彻底地消除了作为诸侯的子天乙精神上的困惑。

现在商国的君臣们终于可以开始商讨原定的议程了。国家礼器的归来，使得子天乙有些兴奋，他的脸上洋溢着一种喜悦的红光，那是一种冲动后得到了满足的神情。他站在朝堂上的主席台，动情地说："诸位大人，予现在拜伊挚尹正为我商国的三军统帅，全面负责此次的军事行动，请先生屈就，接受斧钺。"说完他从内官手里拿过一柄用青铜铸就的斧钺，躬身低头拜呈给伊挚。伊挚躬身小心翼翼地接过子天乙手里的斧钺。之所以叫斧钺，是因为它的器身呈斧形，刃口为弧形，钺身两面铸着虎扑人头的纹饰，这是商国君权的象征，是统率军队的象征。伊挚接过后表现得战战兢兢，他拿在手里开始部署作战的任务："诸君，我们本次的作战目标就一个，那就是位于我们西方以昆吾国为首的'金屏之盟'。从战略上来说，这是我们夺取天下必须首先消灭的目标，经请示主公同意，我们的作战计划如下：我们首先进攻的目标是葛国，它地处'金屏五国'中间，国君垠尚狂妄而自大，他依靠昆吾国己牟卢，恃强凌弱，外不修好，内不修德。天下诸侯，没有人不反感他。前些时日，他在己牟卢的唆使下，让士兵扮作强盗抢劫我们的贡品，导致女房君负伤，险不治愈。先打葛国除了上述原因外，主要是因为政治和军事上的考虑，我们不是打不过昆吾，而是先打下昆吾，其余的四国就会要求投降，到时不受降，天下诸侯闲话，如受降我们该怎样处理？受降就得存亡继绝，保留其封国。从政治上看，在我们与夏王朝中间不能容许有任何封国存在。故而先打葛国，军事上占领后剿灭其国，将其贵族降为平民，再将贵族的财产分给广大民众，并及时调整和改变土地分配制度，变井田制为赐田制，并恢复七十亩征税的制度。战争受到损失的家庭可免其三年赋税，这项工作将交由昝单君后续处理。军事上，上军由义伯将军统率，担任进攻葛国的主力；义仲将军率领的下军将在葛国边界驻扎，任务是打击援兵，防止己牟卢支援垠尚；石渚将军率领中军布防我国与昆吾国的边界，防止己牟卢乘机攻击我国。我与主公的分工是，我亲率上军和下军进攻葛国，并阻击可能来的援军。主公和石将军统率中军，驻扎在我国与昆吾的边界上。进攻时间是七月十五日卯时。葛国北边的彭国、豕韦国，兵车不足百辆，士兵不满五千，此战指日可下。等我们将北方三国解决后，我们向南推进，主公与石将军由东向西推进，我们在昆吾会师。攻伐昆吾，那时的主攻就是中军了。三军负责军事联络，传递消息之事就交由女房将军的轻骑兵了，您得明天带人出发，将进攻葛国的战书，送给葛国的国君垠尚，作战的时间不能更改，就是月圆之日，我们等到您拿到回书后即刻三军齐发。我与主公已在回国的路上进行了占卜，各种迹象都是大吉。后天寅时，各位大人都到明堂参加征伐而举行的昊天上帝祭祀。最后叮嘱各位将军，严格恪守战争的礼仪，取胜为宗旨，不可过多杀戮，诸位明白了没有？如有疑问可现在提出。"没有疑问，大将军的部署，非常明了。""那就好，军令如山，望各位谨慎行事，我拜托各位珍惜我们商国的荣誉。"说着伊挚看了看子天乙，"主公看是否还有训示？""非常好，望诸位将军按先生的安排执行，予等你们北方战场的好消息。我们的留守任仲虺大人，大家饿得快撑不住了，您现在是否可以管我们一顿饭食？"子天乙看着任仲虺说道。任仲虺回答说："早已安排好了，为您和尹正大人接风，只是开会时间如此之长，估计厨房早就着急了。来人啊，快把饭食端到朝堂上来，我们就在此用餐吧。"

第二十四章　礼器

　　公元前1601年的夏历七月十五早晨，当一层薄薄的雾气散去的时候，伊挚和义伯将军以及女房，昝单率领的商国上军开始在一片农田的边缘，将兵车一字排开，准备与以葛国为首的葛、彭、豕韦三国联军进行作战。眼前的农田为一条名叫睢河冲击而成的平原，土壤深黄而富有营养。放眼望去，农田里只剩下收割完庄稼所留下的谷子、黍子和小麦茬子，好像是农民们专门为了方便他们打仗而赶时间收割完的。伊挚站在兵车上，手里拿着一支比自己身体将近长出一倍的长戈，向前方望去。他忽然感悟到了古人制定战争礼仪时，为什么要选择秋天，这个时节不毁庄稼，不糟蹋粮食，万物已收成。

　　葛国和商国本是鸡犬之声相闻的近邻。都是承袭了千年的封国，他们共饮着一条母亲河——睢河（此河在1194年由于黄河决堤而湮没）。葛国的都邑就是现在河南的宁陵县城西北不远处，距离商国亳都一百来里。在葛国国君垠尚的眼中，他的这个近邻，这个由玄鸟而生的商国，就是他和己牟卢的灾星。要不是己牟卢的优柔寡断，依着他早就联合起来，灭了这个让人头疼的商国。在斟郡，天下诸侯们都盛传着王师败于三苗，三苗的武器就是商国提供的技术，但他独不信，他与商国为近邻，商国的一举一动，他自认为无所不知、无所不晓。商国的子天乙用一个陪嫁奴隶做尹正，开垦黄河故道，无偿赐给天下破产的流民，包揽和代替东夷诸国上缴贡品，赚了不少利润，其经济实力确实强于天下诸侯。中原诸侯瞧不上东夷人的战斗实力由来已久，这似乎已经成为垠尚的一种思维的惯性。要不是己牟卢出主意让他用士兵化装成盗匪，抢劫商国上缴给朝廷的贡品，由着他的性子，他直接就用士兵抢下来了，没有必要这样偷偷摸摸的。要是引起纠纷来，痛痛快快打一仗得了。现在他觉得自己没有去找商国的麻烦，子天乙却自己找上门来了，他收到商国特使女房送来的交战书，毫不犹豫地答应了，并亲自写了回书。当特使走后，他赶紧派出使者联络彭君，豕韦君约定出兵的日期，向南派特使转告己牟卢，请他出兵援助。他自信凭五国的实力，可一举消灭前来征伐的商国之师。

此刻，他与彭国国君彭辛、豕韦国国君孔宾，站在一字排开的三国兵车之前，他示意葛国的一位将军，举着白旗，驾着一辆红马拉着的兵车，向两军的中间地带跑去，那是开战前两国的将军们必须进行的最后一次谈判。如果能通过谈判解决争端，则双方罢兵，以避免流血。代表商国军队谈判的是女房，只见他身上穿着将军的铠甲，腰里挎着一柄青铜宝剑，手里拿着白旗，站在兵车上，车前拉车的白色军马，昂着头，嘶鸣着向两军的中间跑去。当两辆兵车相遇时，双方的驭车士兵很熟练地避开停下，使两位将军可在谈判时保持最近的距离。他们相互施礼后，葛国将军首先开口："将军阁下，敝人代表三国联军前来问话，敝国所犯何罪？惹得贵国大军前来征伐。"女房应道："贵国不久前用兵士扮作盗匪，抢去敝国进贡天子的贡品，为不赦之罪，如果想停战，除非贵国加倍偿还，否则难免一战。""敝国君侯再三声明，劫持贡品为盗匪所为，与我国君侯无关，看来贵国是不惜一战了？""抢劫贡品，劫杀兵士，此仇不报，非丈夫也。将军无须再费口舌。"女房将谈判的话头封死。"如此，则看胜败了，将军需保重啊。""您也保重。"女房回答道。"我们举红旗归阵吧。"葛国将军显然对谈判结果感到了失望，从他的神情中，可以看出他对联军方面能否打胜深有疑虑，他摇了摇头长叹一声，"好吧，也只有如此了。"说着他将白旗放下，从车厢里拿起红旗，举了起来。他们同时掉转马头，各自回到阵前。这是进行战斗的信号，标志着谈判的破裂。双方参战的将军、战士都怀着复杂的心情注视着。

伊挚看到双方谈判破裂后举起的红旗，便将兵车驶向阵前，掉头回来，面对自己的兵士。这是整齐的战阵，三百辆兵车紧挨着排开，后面站着手握弓箭的战士，他们个个严阵以待。他的目光环视着，满脸肃杀地对着兵士，用尽最大的肺活量喊着在做战前的动员："商国的战士们，我是伊挚。我们面前三国联军的背后，是压榨人民的暴政。我知道，具有高贵信仰的你们不惜用生命去解救受难的人们，而还给他们应有的尊严和自由。我将和你们一起去冲锋，用我们的荣誉去战斗，主公子天乙在等着我们胜利的消息。"他的话音刚落，兵士们突然齐声喊起来："子天乙、伊挚！子天乙、伊挚！"喊声越来越大，近万名兵士齐声喊着。伊挚感到震耳欲聋，虽然平原没有起伏的山丘，无法制造回声。但伊挚知道，这喊声肯定传到了对面敌军的耳朵里，也不失为一种震慑。伊挚对挨近兵车上站着的女房说道："一会儿我的金铎起，则擂鼓进攻，我与义伯将军带头冲锋，您在后面指挥，马蹄声响六十下，弓箭齐放射向敌人冲过来的兵车。"又对旁边的义伯说道："义伯将军，我们兵车上的弓箭手也是马蹄六十响才射向敌军。弓箭手需把握好，每五踢射出一箭，十踢射五箭，则大事俱矣，想必二位都明白了吧。""明白，大人。""好，就依此战术作战。"

在垠尚指挥的联军方面，三位诸侯虽然有些步调不大一致，当垠尚示意举起黄色的旗擂鼓进攻时，豕韦国的孔宾赶忙拦住说："且慢，君侯。"他的眼向南方看着，"约定好的时间，怎么不见昆吾君露面？没有援军，我们能打得过对面那个奴隶吗？""他应该会来的，也许现在正在渡河，或者等我们交战后，再露面吧。我们不能这样不作战等援军啊，那样会让天下人耻笑我们的。君侯我们不能再犹豫了，请您即刻归队吧，带领你的战士冲向敌人斩杀他们，这是我们的荣誉。"垠尚说得显然有些不耐烦，他有点瞧不起豕韦国的这位膏粱国君。垠尚看着他的两位盟友诸侯，回到了自己应该在的位置，他又示意手下举起作战冲锋的黄旗。

与此同时，双方的战鼓同时响了起来，兵车在战鼓的催促下，向对方阵地冲了过去，垠尚手里拿着一支戈，随着战车的奔跑而颠簸着，他相信凭着自己的勇力，一定能战胜那个同样站在战车上向自己奔驰而来的奴隶。他紧盯着前方，马蹄溅起的尘土，使他的嗓子有点发痒，他不由得眯起眼睛。忽然，他感到肩膀一阵剧痛，紧接着大腿也是一样的痛，那是他中箭而疼痛。他用戈挡着脸，抬头望着天空，箭镞像蝗虫一样飞来。有的落下，有的向后飞去，显然向后飞去的箭镞目标是自己的弓箭手。他不明白，这距离还没有到达有效的射程啊，怎么敌军的箭就射向了自己。他下意识地想起了在斟鄩时的传言，岷山兵败的王师，也是遭遇的这种箭。他向右边看了看，驾车的士兵胳膊上中了一箭，但还忍着剧痛驾车，而自己的弓箭手已经中箭，早已跌落了下去，他没有时间将自己身上中的箭杆折断，任凭其随着车子的颠簸而颤动着。随着箭杆不停地颤动，会让他的血流尽而亡。在短短几分钟的时间里，他感受到了新式武器和新式战术所带来的恐惧。他犹如一个输完了全部家产的赌徒，红着眼，一种复仇的意识充满了他的脑海，他要冲过去亲手去杀了那个带给他失败和耻辱的伊挚。当两辆兵车迎面相对时，速度慢了下来，而在交错时则都停了下来，这是车上战士搏斗的时刻。垠尚双手握戈，用尽平生力气向伊挚刺去。他是大力士，他自信没有人能抵挡住自己的这一戈，但他没有料到的是，伊挚照着他刺过来的戈，扬手一挑，火星飞溅，他的戈被削去了大半。紧接着，他感到胸膛里有冰凉的东西穿过，随即感到了一阵口渴。那是伊挚的戈刺穿了他的胸膛而特有的感觉。他修长的身子倒在了兵车里，他的生命定格在七月的中秋，一个天高云淡的日子。伴随着垠尚生命的凋落，一个存续了近千年的封国也走到了命运的尽头。他曾经拥有过的辉煌和荣誉，至此，一切都成为过去。

仅仅一个回合，拥有三百辆兵车的三国联军就败下阵去，除去死去的兵士，活着的全部感到了恐惧和绝望。与将军义伯对阵的是豕韦国国君孔宾，他在身中数箭后靠着惊人的毅力与义伯厮杀。他在义伯的奋力一击下，死在了自己豪华的战车上，其过程如同他的盟友垠尚。而彭国的国君彭辛，他的战车冲在最前面，因而最早遭受到了商国弓箭手射出的密集箭雨。一支箭斜插着从他的右脖颈中穿过，穿透了动脉，使他立即毙命。昚单没有机会与他搏斗。这三位诸侯在战场上身先士卒，冲锋在前，用他们的生命诠释了忠诚的内涵。

这是一场不违战争礼仪的战斗，由于兵器的改良而导致新战术的运用，变成了屠杀，那些没有死去或者负伤的联军士兵便跳下了战车，放下了手中的武器。那个与女房谈判，侥幸没有战死的葛国军官在自己的战车里举起了象征投降的白色休战旗。

伊挚站在兵车里，看到了葛国将军举起的白旗。他意识到这场由他主导的战斗已经结束了，他有一种意犹未尽的感觉，从他摇响金铎到战斗结束，不足一顿饭的时间，他感到新战术的力量。那是昊天上帝惩恶扬善的力量，他看到了原本平静的农田里现在到处是死尸，死的联军战士的身上基本上都有箭伤。那些受伤倒下的战马还在发出阵阵的哀鸣。尽管敌对双方严格遵守战争礼仪，看到白旗后立即停止了杀戮，但在战场上还是体会到了战斗的残酷。当他看到义伯、女房、昝单三位将军走到他的兵车前，他从左边车辕上跳了下去，他向三位将军还着礼。只听义伯说道："大将军，我们胜利了，这多亏了全军将士士气高昂和改良了的兵器，这也不枉我们这么多年的艰苦训练。"伊挚也掩饰不住内心的兴奋说道，"这都是军中将士的功劳，义伯将军功不可没。等此次战争结束后，我将奏请主公奖励三位将军。现在安排下一步的事项，女房将军您还得辛苦，需要回到主公那里，将这里的战况报告给主公，请主公即刻下战书给昆吾己牟卢。义伯将军可拨三千士兵与昝单君，他将善后彭、葛、豕韦三国的后事。政策已经交代明了，望昝单君体察民情，敬天爱民。原有官吏可用的尽量用之。总之，尽快将三国之地变为我国的根据地。我与义伯将军从这里出发，与义仲将军会师渡过睢河，在昆吾国与主公会师，会师地点在昆吾国都城城东五十里处。"他示意一个军官拿出军用地图，他指着一处，"在这里。大家都听明白了吗？"三人异口同声："听明白了。"伊挚命令道："那好，我们即刻行动吧。"

第二十五章　第一次战争

1

　　昆吾国的都城坐落在许地，就是今天的河南许昌。干旱使得草原上的草变得枯黄，各种草籽虽不十分饱满，但已经基本成熟，散发着特有的清香。都城东北方向的五十里处的一处草原上，商国国君子天乙所率领的中军就驻扎在这里。这是伊挚和他约定的会合地，营帐里，子天乙、中军大将石渚、负责联络的将军女房，站在地图边上，好像在讨论着什么。他们其实只有一件事，那就是等着伊挚所率领的上军和下军前来会合。子天乙判断，伊挚大军未按时前来肯定遇到了什么事。他在行军途中的兵车上，听完女房绘声绘色地讲述这次战斗轻松取胜的消息，使他进入一种亢奋的状态。作为国君，他明白这都是伊挚十年生产和教化人民的结果，都是改良兵器、制定和运用新型战术的结果。他的灵魂深处捕捉到了自己的责任和使命。既然昊天上帝送了一个使者来到自己的身边，给自己作为帮手，天命的归属则不容置疑了。

　　随着帐外传来车马的喧闹声，负责警戒的一名军官走进围帐。这位军官边施礼边报告："主公，伊挚大将军率领的上、下军到了。"子天乙忙道："好啊，我们赶快出去迎接一下他们。"

　　用于大军扎营的这片草原在经历了干旱的煎熬后又遭到了几千匹战马的踩踏，它在呻吟和战栗着。马蹄踏击草原溅起的尘土，高高地飘向了天空，好像是在向上天报告着自己的苦难，而乘车战士的铠甲上都积满了黄土的尘埃。子天乙等人出了营帐就看到伊挚一行快步走了过来，虽然风尘仆仆，但可以看出情绪高昂。子天乙首先躬身施礼道："先生辛苦了，二位将军辛苦了！""主公辛苦！"伊挚和义伯、义仲还礼道。在子天乙心目中，普天之下，任何称谓、任何官职的称呼都没有"先生"庄重和高贵，他从第一次与伊挚交谈至今从未有过别的称呼，这对性格开朗而不拘小节的子天乙来说，实在是出于内心的尊重和佩服。他认为 全天下能够配得上"先生"这个称呼的只有伊挚一人，他也从未称过别人为"先生"。现在，商国三军的最高统帅们齐聚在子天乙的营帐里，他们围坐在一块绢帛绘制成的地图周围。伊挚喝了口水开口说道："请主公见谅，我们迟来了两天，原因是顾国的事，那个国君姬雍比较顽强。他既不懂战争礼仪又不出战，死守城邑。义仲将军率领下军一战而下，姬雍自杀。平定顾国耽误了点时间。义仲将军第一个登上顾城，其勇气可嘉。"义仲闻言，急忙说道："那都是大将军战术制定得好，我身为将军，率军作战实为本分，不敢承蒙您的谬赞。但攻城之术，已经实战验证确实有效。"子天乙点了点头道："义伯、义仲二位将军此次征伐立了头功，等征战结束后，予定有重奖。先生的战法让天下人震恐，不仅顾国不顾战争礼仪不交战，就连昆吾国这位己牟卢也不敢接招了，他龟缩在城里不露面。据报已有使者前往斟鄩。大概是求天子去了。先生看下一步我们该怎么办？"

"武有七德，首先是禁暴安民，昆吾己牟卢阴险狡诈，简直就是大夏国的一个祸害，一个害群之马。多年来，他处心积虑，不停地离间天子与诸侯的关系，多次唆使天子发兵征伐我们，昊天上帝保佑才使我们免遭祸殃，征伐昆吾用不着那些战争礼仪。己牟卢所犯的罪恶就是我们惩罚他的理由。昆吾的民众早就盼望着主公去解救他们了。"伊挚说着，他仿佛看到了自己的母亲冼姞，在焚烧自己时被火光映红的脸庞，要不是当年己牟卢使坏，他的母亲怎么能把自己当作牺牲而燔烧？"明天我们移师昆吾城下，三面围住，独留南门让他出逃，看哪家诸侯敢收留他，主公便一起剿灭了他。东门请石渚将军的中军进攻，义伯将军率领上军进攻北门，义仲将军率领下军进攻西门。有三苗王给我们看着西边，料他妣履癸也不敢发兵相助。战术上，我们在顾国已经取得了经验。每辆兵车上准备一个滑梯，车的顶棚便是盾牌，当兵车发动攻击时，我们的弓箭手齐向城墙上的敌兵发射，我们的射程比他们远十多丈，这就可以大规模杀伤城上的守敌，而他们射不到我们。昆吾依制城墙未高过三丈，滑梯从兵车上搭往城墙，角度不大，便于冲锋。我方的无敌弓箭，使他们城上的守敌不敢露面。这方面还得感谢三位将军，这是平时刻苦训练的结果。我们的弓箭手堪称神射手，进攻昆吾应稳操胜券。各位将军有无补充？""没有。"子天乙听着伊挚的军事布置，无异于像是在听一堂军事训练课程。

用武力来夺取天下，子天乙和伊挚运筹和谋划了十多年，他深知这项事业的风险，现在还没有几天的时间被天子姒履癸称赞为"金屏之盟"四国，在伊挚凌厉的进攻下已经土崩瓦解了。子天乙的荣耀感变成了一种冲动，激动地说："明日卯时，三军出发。按先生的安排找到各自的位置扎营。从现在起，予就是一名战士。予将与石将军率中军攻击敌人，此次战役居中调度指挥，就依靠先生了，您可不能冲锋在前了。""主公不可，冲锋在前，是将军的事情。商国的各方面事情都已进入正轨。这个国家可以没有伊挚，可不能没有主公，明天战斗，请主公居中指挥，我率三军儿郎们冲锋，那个令人作呕的己牟卢，我要亲手杀了他，为全天下被他害死的冤魂报仇。"伊挚怕子天乙率军作战出了闪失，脱口争辩道。子天乙坚持道："先生此言差矣。您说的正好相反，商国可以没有予，但不可没有先生。予有三个儿子都可以做国君，商国不缺国君。请先生掌握全盘居中指挥吧。""主公！"伊挚动了动嘴又对着石渚将军说道，"石将军，主公就交给您了，您要保护好主公啊。""大人放心吧。我……"后面的话还没有说出口，子天乙伸手掩住了他的嘴，说道："将军，予不要您来保护，也不会成为负担。一路劳顿，大家各自归队吧。"子天乙下了最后的命令，会议就这样结束了。

2

在子天乙和伊挚率军将昆吾国都城三面围住后，昆吾国的朝堂里，国君己牟卢还在开着军事会议。他的头发似乎在一夜之间又长长了不少。太阳已经升起来了，那看似柔和的红光，使得朝堂内燃烧着的豆油灯失去了光辉。他和他的大臣们，以及将军，还有部分宗族的公子们，已经商量了一夜，但还没有什么好的办法来度过眼前的这场可能是毁灭性的危机。几天前，他已经拒绝子天乙派人来下的战书，不愿意和商国大军在广褒的平原上，用兵车大规模决战。要是再早一些时日，他会毫不犹豫地下战书和商国约定时间和地点进行决战。自从他听说了王师在岷山国战败的情形，特别是前几天盟国被歼的消息，更证实了传说的真实性，崭新的兵器和崭新的战术，短时间内就可以造成毁灭性的打击。因而他顾不上什么战争的礼仪，拒绝了商君子天乙约他作战的要求。他判断到用传统的战法与商军作战，那无异于挺着脖子让敌人屠杀。昨天，当商国的三路大军分东、北、西三路将他的都城围住时，他登上城墙从东到西观察了一下，强忍着没有在守城兵士面前腿软下来。近千辆兵车，分三面将他的都城围了个水泄不通。当时，他的后背就感到冰凉冰凉的。他在惊讶，他的这个宿敌和邻居，怎么一下子冒出了这么多的兵车？当天下午一名商国将军用箭射进来一封战书，那战书也可以称为最后通牒，如果在今天申时再不投降，则进攻开始。还是在几天前，当他接到葛国垠尚的求援信件后，他便命令他的将军动员队伍，准备驰援三国联军。但派出去侦查的兵士，回来报告说，葛国方向和商国方向都有商国的军队在等着他，准备打援。他决定暂缓出兵，不必冒险，观察几天再说。没承想，那三国联军与商国交战，不到一顿饭工夫，便遭到了毁灭，连还手的机会都没有。这使得他大为震惊，他甚至在听到这个消息时，目光呆滞了很久。

昨天傍晚，己牟卢决定连夜召开军事会议，商讨怎样对付商国的大军。他从几位大臣和将军的发言中，知道不少人已经被商军的军威吓破了胆，他们是主张投降的，但迫于己牟卢的高压，没有人敢提出"投降"二字。

他的理智告诉他，这些参加会议的人，谁都可以投降，唯独他本人不能投降。他从继位成为昆吾国国君那时起，无时不在算计着干一番惊天动地的大事业，他瞧不起那个四肢发达，头脑简单的天子姒履癸。他看到姒履癸穷兵黩武，就感到机会来了。他的计划是：不断地唆使天子四处征伐，以离间他和诸侯的关系，并消耗他的实力。而自己则打着防备东夷人的旗号，与葛、顾、彭、豕韦等国结盟，待到夏王实力消耗殆尽，自己再举兵夺取天下，到那时易如反掌。但天不假时，他未曾料到，突然崛起的商国，彻底打乱了他的计划。他意识到现在的局势对他而言，不仅难酬壮志，而且自身难保。

太阳已经把红色的光芒收起，而改用白色的光芒照耀着己牟卢的朝堂，似乎在提醒他，商国大军攻城的时间快到了。他需在战降之间作出选择。人性中的黑暗，再次在己牟卢的心田里战胜了光明，他决定拼死一战，以捍卫作为一方诸侯的荣誉和尊严。他有二万多贵族出身的将士儿郎们，纵然一死，也能和子天乙形成对峙，削弱他的力量。想到这里，他揉了揉熬红了的双眼，大声宣布："战与降不作商讨，让大家来原本也是商讨战术问题，就是怎样守住城，进而击退商军。截至目前，天子援兵未到，看来我们只能依靠自己了。予决定，用我们的血肉之躯来捍卫属于我们的荣誉和尊严，来保卫我们生活了上千年的家园。请各位将军归队吧。予将亲自守东城。宗族的各位公子，都要参加战斗，现在就到库房领兵器吧。从现在起，各种库房全部打开。任凭军民随意拿取。诸君拜托了。""唯。"朝堂里的人们齐声答应道。

城外围的商国军队，摆出了令守城的昆吾士兵不太明白的进攻架势。这是伊挚独创的阵势。上千辆兵车呈"一"字形排开，围绕着城墙。好像这些兵车全长了翅膀，可以飞上城墙似的。不同的是，每辆兵车上站着六名甲士，全部拿着冲锋进攻的兵器。在兵车的后边站着商国的弓箭兵。人数之多，从远处看，黑压压的像是翻滚的云团。他们布阵的距离，用伊挚的话讲，就是敌方弓箭射程的临界距离。一名负责观察时辰的军官跑过来向伊挚报告："大将军，申时已到。"伊挚向他点了点头。伊挚的目光向子天乙投去，在得到了回应后，伊挚举起了手中的金铎，摇了起来。瞬间，战阵后边的战鼓敲了起来。他身边的一位将军举起了红旗，上千辆兵车同时行动起来，冲向敌人的城墙。伊挚默默听着马蹄的声音，当他确认五十响时，便命令传令兵举起黄旗。这时，鼓声的节奏，变成了"咚咚，咚咚"，上万名商军里的弓箭兵一齐举弓射向城上的守军。

城墙上的守军，正打算指挥自己的弓箭兵向冲过来的商军兵车发射，只见天空中飞来了商军射来的箭雨。商国锋利的箭镞，很容易地穿透了昆吾士兵身上穿着的生牛皮铠甲。商国的第一次箭攻，就毁灭了昆吾的弓箭兵，这就是射程远的优势带来的直接效果。

现在，城墙上没有中箭的士兵，首先要做的事就是蹲下，拿着盾牌防止商军射来的箭镞。而这些射来的箭，似乎没有节奏，或者密集，或者稀少，总之，防了箭镞，就无法站起身子守城。

就在此时，商君的兵车全部冲到了城下，他们从车中拿出了折叠着的木梯，往开一打，梯子便从兵车搭到城墙上。商君子天乙，手持一把戈，三步并作两步，第一个冲上城墙，挥戈杀向还在防箭未站起身子的昆吾士兵。当商军弓箭兵停止射击时，商军足有一万多攻城的士兵，登上了城墙。子天乙挥戈斩杀着。随着戈的挥动，前面就有倒下的士兵，或者手臂。中军大将石渚，几乎与子天乙同时登上了城墙，他也挥戈杀向守军。当敌兵的戈碰到他的戈时，火星飞溅后，敌戈只残留剩下一点儿，甚至只留下一根木柄。城墙上顿时变成了一场杀戮。

子天乙刺倒一个昆吾的士兵后，他感到头顶上"嗖"的一声响，忙用戈向上回击，"铛"的一声，他从手感上知道，此击削去了对手的兵器，一个熟悉的面孔映入了眼中。他看清了对方，是昆吾国的己牟卢，他的头盔已经打歪，肩膀上有一支箭杆在颤抖着，已经被削去的戈，只剩下一把木柄。子天乙没等他做下一步的反应，便一戈横扫过去，正中己牟卢的脖颈。随着一股热血喷出，己牟卢的头滚落在城墙上的垛口边上。杀红了眼的子天乙，冲向了另一个昆吾士兵，那个士兵将戈掷到地上，单膝跪在了那里，投降了，子天乙收住了他的长戈。

这场攻城战，随着己牟卢头颅的滚落结束了。子天乙眺望着远处，城墙上站满了他勇猛的士兵，这是一场用极小的代价赢得了胜利的攻城战，城墙上到处都是死伤的昆吾士兵，他们流出的血在慢慢凝固，在太阳的照射下闪着红亮的光。

第二十六章　第二次战争

1

昆吾国的朝堂，现在变成了商国君臣的饭厅。大战后的商国国君子天乙，还穿着厚厚的铠甲，和他的几位重臣共进午餐。一个偌大的青铜釜里煮着几条羊腿，还冒着热气。厮杀所带来的体力消耗，已经全部转成了饥饿。每个人手里拿着羊肉，大口吃着，也顾不上应该讲究的吃相。伊挚没有直接参与肉搏，他在招呼着大家先吃。子天乙又恢复了他活泼的天性，笑道："哈哈，今天我们又吃上了先生亲手做的羊肉了，真是有口福啊。"大家全都高兴地笑了起来。伊挚伸手从釜里拿了一条羊腿，"主公这一说我还真感觉到饿了。"说完大口吃了起来。朝堂门口一闪，进来两个人。伊挚抬头一看，见是女鸠和邦及进来，伊挚下一步的人事安排就突然有了主意。"拜见主公和诸位大人。"女鸠和邦及向子天乙及大家施礼，由于大家都在吃着肉，只能点点头以示还礼。子天乙招呼道："二位还没有吃饭吧，赶快吃点儿。"女鸠答道："是，没有时间吃饭，这不赶上主公的饭时了。我们将三军的粮草运来了，足够一个月的消耗。"伊挚言道："非常好，二位辛苦了，来先吃羊肉。"

当子天乙确认每位大臣全都吃饱了的时候，他看着伊挚又像是与他商量："今年我们确定的目标，就是用武力来摧毁这个所谓的'金屏之盟'，现在看来目标已经实现了，这事亏了先生和诸位的努力。予将给每位记大功一次。待取得天下后，裂土分封各位为正式的诸侯。其他立功将士每人赏绢一匹，禄米一担，升两级而发。伤亡将士，将厚恤家属，子承父业。下一步的事情还请先生做安排吧。"伊挚说道："多谢主公厚待臣等。下一步，军队需要休整。箭镞消耗太大，需尽快生产，予以补充。从战略上看，'金屏五国'与夏王的边界，现已成为前线。我们从今天起已经不再是夏王的属国了，再也不用向这个暴君纳贡称臣了。上中下三军，需轮流驻守昆吾，每军驻守三个月便轮换。昆吾之地改为许地，兼管顾地，设大臣驻守。臣已经选好了一个人，请主公拜他为上大夫做许地的地方官。邦及君，请您不要推辞啊。"女鸠赞同道："尹正大人慧眼识人，此职唯邦及君方可胜任。"子天乙则道："予不讲究繁文缛节，邦及君，请受予三拜。即刻就任。印绶随即制作。"邦及立即应声道："此职臣愿领受。臣视此职为昊天上帝的使者，愿昊天上帝的光明照亮许、顾民众心中的黑暗。"子天乙又道："邦及君有如此言语治理许、顾之地，则为此地民众的福分。予无忧矣。""还有一事需要女房君亲自跑一趟，可带上锦绢三百匹，送给三苗王，以酬谢他此次出兵。顺便向他通报这里的战况，并代主公向他问候。"伊挚说完此事，眼看着石渚、义伯、义仲三位将军接着说道，"不知哪位将军愿首班驻守许地？""我愿。"三位将军几乎同时回答。伊挚便说："都愿，那就请主公定夺吧。"子天乙发话："这样吧，首班就由石将军所率领的中军驻守。上军、下军此次跟随先生战葛国攻昆吾，转战千里，将士疲劳，回国休息吧。请诸位不必再争了。明天我们班师回国吧。"伊挚又补充道："且慢，我与主公分工，我将与石渚将军、邦及君及昝单君，一起驻守许地。帮助他们处理此处的事务，也就不到一年的时间，主公便可率大军前来会合。明天您率上下军回国。我在这里与诸君打造一个新的商国。"子天乙点头道："如此则有劳先生了，我们明年见吧。""唯。"大家向子天乙施了礼，随即散去。

2

商国军队在不到十天的时间里，打败了号称"金屏之盟"的五国军队，这个消息像来自西伯利亚的冷风，迅速吹遍了整个中原大地。天下的诸侯们在惊恐之余，都在为自己国家的命运把着脉。他们好像商量好了一样，都在准备好上等的礼物，亲自或派使者赴商国，去朝拜商国国君子天乙，尽可能用天下最能表达效忠的语言来表达忠心，以便在将来能够顺势天下，从而保住自己诸侯的地位。

而全天下最为震惊的人，当数天子姒履癸了。多年来，他把商国的崛起，当作制约那个不安分的己牟卢的筹码。他要的是天下的安宁和安全，他需要这种平衡，来维持他和他的王朝的安全。现在，这种平衡被打破了，而且打破得是如此迅速。他对商国军队的战斗力感到了恐惧，他真的后悔当年没有听从己牟卢的话，趁商国羽翼未丰，发大军剿灭了它。那样即使己牟卢坐大，但他绝对没有这个子天乙这样可怕，姒履癸有一种世界末日的感觉。征伐岷山的军队失利后，他日夜忙着抚恤阵亡、负伤及失踪将士的家属，多亏了诸侯给他祝寿的贡品，才勉强将这件事情应付下来。岷山战败，虽然是他四十多年天子生涯中唯一一场军事上的失利，但这不曾有过的失败，不仅击垮了他的身体，更重要的是在精神上彻底地摧毁了他。商国打败了他赖以防御的东方五国，不仅仅是军事性质上的事，更是政治上的大事。这意味着与他的朝廷，一个对立政权的崛起。整个东方不再是夏王朝的属国了，而是一个独立的政权。一个在经济和军事上都超过他的夏王朝的商国政权。

他在心里不断地问着自己，该怎么办呢？难道那个全民敬仰的治水英雄——大禹，创立的大夏王朝，就断送在自己的手里了吗？他自认为自己对朝政从未懈怠过，可谓殚精竭虑；对于天下诸侯，可谓绞尽脑汁，软硬兼施，用心去安抚，总算赢得了四十多年来的太平。让他没有想到的是，到了晚年，忽然出现了个商国，要夺去他的锦绣江山，竟然让他感到毫无招架之力。他本想去朝堂，召集大臣们商量对策，但忽然又改变了主意。几十年的经验告诉他，那班大臣从未给自己出过什么有用的主意。

王后妹喜在离他不远的地方坐着，目光呆滞地看着窗外，一声不吭。年近三十的她，用自己的美丽诠释着青春的永恒。因为没有生育过，她的身材依然如同少女。妹喜对天子姒履癸来说就如同空中楼阁，住进去舒适，但没有温暖，他无法体会到那种夫妻间同心画圆的踏实。但不管怎样，占有这样一位年轻漂亮的女人作为妻子，也是一件十分可人的事。那不是每个人都能做到的。他决定邀请她到院里走走，也许能暂时消除一下自己的烦恼。

深秋的微风，吹得树叶哗啦啦作响，人们都说这是秋天的风变硬了的缘故，其实不为人知的是，那是节气的灵性。姒履癸与妹喜并排走着，映入他们眼帘的就只有这些乔木和各种说不上名字的灌木。姒履癸走着，忽然改变了节奏，稍微慢下来，问道："王后，商国的事您听到了吗？"妹喜抬头看了看他，轻声应道："听说了。"她忽然有了一种负罪的感觉，说道，"对不起，王上，那天是我放走了子天乙，才导致了今天这种局面。""王后，这不怪您，也许那天是天意。他们不缺国君，子天乙有的是儿子。您不想想，那天他们是计划好了的，即使朕在，也得放人家走啊，急症来得可怕，那么多诸侯看着，朕也总不能扣下一个将死的病人啊。子天乙下的是一步险棋，但也是瞧好了才走的。朕听说，商国的今天，全依赖一个陪嫁的奴隶，有莘国的奴隶。也亏得他敢用那个奴隶当尹正。您自幼又多在姥姥家，熟悉这个叫伊挚的奴隶吗？"妹喜的心中紧张了一下，她不能说不熟悉，因为从小一起长大，但又不能让他知道他们之间的关系，只是避重就轻地说："熟悉，自小就经常见。他是厨房的人，自幼给舅舅一家端饭送汤。我只知道他烧得一手好菜，远近闻名。未曾想到过，他现在有这等本事。""是啊，正可谓人不可貌相。他在商国，开荒赐田，造币贸易，用他研制的技术改良兵器，发明运用新的战术，使商军所向无敌，攻无不克，天下震恐。朕知道，他们的下一个目标就是朕，您说，我们该如何应对？"姒履癸说着，故意将"我们"二字说得非常重。

妹喜听着姒履癸的讲述，她的思绪一下子飞到了伊挚的身边。她的眼前，忽然走来了她心爱的伊挚，仿佛挨着她站的姒履癸变成了伊挚。她看到他还穿着那身白色的麻布粗衣，在医馆把脉为人看病；忽然间又穿上了围裙，在厨房烹饪；忽然间穿着厚厚的铠甲，站在兵车上，挥舞着戈冲向敌阵；突然间又变成了一个肌肉结实的裸体男人，在亲吻着她与她做爱……她猛然意识到，除了子天乙，这场博弈，就是她的两个男人，她的精神上的丈夫和占有她肉体的丈夫之间的搏杀。她陷入了深深的无法自拔的矛盾之中，特别是刚刚发觉自己的身体有了不适的感觉，她感到自己突然间怀孕了。她知道如果怀孕，那孩子的父亲肯定是伊挚无疑。该怎么办？她需要名正言顺地与伊挚见上一面。但她嘴上却说："不知道我能为王上做点儿什么？""过一阵吧，等我想明白了。"姒履癸看着她说。

其实，他心里已经有了一个初步的打算，那就是与商国谈判，看可否维持现在的局面，以昆吾国的边界为界，东西共治，承认商国子天乙的天子地位。他不能明着在朝堂上把自己的计划向大臣们说出去，就是和王后妹喜，也放不下这个脸来。那是一个荣誉尽失的想法。他需要再看看形势，再去定夺。但一旦决定派特使，派谁呢？自己？肯定不行，商国君臣不会放了他，太子吗？他的儿子在他的记忆中，就没有办好过一件事，派他去，那只能鼓舞商国人的斗志。派谁去呢？他在考虑着。

第二十七章　高贵的特使

原昆吾国己牟卢的宫殿，现在变成了商国太师尹正、大将军伊挚的行辕和办公场所，他当然不住己牟卢的朝堂，而是挑了一个仅够居住和办公的院落。军事上的胜利，只是一个标志，而真正把占领区变为商国的属地，使民众归顺，那还得费一番心血。他知道要做到这一点，首先是争取民心。多年来，昆吾等五国不建明堂，不祭祀昊天上帝，在这五国的民众当中，已经找不到信仰的影子。他们远离了昊天上帝，昊天上帝似乎也抛弃了他们。信仰的缺失，使他们的道德崩溃。他们的灵魂没有依靠之处，便把权力、私人利益作为寄主，他们变得极度自私、野蛮、愚昧和低级趣味。他们是没有任何独立思考能力的人，从而彻底成为权力和利益的附庸。

伊挚努力让昊天上帝的光辉能够照耀这五国的人民，他将这五国诸侯的祖庙改为明堂，让人民直接祭祀昊天上帝。而重要的一环就是将五个部族祖先的灵位配享昊天上帝，这一办法使得这五国的贵族欣然接受并为之感动，继而从内心臣服了商国。经济上的政策，伊挚一律采取百亩起征的税制，变七收一为十收一。继而废除了井田制，将田赐给他们，而且终身不变。井田公社的取消和税制的宽松，使得人们欢呼雀跃，占领区在短时间内就安定下来，甚至出现了这五国的贵族都表示愿意参加军队，以表示他们的忠诚。

冬天里的阳光好像变成了一位婆婆，慈祥而温暖。伊挚在做着他的十步功。这是昊天上帝派祝融传给他的心功。自从他学会以来，每天一次，从未间断过。

他知道用德修己，用功修身。昊天上帝会迟早打开他的慧眼的，而现在还未能给他打开，只有一种解释，修身不够，一句话，他现在什么都不缺，就是缺德。

院子的大门开了，进来了石渚、义伯等人，伊挚才意识到今天是中军和上军交班的日子。等来人陆续进来后，他看到一个熟悉的身影，那是姝训。他们互相施礼后，义伯首先开口："尹正大人，我将姝训姑娘带来了，是主公和夫人的意思，主公和夫人说，您常年事务繁杂，身边没个女人照顾是不行的。""多谢主公和夫人，我这里自己挺好，有几个士兵正帮助我打理，我和邦及君经常吃军队伙食，还不错。"这样一说，倒叫姝训感到不好意思，好像自己是个多余的人。好在伊挚马上发现说得有点儿不妥，他朝姝训笑了笑，说道："姑娘请见谅，我是真心欢迎您来的，您现在就请自便吧，您住西屋。"他见姝训有了笑容，回过脸对义伯问道，"主公，还有什么指示吗？""没有，这一时期主公的主要工作就是接待诸侯，邻近的诸侯基本上都表示臣服主公，远处的还在观望，总的态势是天下诸侯三分有其二看好主公。兵器的制作，特别是箭镞制作，按您的要求在抓紧生产，明年五月前，二十万支的任务应该没有问题。现在姝训姑娘来了，您的问题也就没有问题了。"大家听着，都"哈哈"笑了起来。伊挚无可奈何地也跟着笑了，说道："那就好，原想着昆吾等国的安定需要一年多时间，现在看来根本不用那么长时间，现在这里也是可靠的后方。这里的情况，请石将军回去，详细向主公汇报吧，我就不写书信了。代我向主公、夫人、任仲虺君、夏革先生问个平安，请您们二位交换令牌吧。"

门口一闪，邦及快步走了进来。随他而来的冷风，把炭火吹得红了起来，冒起了一股淡淡的青烟。他忙着向各位施着礼，口里说道："尹正大人，夏王派使者到，车上打着天子的旗帜，想必来使地位较高。而且现在就要见您。""嗯？"伊挚感到有点儿突然，这大冷的天，夏王姒履癸会派谁来呢？不管谁来，来干什么，都必须好好接待一下。正好，商国驻扎占领区的高级官员和将军都在，让他们参加一下，也好知道夏国的态度。他问邦及："我们在哪里与他们会谈呢？这里有点儿憋屈，怕憋坏了我们尊贵的客人。""昆吾的朝堂肯定宽敞，但未放火盆，恐怕有点儿冷。"邦及回答。伊挚略加思索，说："不怕，他们既然选择这大冷的天来，就应该不怕冷。您去把他们带到那里，我和诸位大人马上过去，大家多穿衣服哟。"

冬天的原昆吾国许昌，其实并不是十分的寒冷，只是由于近几天刮着强劲的西北风，显得有些干冷。就连太阳也在躲着大风，放射出有气无力的光线，使得整个天气灰蒙蒙的。原昆吾国朝堂前，停着三辆辒车，当头的一辆车上插着夏王特有的龙旗。从车上下来一位穿着白色狐皮裘衣的女士，伊挚眼前一亮，这不是王后妺喜吗？她怎么就成了天子的使臣呢？他没有时间再细想下去，只好先施礼道："欢迎王后一行来许地。"他先将王后让进朝堂里去，再和刚下车的夏朝上卿干辛、大将军费昌施礼，"欢迎二位阁下。"由于没有摆放火盒采暖，导致大家无法坐下说话，双方只得分宾主站成两行，开始正式的会见。己牟卢的朝堂也足够大，根本未能显出一丝拥挤。

妺喜向伊挚介绍她的两位随行："这位是大夏国上卿干辛大人，这位是大夏国费昌将军。"伊挚与他们二位施礼后，向妺喜王后介绍："商国的中军大将石渚将军，上军大将义伯将军，这位就是许地的行政长官邦及大人。数九寒天，不知王后和二位大人驾临此地有何赐教？"伊挚有点儿开门见山。

"天子闻听商国尹正大人，赞襄政务，与商国的内政、军事、外交均有决策之权，故而特遣我等来与阁下会谈。你们无故采取军事行动，灭掉昆吾等五国，请问，你们有什么权力和理由这么做？"王后妺喜上来就开始质问伊挚。伊挚答道："承蒙王后谬赞了，敝人身为商国尹正，但仍是我君侯之臣下，诸多事务只有进言之责，而无决策之权。如王后对此感到失望，你们可到敝国亳都和我主公见面，我这里就暂不接待了。"伊挚强硬地想结束这场给大家表演的会谈。妺喜则道："那倒不必，您最少也能把天子的意思转告给商君子天乙，不是吗？"伊挚言道："这个可以。昆吾五国，对内苛捐重赋，对外恃强凌弱，多年来不断怂恿天子来征伐我国，只是天子需要敝国与这五国相互制约，保持平衡，才有了今天这个局面。请问：天子和昆吾五国谁拿敝国当作友邦来看待？远的不说，今年天子寿诞，己牟卢怂恿天子用下诏书的形式向敝国索要贡品，企图在经济上摧毁我们。此事由于诸侯议论颇多，才改为分期进贡。己牟卢见未能达到目的，又给天子出主意，在敞国国君子天乙朝觐时将其抓捕，永远囚禁在夏台。您说，攻灭这五国还要谁授权，还要什么理由？"干辛见王后语尽词穷，忙说："征伐诸侯，乃天子专有的大权，商国不经天子许可，擅自将其攻灭，您不觉得这是僭越？"伊挚义正言辞地说："惩恶扬善，乃是上天之道。天子纵容像己牟卢这样的诸侯来祸国殃民，不就违反了天道？敞国遵从昊天上帝之意，剿灭这些祸害，何为僭越？"妹喜听着伊挚激情的回答，心中更加佩服这个伶牙俐齿的奴隶。她赶快改变话题："天子派我等来与您会谈，是非常有诚意的，贡品之事再不提起，就此作罢。我是说今后，我们可以罢兵休战，即以此为界，东西互治，商不再是我大夏属国，商国事务，任凭您们自己裁处，夏朝不再干预。"伊挚道："王后，您不觉得这样做有点儿晚了吗？天子，也就是您的那位丈夫，不耕籍田，不祭昊天上帝，横征暴敛，穷兵黩武，给天下造成了多少孤儿寡母？"他说着，掰开了自己的耳朵，给妹喜看，那是伊挚当奴隶打下的耳黥，如果不是当年妹喜和纤纨两个求情，他的额头上将会留下一个大大的"莘"字。"还要产生出多少奴隶？您不妨到明堂里看看，您再问问人民拿到赐田契约的心情。我们所做的和追求的很简单，那就是还给人民昊天上帝给他们的自由和尊严。"妹喜听后便问："如此，则天子对你们的提议，是得不到应有的尊重和回应了？""是的，令人尊敬的王后。"伊挚嘴里用外交语言回应着，心里感到痛苦到了极点。他呕心沥血为之奋斗的事业，其动力不是眼前的这个女人吗？而此刻，他却要同这个女人唇枪舌战，用一些冰冷的外交语言来对话。他觉得世界上再聪明的人也搞不清这是命运的造化，还是权力的魔咒。费昌见状，清了清喉咙，他觉得必须压压商国这个高傲的尹正了，便插言道："尹正大人，王师岷山失利，和昆吾等五国的战败，皆因为您射程较远的弓箭和锋利而坚韧的兵器所致。在下看来，这不是没有办法对付的。夏族还有贵族二十万，兵车千乘，还是可以与您们进行决战的，朝廷将等着商国来下战书的。""这位大将军说话倒是痛快，既然有如此实力，还用得着派王后来此会谈吗？"伊挚说着回过头来对邦及吩咐道，"邦及君，请您把给使团准备的羊肉和其他生活给养，装到他们车上。王后，对不起，请您原谅敞人的无理，要送客了。请您带给天子一句话：商君子天乙、伊挚祝他身体安康！""您用不着下逐客令，我们这就会离开，只是顺便问一句，我的表姐，商国的夫人，她也是这样想的吗？"妹喜说着，环视了一下众人，又道"可否请各位大人回避一下，我与伊挚大人说些有关私人的话题。""唯。"干辛与费昌听后退了出去。这边的石渚、义伯和邦及更是心里明白，全都出了朝堂。

　　宽敞的朝堂就剩下了王后妹喜与伊挚，虽然没有别人在场，但刚才各自代表着敌对方的谈判，多少在感情上也有些伤人。他们二人知道，谈话的时间不能太长，那样会引起干辛等人的猜疑，也不能亲热，不知道外边有多少眼睛在盯着他们，妹喜深情地看着他，小声说道："我怀孕了，孩子是您的。因为老头已经很久没有播撒雨露。好歹我算过，您带兵再来斟鄩的时候，孩子已经出生了。我们母子将在斟鄩等着您来。""是吗？"伊挚感到的不是高兴，而是震惊，"那样也好，您最后打算怎么办？""本来我已经放弃了生活，这您知道。但这个孩子的到来，似乎给了我一点生活的希望，先生下再说。当然现在只能如此。不说这个了，告诉您一件事，天子做梦，梦见天上有两个太阳在战斗，西方的太阳战胜了东方的太阳。您们不是在东方吗？望您慎重对待此梦的预兆。天子因此梦而鼓舞，大概他肯定会选地方，与您们决战。够了，我走了，谢谢您，让一个孕妇在大冷的天站了这么久。""真是对不起，我早知道是这样，就……"妹喜伸手拦住他说下去："我走了，这叫冷谈判，没温度，能成吗？"说罢，他们一前一后走出了昆吾的朝堂。

第二十八章 "予不敢不正"

1

公元前1600年，在中国历史上，注定是一个不平凡之年。虽然在这一年的上半年四海升平，没有什么大事，但暗地里各种力量都在做着博弈的最后准备。在商国，伊挚已经把他的兵器制造作坊都移到了许地。在三苗国，三苗王已经做好战前的各种准备工作，单等着商国邀请参战的指令。在东夷诸国，他们早已臣服商国，现在都在静静地等待着天下大局的变化。用武力争夺统治天下的权力，对于处于下层的民众来说，似乎关系不大。他们的劳动动机，基本上是处于本能的生存要求。在商国新扩大的领土内，广大农民因摆脱了公社化的井田制，转变为自耕农民，生产的积极性空前高涨，显示出一派欣欣向荣的社会景象。尽管这一年的气候有些反常，开春以来的干旱，似乎没有影响到人们的生产热情。

在斟鄩的王宫里，王后终于在十月怀胎后分娩，诞下一位王子。这对已过花甲之年的天子姒履癸来说，老来得子，不管怎样，也是件好事。但他从内心高兴不起来，十多年来，王后和其他妃子们没有一人怀孕，他知道那是自己随着年龄的增长，已经没有生育的能力了。王后却突然怀孕，他感到十分不解。但他又无从解答他的疑惑。他在感叹这个孩子的命运，他不该在这个不该来的时间里，来到了人间，是在一个父亲将不能自保的时候来到世上。孩子的身份是王子，这个时候，越是身份贵重，生命越有危险，他甚至不敢往下想了。

当姒履癸在瑾瑄殿里，第一次见到孩子时，他表现得非常高兴。他亲吻了孩子后，看到分娩后的妹喜，因劳累而虚弱的神情，对她说道："您辛苦了，好生休息，坐好这个月子，别的事您就不要想了。"妹喜道："谢王上，您也不要过分辛劳。""嗯，知道。我们现在的一切烦恼全是这个商国给引起的，朕得拿出当年的勇气与他们决斗，来为朕这个小儿子赢得一片光明。"他可能是说话的声音大了，吵得婴儿哭了起来，尘际赶快接过来抱上。姒履癸朝妹喜点了点头，大步走出了瑾瑄殿。

夏王姒履癸选择在今天的洛阳附近，一个叫鸣条的草原上与商军决战，日期是双方都能接受的，那就是立秋后的第一个月圆日。选择这个日期是双方都占卜的结果，而根据历年的经验，立秋后的第一个月圆日，白天一般都没有风，这对箭镞的准确度几乎没有影响。最终促使这位天子有底气与商军决战，就是他对战术的分析，以及宗室子弟同仇敌忾的士气，当然，还有他做的梦的启示。他与大将军费昌及宗室子弟出生的将军姒大栖，反复研究，最终找出了办法，那就是多多赶制盾牌。你的箭不是射程比我们远吗？那好，让商国的价值昂贵的箭镞都射在木头上吧。他要求，凡参战的贵族子弟，每人自制防身用的盾牌。至于战争的礼仪，他觉得稍违反一点也没有什么，不能顾及什么脸面不脸面、荣誉不荣誉的了。关键是度过目前这场危机，哪怕打不胜，打成平手，也能够保全大夏国的半壁江山。还有一条使他自信的，那就是他的亲征。四十多年来，他发动了无数次的征伐战争，每次的胜利，都是在他的亲自率领下取得的。去年的岷山之战，堂堂王师竟然败在了三苗手下，如果那次战争，自己亲自率领，其结果还不一定是怎么样的结局。他内心和骨骼上的勇猛，好像使他又恢复了当年的青春活力。他对战争最深刻的感悟是：打仗靠的是勇敢，懦夫是不会取得胜利的。

2

在前昆吾国都城许昌，与夏王国都斟鄩之间，坐落着一座雄伟的山，一座著名的山，一座中原大地上最古老的山，那就是被称为"五岳之首"的中岳嵩山。

在公元前1600年之前，名叫崇山，是大禹祖先的封地。偷息壤治水的鲧，他的父亲，其身份就是崇山伯。这是一处世世代代由夏民族生活和掌管着的土地。在地理上，许昌—嵩山—斟鄩，是东南到西北斜着的一条直线。由许昌出发，到鸣条，有东西两条路可以选择，这在王后妹喜未来之前，伊挚的眼睛是盯着东线，因为地势平坦而距离较近。但当他得知夏王之梦后，他改变了主意，决定走西路，绕过嵩山进入鸣条，那商军就变成了由西向东进攻。他坚信，梦是神的启示，他不敢违背上帝的提示。

刚交上六月，商君子天乙偕同夫人纴妀和女鸠，义伯、义仲率领上军、下军二万多人，从亳都出发，浩浩荡荡来到了许昌，驻扎在许昌城的西北郊。而原昆吾国的宫廷，也正好成了子天乙夫妇的下榻之处。商军的三万大军驻扎在这里，俨然就变成了一处军营。不立秋，不能进行武力征伐。这是上帝的规定，到现在已经变成了战争的礼仪了。由于有了新型的战术，伊挚决定，不用三苗王出兵了。

这年的立秋时分，似乎来得特别早，刚交子时，地球的赤道便进入了秋天的轨道。当三军将士儿郎们饱食早餐后，全部都集合到许昌城西北郊的一片草原上。上千辆兵车，三万多兵士的商国军团，远远望去，像是一团团风卷着的云团，给人一种窒息的压抑感。

大兵团的前方，与之相向而立的两辆兵车，一辆是商君子天乙的，一辆是大将军伊挚的。他们站在兵车上，面向着准备出征决战的大军，就如同两座雕像，在朝霞的辉映下，熠熠散发着光辉。作为国君，子天乙需要为夺取天下政权的合法性做辩护，同时，为将士儿郎们鼓舞士气，他必须做好战前动员。他满怀豪情地讲道："我商族的将士们，予是你们的国君子天乙。你们听予说，不是予敢犯上作乱，是夏朝有罪，上帝命令予去消灭他。也许有人说予不怜悯你们，让你们荒废着农事，非要征伐夏朝呢。我非常理解你们的苦衷。但是，因为夏王有罪，我畏惧上帝，不敢不去惩罚他啊。你们现在就会问，夏王究竟有什么罪呢？他荒废籍田，不祀上帝，宰割人民。人民不愿意同他一起消亡。我们必须要去消灭他。"

"现在请将士们和予一起起誓：勇猛作战，消灭暴夏！"

"勇猛作战，消灭暴夏！"几万人张开喉咙同时发出的吼声，将附近的几朵白云吓得扑腾着翅膀，躲到了高空。

子天乙在群情激愤中，结束了自己的战前动员，他朝伊挚点了点头，示意可以出发了。伊挚站在兵车上，体味着这大战之前的昂扬斗志，心中澎湃万千，在他口中只凝结出一个命令："出发！"大军中间，中军大将石渚的兵车第一个开了出去。

第二十九章　自由在大海的对面

1

鸣条平原位于嵩山北面的洛阳盆地中。尽管大部分土地已经开垦成良田，但稍下湿的地段儿，则保留了完整的植被未被开垦，呈现出一派原始草原的模样。虽然有些干旱，但得益于洛水的滋润，整个鸣条草原看上去生机盎然。七月十五一大早，夏朝王师与商国三军就开始布阵。让姒履癸感到意外的是。商军竟然弃近求远，走西路绕嵩山过来，军队列阵竟然在自己军阵的西方，他已经没有任何选择的余地了，但愿这是一种偶然的行为吧。

伊挚用目测的方法布阵兵车与敌方军阵的距离，当然，这是平时训练经验的体现。作为战场的最高指挥官，他要把整个军队的战斗力发挥到极限，这也是整个战术的最高要求。这是一场双方准备了将近一年的决战，都动员了所有的力量，政治的、经济的、技术上的。这也是具有冒险性质的赌博。双方都感到已经没有别的途径可选择，倾其全部为此一役。

这一场战役双方都出动了近千辆兵车，三万士兵。对双方最高统帅，伊挚和夏王姒履癸来说，都不敢大意，必须按照战前制定的战术执行。不论之后战局如何发展，战术的运用至关重要。夏王姒履癸的战术是，你商军不是依赖弓箭射程比我远十多丈嘛，那我的兵车在战鼓响后后延六十马蹄的时间再冲锋，密集的盾牌将会把射来的箭全部没收，再进行之后的厮杀。他认为，凭着自己宗族子弟超高的武艺和荣誉感，消灭这些东夷人，应该不是什么问题。而在商军兵阵里，却出现了和往次战役不曾有的设备，每个弓箭手的右边配有一个火把，前面放着一个用青铜制成的釜，里面装满了桐油。箭镞头的周围裹着几层麻布。很显然，他们要用裹上麻布的箭蘸上桐油点着后，射向敌阵，以火烧毁夏军的盾牌屏障。

已经没有必要再进行大战前的谈判了，那纯粹是一种没有实际意义的虚礼。生死存亡的大战，不是用谈判可以解决的。经过将士近半个时辰的布阵准备，马上就要进入交战状态了。商军阵营里，忽然燃起了上千个火把，燃烧后冒起的黑烟笼罩着商军，就像天空中飘着黑色的云。与此同时，一位兵士发出一声吼叫："子天乙必胜，商国必胜。"几乎全体参战的商国士兵，全部齐声高喊起来。而在王师这边的宗族子弟，也回应起来："天子必胜，商国必败。"双方的士兵都在振臂高喊，从远处看，兵器挥舞，就像是海市蜃楼一样。

士兵们呐喊助威的声音，终于静了下来。双方阵前都竖起红旗，那是交战的信号。伊挚身穿一身白色的铠甲，站在兵车上，摇起了他手中的金铎。这是作为统帅的伊挚特有的作战信号。负责敲击战鼓的军士见状，立即敲起了几个催促冲锋的战鼓。而奇怪的是，今天双方敲击战鼓的节奏和频率都有点儿慢。商军的兵车，开始出动，而王师那边的兵车，却根本没有动。这时候，伊挚身边的传令军官举起了一面黄色的旗。一时间，弓箭兵迅速抽出箭镞蘸上桐油，在火把上点燃后射向夏军。霎时间，天空中飞满了燃烧着的、冒着滚滚黑烟的箭雨，落在夏军的上方，箭头射在夏军的盾牌便溅出未燃烧的桐油，随即燃烧起来。一拨又一拨，夏军阵营上方的天空变成了火的世界。位于阵前的兵车，首先遭到了攻击，站在兵车上的兵士，还可借助上方的大伞形盾牌抵挡一下，但拉车的马匹遭了大殃。本来用于防护受伤的护甲，落上带火的箭后，马上燃烧了起来，烧得战马仰身站了起来，发出一阵阵悲嚎的嘶鸣。有的挣脱了缰绳，跑到前面的草原上，有的受惊拉着兵车狂奔。整个兵车阵型，即刻大乱，无法开展战斗了。兵车后面的弓箭兵和步兵战前准备的各种盾牌，全部燃烧了起来。这是由于制作盾牌的材料全部都是易燃品。有的兵士们由于高温烧灼，抛弃了盾牌，扔了兵器，向后逃跑了，跑到了商军弓箭射程外的地方。

而商军的兵车，只象征性地向前冲了不到五十丈的距离，便停了下来。他们好像不是来冲锋打仗的，而是来观看火烧夏军的。姒履癸兵车上的伞形盾盖，中了几支箭，在噼噼啪啪地燃烧着。但他们顾不上处理上面的火焰，他用长长的戈，拨打着将要射向马背的箭，驾车的兵士手臂上中了一箭，迅速地燃烧开来，姒履癸见状帮他用手拔出了那支箭，那个士兵痛苦得跌倒在了兵车上。

对于战争礼仪、战术运用，姒履癸认为天下无人能比自己熟悉。而眼下发生的一切，那个商国奴隶发明的战术和技术的运用，迅速击毁了他的信念。战场形势的发展，让他目瞪口呆，再这样战下去，就等于让商人杀戮自己的宗族子弟，对于战争的结局，已经没有任何意义了。他命令身边的传令官，举起了休战的白旗。他做出了一生中可能是在迫不得已的情况下，唯一正确的决断。一时间，从商国阵地上射来的节奏不等的带着火种的箭镞停了下来。夏王姒履癸站在兵车上，脸上布满了黑烟熏后的痕迹，他看着迎面驶过的兵车上站着的商军统帅伊挚，脸上的肌肉抽动了一下。他无奈地放下手中的戈。伊挚正声道："您应该下车来跟着我们走。"

战争结束了，一场改朝换代的战争结束了，一场决定中华民族未来命运的战争 结束了。这是一场用信仰、信念、智慧博弈了十年的战争。虽然经过短暂的碰撞而结束，表面看，其战争的过程简单得不能再简单，但从商国飞驰的火箭中，可以体会到这是信仰的力量，是追求进步的力量。商国军队的战斗力，好像在验证着人们的期许：敬畏昊天上帝者，必被昊天上帝敬畏；荣耀昊天上帝者，必被昊天上帝荣耀。用昊天上帝之手，挑去心里的垃圾，才是心灵的家园。

战争结束了，这是科学的胜利。是伊挚探索宇宙永恒规律的胜利。它告诉我们：科学通过信仰而展现，科学是信仰之河的浪花，只有心灵荡漾在信仰之河，才会汲取到这朵浪花。远离信仰之河，一个民族的科学之魂，就成了浮萍。

贵族的荣誉感，使得休战投降了的夏军无一人逃跑。他们只是放下了手中的兵器，站在了那里，有人则是帮助受伤的士兵，包扎治疗。夏军阵地上燃烧着的兵车和盾牌在向天空输送着滚滚黑烟。

夏军溃败投降的消息，随着溃散的参战士兵回来，迅速传遍了整个斟鄩。但在城内，却没有引起恐慌。因为商军并没有进城，而是扎营在斟鄩城外。在经历了改朝换代的战争后，居住在城里的人们仍然在遵循着平时的生活节奏，商店照常营业，手工作坊仍然在工作，没有停止生产。只是在城中心的贵族居住区，一开始有些惊恐，但在听到商君统帅伊挚下达的命令后，则慢慢地趋于平静。那道命令是在鸣条战场上发布的，简洁而明了："放下武器的士兵，即刻可以回家去。从现在起，夏军已不复存在。"夏朝宗室从这道命令中明白了，商军不会报复性地杀戮宗室和贵族，他们的生命是安全的。伊挚的意愿得到了夏人的理解。

2

在王宫瑾瑄殿里，王后妺喜抱着两个月大的婴儿，和尘际默默地坐在那里。天子战败的消息传来时，妺喜表现得出奇的平静。其实用不着等到战争的结果，从一开始她就料到了这场博弈的结局。因为导演这场战争的两个人，她太了解了。他勇猛无敌、所向披靡的天子丈夫，根本就不是注重战术、信仰纯粹的伊挚的对手。现在该做的事，就是在这里坐等，等商君子天乙、尹正伊挚来。或者是请她到他们认为合适的地方，来处置天子和他们母子。

表面上看似平静的王后妺喜，其实内心在掀着狂澜波涛，她在梳理着自己的心绪和情感。摆在她面前的是，不管商人如何处置天子姒履癸，而自己不知道该如何处置自己。自己和伊挚的关系该如何走下去？还有怀里抱着的这个儿子，他的命运该怎样规划。她都需要答案，但答案不在她这里。她要首先将清楚自己的愿望。她爱伊挚，这是她有生以来唯一倾注了全部情感的爱。她爱自己怀里抱着的还幼小的儿子，这是她与伊挚的孩子啊。当然，她心中最美好的愿望，就是能和她的心爱的伊挚生活在一起，这样一家就可以团聚了，说不定以后还可以多生几个孩子。她知道，伊挚也是非常爱她的，她心中期许的这个愿望，也是伊挚愿意看到的。但是，天子姒履癸呢？杀掉吗？那样就会给伊挚背上一个杀天子而夺其妻子的罪名，这是给伊挚一辈子都在天下诸侯和贵族们面前抬不起头来的罪名。唯一的出路是他们远离朝堂，找一处地方隐居起来，过一种别样的田园生活。但是，她突然想起伊挚的身份，他是神护佑的孩子，他绝对不是与她卿卿我我、恩爱田园而终了其生的人。他的使命就是昊天上帝的期许，让每个人都成为昊天上帝的化身，使每个人尊严高贵起来。想到这里，妹喜感到自己无论怎样，也不能背负起这样一位丈夫。该怎么办呢？她觉得自己为了心爱的伊挚没有什么不能做到的。她心里终于想好了自己该怎么办。那就是本来自己已经打算好了的：放弃和牺牲。

有人在轻轻敲击宫门，尘际起身赶快去给客人开门，随之进来了四个人：子天乙、纤宄、伊挚、姝训。妹喜抱着孩子站了起来，以示迎接。她知道肯定要来客人，但她没有料到她的这位表姐，也随着军队来到斟鄩。他们四人与妹喜施礼："拜见王后。"子天乙随后说了声："今天的事让您受惊了。"妹喜抱着孩子尽最大努力还礼，向天下权势最大的两个男人还礼。只见子天乙和伊挚已经换下了在战场上穿的铠甲，换上了商族人特有的白色长袍。

当尘际张罗着给客人倒茶时，姝训过来帮着她。这时，纤宄凑过来，看着襁褓中的孩子："真可爱啊。"她看着妹喜，用手指朝伊挚指一指，妹喜点了点头。这对自幼在一起长大的表姐妹，在没有用语言交流的神交中，就相互明白了一切。

当大家都坐好了，尘际从妹喜怀中抱走了孩子。子天乙开口道："予多谢王后多年来的帮助。我们进宫是有一些棘手的事，想与王后商量，看怎样处置为宜，没有您的意见，予不敢随意处置。"妹喜知道，此刻，摆在商国君臣面前最棘手的事，就是如何处置夏朝的天子姒履癸了。她知道，如果不是自己的身份特殊，子天乙和伊挚会毫不犹豫地砍掉他的脑袋。这不单单是情感问题，而是政治问题。留着他在这个世界上，就会引起夏族人的幻想。她觉得，处置姒履癸需要政治的智慧和胆略。但对自己而言，放弃自幼就喜欢的生活，放弃和心爱的人一起生活，是唯一能够解开这把锁的钥匙。她曾是那样地恨着姒履癸，她认为是他毁了自己的生活和对生活的美好追求。与别的女人不同的是，妹喜从不把姒履癸对她的宠爱当作一种爱，而把它看作在自己身上的一种发泄，是方枘圆凿式的强权结合。这是她背着他帮助子天乙和伊挚的根源。而每当她能够帮助商国做一件事儿，她的内心便有了一种释放憋屈的快感。她从未有过内疚的感觉。

现在，这个强大的政权被摧毁了，而代表这个政权的天子的生死，却掌握在她的手里。人性深处固有的善良，在理性的回归中有了答案。"天子不能杀，纵然他有过多少罪恶。我已经打算好了，将陪着他度过他人生的最后岁月。找一处你们认为合适的地方，隐居起来，能有一日三餐，冬不挨冻，则感恩二位了。我想，商国不至于穷得养不起我们吧。"妹喜从容地对子天乙和伊挚说道。子天乙从妹喜的表态中，窥探出了其中的政治智慧，心中不由得暗暗佩服起了这位王后。找个安全的地方安置他，说得难听点就是流放，这个意见竟然与他的想法不谋而合。他不想诛杀姒履癸，没必要无端地再去激怒夏族。同时，他知道，妹喜在姒履癸、伊挚之间只能选一个人去隐居，现在已经选好了，这也打消了他心中的隐忧。妹喜给他留下了这个可以经天纬地的帮手，商国的伊挚。

伊挚坐在那里，手里拿着一个精美的青铜茶具，一口水也没喝。他听完妹喜的意见后，只感觉到了有一种心困的感觉，一种灵魂向万丈深渊堕落的感觉。他很快意识到他将会永远失去眼前这位豁达超然，能够与自己进行心灵叠加的爱人。他再也沉默不下去了，便说道："郡主，我当放弃一切，求君侯赐田一份，与您养老终生，我们一家……您想过没有，我们的孩子该怎么办？""我正有话对您说，黔耳兄。""黔耳兄"称呼是在有莘国时，妹喜对那时还是奴隶的伊挚的戏称。她今天这样叫他，伊挚感到格外的亲切。"世界上有的东西失去了，就永远也回不来了，我已经是残躯败体，再难以匹配商国的尹正大人了。感谢这多年您未婚对我的持待。天下需要您，商国需要您，我不能与天下渴望尊严和自由的人争夺您。您是昊天上帝的化身啊。"说到这里，妹喜招手让尘际过来，"现在我托孤，姐姐见证。"妹喜双眼充满了泪水，但她忍着。"我将孩子，他的名字叫淳维，当然是天子给取的，不必再改。认尘际为亲生母亲，将尘际许配伊挚为妻，一家团圆。商君能体谅我的一片苦心，待日后长大后，裂土分封一诸侯，则我再无牵挂，望伊挚君不要拒绝。"说着，她用男人习惯的礼节给尘际施礼。这一举动惊吓得尘际姑娘不知所措，惊恐道："小姐，您不可这样，我宁可和您在一起终了残生，也不忍看到您们母子分离。""该分的时候就该分开，该合到一起的时候就该合到一起。我的主意已决，你再不要说什么了，再说我就多心了。"妹喜声音有点儿生硬了。

听着妹喜的安排，纴冘的心里像打翻了五味瓶，说不上来此刻自己心里是什么滋味。她努力用仅有的一点理智控制着情感，对妹喜的安排和选择，感到万分的痛苦，都说是红颜薄命，真正在妹喜身上得到了验证。她忍不住走过去，拉着妹喜，姐妹俩抱在了一起啜泣着，哭成了泪人儿。子天乙和伊挚只好无奈地站了起来，他们对视了一下，目光不约而同地望向窗外。猛然间，子天乙看到了站在他们后边的姝训。只见她低着头，神情木讷，有点儿六神无主的样子。王后骤然而来的安排，使得她如坠入深渊，委屈得泪珠在转着，终于变成了两行热泪，顺着脸颊流了下来。在子天乙和纴冘的心目中，姝训姑娘作为伊挚的妻子，只是时间问题，那就是彻底推翻这个暴虐的夏政权后，则可以成婚了。现在，姝训终于等到了瓜熟蒂落的时候了，没承想，王后做了这样的安排。子天乙现在担心姝训有点儿承受不住。与妹喜拥抱而泣渐渐分开后，纴冘也看到了姝训痛苦的神色，她和子天乙对视了一下，心中就有了主意。他的眼神在告诉她，今年是彻底解决伊挚婚姻的时候了。子天乙用手示意姝训走过来，对妹喜说："王后，您有所不知，您的这位故旧，已经照顾先生多年了。在她心中，先生早已是她的丈夫了，只是先生恪守誓言而未成婚。昔者，尧帝看重舜，将自己的两个女儿娥皇、女英同时嫁给舜帝。今天，予就做一回尧帝，对先生下一道命令，命先生同时将尘际、姝训两位姑娘娶为妻子。这样，淳维今后就有两位母亲来照料。当然，这里还有一个大姨母也要关心他。予将尽快择日让先生与两位姑娘完婚，王后所托之事，予定当不负。予以昊天上帝的期许在此起誓。只是王后您看这样可好？""非常好，如此我就不牵挂什么了。姝训妹妹，对不起，我无意伤害你，情急之下无法万全，你就担待一二吧。""我理解王后的大义，请您放心，我定和尘际妹妹一起将孩子拉扯大。"姝训一边说着，一边想着妹喜王后的处境，不由得哭出了声。伊挚深情地望着他深爱的妹喜。这样的结局，使他感到悲哀，但又无可奈何。他又一次体会到了失去亲人的痛苦，一种无法自解的痛苦。妹喜为了他牺牲了自己，牺牲了本来属于她的美好生活。直到今天，他才意识到，其实自己一直在透支着妹喜的感情，这是今生永远无法还清的情感外债。也许，即将开始的婚姻生活，随着时间的流逝，可能会填补起他那被掏空了的感情。他知道这两位姑娘了解他的一切，都很钟情于他。他感到一阵压抑，已经无法用语言来表达什么了。他用眼神示意子天乙，一起走出瑾瑄殿。殿里，只剩下四个女人，来做属于女人们的事。

第三十章 祭权的宿命

1

三天后，伊挚站在斟鄩城南的城墙上，望着几辆车子出了城门后向南走去，那是一个兵车与辊车的混合车队。前面开道的和后面保护的是兵车，中间夹着的辊车，就是王后妹喜的车。她从关押天子姒履癸的地方直接走了，她选择了照顾姒履癸，她用自己美丽的青春去安抚这个被废黜的君王。他们走得无声无息，只有拉车的马的喘息声和没有节奏的马蹄声。伊挚内心里是多么期望能与妹喜告别，但碍于姒履癸的存在，这个愿望也就化为泡影。他只能选择以这种方式，为他心爱的人送行。当他看到辊车上窗子撩起来时，他知道，那一定是妹喜在回过头来看他。他突然想起了多年前，那个欢蹦乱跳的小郡主，拿着长着两片桑叶的桑树枝，送给他的情景。他的双眼变得模糊了起来。

王后妹喜陪着她的天子丈夫走了，这标志着一个建立了471年的夏王朝的终结。它的诞生和灭亡，恰似一个人的生命的全过程，一个人从生到死的生命轨迹。他们将在一个鲜为人知的地方——巢湖，度过余生，在一个远离尘嚣和权力的地方，与日月为伴。后来有的人把这种生活称为流放。他们的名字将伴随着岁月，变得古老，变成后人根据自己的需要而刻意塑造的形象。他们的名字，由死而生，由生而死，因为那是一个民族曾经有过的痕迹。

望着渐渐远去的车队，伊挚心中猜想，妹喜肯定看到他了，看到了他以这样的方式为她送行。但他无法判断一个放弃了生活，选择了自我牺牲的灵魂，是怎样的自我折磨。他从怀里掏出了那块妹喜送给他的锦帛，用满含泪水的双眼看着，那是妹喜精心织的，并亲手叠成这个样子。锦帛上面没有任何图案，洁白洁白的。只有他们二人当年咬破手指，用鲜血写上的各自的名字。伊挚突然意识到原来世界上最美的图案，是没有图案。因为任何图案都是人的欲望在上面的标记和镌刻，只有这种洁白，才是妹喜和他心灵的纯洁，是爱的超越，这是他的终身财富。

"先生，予知道您要送送王后。他们告诉予，您在这里。"伊挚在遐想间，突然看到了子天乙来到了自己的跟前，他也是一个人来到城墙上，他拒绝随从跟着他上来。"主公。"伊挚慌忙与飒然而至的子天乙施礼。子天乙与伊挚还礼后，也朝南方望去，只见王后妹喜的车队，已经消失在广阔的原野中，天空中还稀稀落落地残留着马蹄和车轮溅起的尘土渐渐坠落。子天乙远远地望着，像是自语，又像是和伊挚说："东风凌绝，一览众山。王后此行名为尽责，实为安天下啊。予现在才明白，先生对她的不离不弃是有原因的。她可是一位伟大的女人，她在用自己鲜活的生命和青春来抚慰夏王和夏人。她在用昊天上帝的应许，引领夏人和我们远离仇恨。谨此，予没有任何理由不照顾好他们的生活。""安置他们的地方是臣选的，王后对此没有提任何要求，只是要求有明堂，能够祭祀昊天上帝则可。"伊挚向子天乙解释道。"这就是信仰的高贵，予知道。您今生未能与她携手，实为天下最大的憾事。但这就是天命，是昊天上帝为您安排的。包括您的婚配，这都是不得已的归宿。先生还是不要为此纠结了。"

伊挚知道，子天乙在这里找他说话，绝不是单单为了安慰他或者是解释什么。他们需要商量下一步的大事了。看到伊挚渐渐地从与妹喜离别的伤感中回过神来，子天乙便开始与他讨论眼前最紧要的事："按照我们的既定政策，安抚夏民，开明堂祭祀昊天上帝，废井田赐给民众，税赋起征恢复为一百亩。据邦及讲，夏民似乎不大领情，总之不太稳定。这几天大家都知道先生的情绪，故未与您面商，该如何办？这里稳定不下来，我们诸事无从谈起。"其实，在斟鄩安抚夏民的事上，伊挚不是不知，只是没有过问罢了。他知道这需要子天乙做选择。"主公，这是因为我们只给了他们美好的承诺，而没有实际的行动。夏民眼睛在盯着夏朝的库房和王公贵族们手里的土地和财宝。如果您真心爱他们，您就将这些东西分给他们，如果您将夏朝的金玉财宝运回亳都，他们则认为您是在骗他们，您打算怎么办？"伊挚觉得自己这话似乎有点儿苛刻，没有任何余地。"哈哈，先生，三尺卧榻，足以满足。予岂是守财之奴。"子天乙又恢复了朗朗天性，继续道，"先生可告诉邦及君，该怎么办就赶快办。予不带夏民一块金玉回亳都。""如此则天下之福，主公，我们该率领三军回亳都了。"伊挚说道。他在不知不觉中已经开始了尹正的工作。而对于妹喜，伊挚现在唯一能够做的，就是在心中默默地为她祈祷。

2

曾经是天下共主的大夏王朝，在存续了471年之后，现在终于寿终正寝了。与此同时，商军战胜夏军的消息像长了翅膀一样，飞向了四面八方，传到了每一个人的耳朵里。不管你是否愿意关心这场战争，有关战争的过程则被渲染着传播。有的说只是一个回合，夏军就溃败了；有的说是昊天上帝帮着商军，是昊天上帝之火烧退了夏军。总之，商军的战斗力之强，天下无人能与其匹敌。不管怎样传，夏王的军队不堪一击，那是肯定的，不容人们有所质疑。战争结局影响最大的阶层，就是夏王朝的方国诸侯和贵族。很显然，没有一个贵族能把自己置身事外。除三苗王外，中原诸侯无人帮助过商国，当时他们认为自己最聪明的做法就是保持中立。而现在政治的僵局已经打破，锦绣的中华大地，需要一个王来治理。这个王不可能属于别人，只能是商国的子天乙。尽管商国派人送来的文告，谦虚恭维，商量讨论公选新王的人选，但贵族们心中都明白谦虚词语下的实力。所有的诸侯都在暗自准备着美好的语言，以示臣服。行动上，大家不约而同地备好朝见天子的礼物，尽快动身去亳都，以成就自己的拥立之功。诸侯臣服，这在伊挚看来，是最大的政治。

已经是四口之家的伊挚，不能再回明堂居住，子天乙早已为他在贵族的居住区准备了一处宅院。这是早已为他成家而准备的。只是当时没有想到，伊挚不由自主地同时迎娶了两房妻子，未婚而有子。虽然说是情之所至，但他从夏都斟鄩回来后，在明堂向昊天上帝进行了深深的忏悔，渴求昊天上帝能够原谅他，而释负他的罪过。他的婚礼是在明堂举行的，这是夫人纡宖为了顾及两位新娘的脸面而举行。但还是依着伊挚的意思，简单得不能再简单，只有子天乙夫妇和朝中几位重臣参与了此事。那天的全部开支是宰杀了一只绵羊，既敬昊天上帝，又给来宾食用，一举两得。

建立一个具有昊天上帝宗教信仰，贵族为主体的中华帝国，是伊挚的最高理想。几十年来，他一直为实现这个理想准备着，积蓄着能量。现在夏王朝被扫进历史的垃圾堆里了，那个曾经勇猛无比的政权灰飞烟灭了，这就意味着实现这个最高理想的机会来临了。昭昭昊天上帝，他的光辉已经降临在中华大地。

天下诸侯齐聚在亳都，使得城内的大小客栈成了紧缺资源。有的诸侯在城内租借民房，有的干脆在城外搭帐篷居住。大家来此有一个共同的事需要做，就是拥立子天乙为天子。他们都精心准备了诸侯朝见天子的礼物，三束白绢和一对璧玉。如果能够达成盟约，则大家都就自然地成为新王朝的藩属国了。由于距离登基的日子还有些时日，大家三三两两聚起来喝喝酒，聊聊心思，但不可回避的话题就是关于鸣条之战的过程，就是商军不违战争礼仪的战术，以及先进兵器的应用。他们的话题就限于就事论事。

骤然而来的一场大雪，消除了诸侯们的浮躁。同时像是在荡涤着所有人的心灵。朝堂内，伊挚和商君子天乙在讨论与天下诸侯立国的盟约。君臣二人共同的价值取向，使得对盟约的内容高度认同。在伊挚心田里，立国的性质，那是全部盟约的纲领。大商国立国的宗旨就是宗教立国，是具有昊天上帝信仰的国家，必须保证从朝廷到诸侯方国，民众信仰昊天上帝的宗教自由，是首要的权利，任何人没有资格和权力来剥夺民众的宗教自由。凡立约诸侯，都应建明堂，祭昊天上帝，使每个人都能成为沟通昊天上帝，继而成为符合昊天上帝期许的子民。看子天乙对自己起草的盟约高度赞赏，伊挚也兴高采烈。他对子天乙说道："主公，夏朝立国，唱颂歌，分九州，定赋税。今我之立国，开明堂立信仰，与之相比，犹如白虹贯日，高贵十倍。""先生所言，乃一言九鼎。天降玄鸟，生我先　祖。在予之前，无有违背昊天上帝之旨命的。予有今日，全是列祖列宗，虔敬昊天上帝的功德啊。"子天乙感叹地说道。"臣明堂占卜，腊月岁首日，大吉，应作为主公登基践天子位的日期，如您同意，当在签盟约时，告知天下诸侯。""予无异议，烦先生多操劳，只是予何德？能成为天子，心中有所不安。昊天上帝说，珍惜自己就等于珍惜天下，予该怎么做？""不穿奢华的衣服，远离奢华的用品，不吃山珍海味，不偏食就是珍惜自己。更重要的是您分利给民，不虐杀民众。让他们在饥荒时有饭吃，劳动后可以休息，服劳役不可时间太长。这便是珍惜天下了。"伊挚回答道。子天乙应声道："予将小心翼翼，毕恭毕敬，先生当为见证。"窗外雪还在下着，飘飘洒洒，映入眼帘的是一片白色的世界。

3

进入腊月的第一天，是商国大君子天乙登基的日子。明堂正前方的广场上，一大早，就聚集了前来参加继位大典的各国诸侯和贵族。加上商国有资格参加大典的贵族，足足有上万人。他们就像一场炫富比赛一样，争先恐后地穿着耀眼而崭新的裘衣。天气虽然刚刚数九，但每个人呼出的热气，俨然变成了一缕缕的白烟。

太阳升起来了。那天早上，太阳又大又红，好似代表着昊天上帝，要给子天乙以祝贺。

明堂东院的大门打开了，商君子天乙和夫人纤夗在重臣们的簇拥下，向广场中央的圜丘缓缓走来。伊挚走在最前边，他拿着昊天上帝赐给他的木铎。紧随其后的是夏革老先生，他牵着一头健壮的纯黑色公牛，将军石渚提着青铜大斧钺，紧跟在后面。子天乙和夫人纤夗穿着象征着天子、王后身份的崭新服装，迈着稳健的步伐，在石渚身后走着。任仲虺手捧圣水，女鸠拿着苫席，女房手捧彩绢，将军义仲、义伯手持宝剑在旁边护卫着，咎单、邦及都持剑走在后面。当众人簇拥着子天乙在圜丘上，面朝天上太阳的东南方向站定后，伊挚摇响了手中的木铎，上万人的广场，顿时安静了下来。作为子天乙登基成为商国天子仪式的主持人和大祭司，伊挚成了除子天乙以外最引人注目的人物。天下的诸侯除了臣服子天乙之外，议论最多的就是伊挚，他的传奇故事，被人们反复讨论着，有时候还会引起激烈的争论。具有虔诚昊天上帝信仰的人们，都承认伊挚就是昊天上帝的化身。而中原诸侯和贵族，几百年来中断了对昊天上帝的祭祀，他们认为伊挚的故事本身就是神话。伊挚知道大家在安静下来之后，内心的期盼，就是商国今后的施政举措，是否给人以安乐的激励。他用尽量高的声音喊着，力求使每个人都能听到："四方的诸侯们、百姓们，桀王姒履癸，荒废籍田，慢待神祇，不去祭祀昊天上帝。他废弃了英雄祖先大禹所立的律法，崇尚武力，滥用刑名，其罪彰显。我大君子天乙，奉昊天上帝之命，于鸣条将其一举消灭。为此，即将向光明的昊天上帝，奉献牺牲，以即天子位。下面，请商王给我们训诫。"子天乙朗声道："镇守四方的诸侯们、百姓们，伟大的昊天上帝降福于大家，他的期许，就是小子我今后的重任。昊天上帝降灾于夏国，以彰显其罪过。小子我奉昊天上帝之命，邀请了圣贤伊尹与我协力同心，去消灭它。是昊天上帝在诚心保佑天下万民，罪人姒履癸终被废黜。昊天上帝创造生命，如同草木滋生繁荣，兆民得以繁盛。昊天上帝命令我安定你们的家邦，领命之时，紧张危惧，如同跌落深渊一样。小子我将小心翼翼，革除夏国敝政。将昊天上帝之光明，普照中华大地。"

静静的广场上空，传播着子天乙铿锵有力的讲话声。远处山谷里的回音，足见昊天上帝也听到了他们君臣的声音。在场的东夷诸侯，首先用他们率性无欺的性格表现出来，他们先是小声议论着。"光明昊天上帝，照耀中华！光明昊天上帝，照耀中华！"一声比一声高，往远处传递着，上千万人的嘴里，形成了一个声音。"光明昊天上帝，照耀中华！光明昊天上帝，照耀中华！……"全场的人齐声喊着，子天乙和伊挚也随之高喊了起来。

在燃烧牺牲祭祀的时候，鼓乐奏起名为《大护》的乐舞。这是伊挚为了庆祝战胜姒履癸，特意为子天乙即天子位精心谱写创作的乐舞。是伊挚用自己的灵魂、血和泪谱写的舞曲，是用天和地的灵气，承载着他对昊天上帝的向往。每个字，每个音符都是他奋发向上、励志有形的生活写照。他随着鼓点，唱着，舞着，双眼模糊了。"熊熊柴火燃起兮，烈烈燔祭昊天上帝。昊天上帝明明光辉兮，照临大地。命我扬旗出征兮，荡平不敬之夏，兆民得以繁盛兮，如草木滋长……"

4

笼罩在亳都上空的权力和利益融合的云团，随着春天的到来，渐渐地随风飘散了。一个以昊天上帝信仰为国家宗教，以诸侯贵族为主要社会阶层，以崇尚荣誉和诚信，以法治国的商帝国，诞生在古老的中华大地上。诸侯们的拥立和效忠，使大家都得到了期待的回报。子天乙以信仰的力量赢得了诸侯们的拥护和爱戴，而诸侯们也没有因为改朝换代遭到废黜，他们都保住了自己的爵位。这是一个皆大欢喜的结局，也是昊天上帝期许的最佳结果。

一个春光明媚的上午，商国的朝堂里热闹非凡。一大早，国家乐队便奏响了《大护》的音乐，天下三百诸侯齐聚在朝堂，使往日空旷的朝堂今天却显得有些拥挤。大家都接到了通知，今天是商王子天乙为自己的功臣伊挚等人分封诸侯的日子。故而朝堂里呈现出一种喜庆的气氛。

当太阳光芒照满了朝堂时，子天乙、王后纴冘和他的一班朝廷重臣来到了朝堂。子天乙站在主席的位置上，俯视着天下的诸侯们。他的脸上有着天子般高贵的笑容，一种既慈爱又有威严的笑。那慈爱就如同冬日的太阳，给人以温暖。而那威严又如同初秋落下的冷霜肃杀着人们的心灵。大家不由得联想起了昊天上帝，昊天上帝是按着自己的形象创造的人，子天乙这种形象大概就是昊天上帝环绕吧，这就使诸侯们从内心产生敬畏。

册封的仪式庄严而简单，其实就是在天下诸侯面前，正式公布天子的决定，使他们知道他们的队伍里又有了地位与他们等同的同僚。册封伊挚为正式的诸侯敕令由夏革宣读，这一如他的为人，平和而稳重。"占卜曰大吉。朕以昊天上帝的名义，赐封伊挚为诸侯，方距百里，显立宗庙，肇开府廷，佑祉一方百姓。"当夏革宣读声音落下，子天乙望着伊挚，宣声道："先生请接。"那是一块诸侯的印玺和象征贵族的圭玉。伊挚略显延迟，感觉到了后脊柱有一股凉气下涌，双腿再也支撑不起顾长的身体，以至双膝跪地，伸出双手将印玺和圭玉接了过来。当然那圭玉是纴冗拿给他的。他嘴里说道："多谢主公。""先生快快请起。"同时与伊挚一起受封为诸侯的还有昝单、女鸠、女房、邦及。他们都按照伊挚的方式跪下，双手从子天乙手里接过了印玺及圭玉。此时，诸侯们都鼓起掌来，以表示对他们的祝贺。因任仲虺、夏革、石渚、义伯、义仲等人原先就是诸侯，故而不封。

这是伊挚来到商国后十多年来，第一次在子天乙面前双膝跪了下来。作为国家的太师，格于皇天的大祭司，在天下诸侯面前跪在了子天乙的脚下。这意味着神权跪在了君权的脚下。这是人性深处的必然，是欲望和贪婪的感恩。显赫的地位和名誉，锦衣玉食的富贵生活，对于一个奴隶出身的他，其诱惑使他无法抵御。令他心中恍然的是，这一跪使他自觉不自觉地认可了权力和富贵的丛林秩序，而违背了昊天上帝期许的人人平等的"太极"秩序。这个隐痛给他造成的内心痛苦和矛盾，贯穿了他的后半生和他的执政生涯。伊挚站了起来，望向朝堂，朝堂里站满了各国的诸侯和贵族。而在前边站着的是与他同时受封的女鸠、女房、昝单和邦及。他们和自己一样，有史以来第一次穿着只有诸侯才能穿的特定服饰。虽不华丽，但庄重而风光。今天他们都将自己的胡子刮得干干净净，这样就显得每个人都红光满面，精神抖擞。之前征战的倦容，已经一扫而光。

朝堂里站着的全是大商帝国的贵族，都是向新政权宣誓效忠的方国诸侯。他们都身着皮衣，有不少女士则穿着白色的貂皮大衣。但在这种场合，不论多么华贵的服饰也显得暗淡无光。他们全都注视着伊挚，这也是贵族们第一次近距离地接触到商国的这位传奇式的尹正。他们的目光既像欣赏奇迹的出现，又像探知成功的奥秘。因为在这些贵族的眼中，奴隶都是没有教养和文化的粗野人，眼前这位商国的尹正就是奴隶出身，但他的智慧和聪明足以使这些贵族们甘拜下风。同时，他们都在盘算着今后怎样和这位尹正打交道，大家都知道朝廷政务的处置全是伊挚说了算。这是一位商国的实权人物。天子子天乙一般不过问政事，诸侯朝见，子天乙只是礼仪性的接见，不涉及具体政务。

请商国尹正给诸侯们做训导，也是这次册封大会的议程之一。子天乙伸手将伊挚拉到自己身边，目视着朝堂里的诸侯。顿时，朝堂里安静了下来。他高声说："国家大政，伊尹处置，请先生给大家训导。"伊挚面对着诸侯们，尽量提高音调："君侯们，在我们的国家，只有一种信仰，那就是昊天上帝；只有一种人民，自由；只有一种身命，法制。"当贵族们期待下文的时候，伊挚已经结束了他的演讲，谁也没有想到他的讲话竟如此简短，但又抓住了灵魂，大家终于反应过来了，意识到训导已经结束，略微停顿后，便热烈地鼓起掌来。

《大护》乐舞重新奏起来了，诸侯们很有秩序地向子天乙、纤巟及伊挚施礼告别。大家的脸上都洋溢着一种喜悦，一种期盼被满足的喜悦。只有伊挚脸上有些木讷，在机械式地和诸侯们施礼告别。他不时地看着从窗户穿透进来的阳光，那阳光执着而意会，给他带来了一个熟悉的身影——妹喜，在他荣耀的封侯时刻，来向他祝贺。他看着她的嘴在动，但人多嘈杂，他听不清她在说什么。伊挚只感到眼前的妹喜不是幻影，是那样的真实可及，甚至是可以直接拥抱她。他的手不由得缩回在宽大的袖筒中，那里有妹喜送给他的锦帛，是他们的定情物，他紧紧地握着，生怕有人把它抢走。

5

对子天乙夺取天下政权，建立大商王国贡献最大的当数有莘国和三苗部族。在伊挚的提议下，朝廷将永远减免这两个方国的赋税和朝贡。在册封仪式结束后，子天乙率领众臣亲自到三苗王的住处看望，并相互告别。三苗王仡芈蚩表示三苗部族将永远臣服大商，世世代代友好下去。

下午，伊挚全家来到有莘国世子莘酉下榻的客栈内看望他。与其说是看望，其实就是为莘酉告别和送行。当伊挚的车停在客栈院内时，莘酉赶快出来迎接，伊挚下车后快步走到莘酉面前，躬身施礼："伊挚拜见世子。"他的两位夫人尘际和姝训也随着他向莘酉施蹲身礼。莘酉忙道："快快免礼，尹正大人。"他赶紧还礼。伊挚言道："我是吃有莘饭长大的，永远也忘不了老君侯的恩德。对了，老君侯和家父身体还好吧？""都好，都好。"莘酉说道。"来来，请您和二位夫人屋里坐，咱们是家人啊。"等端坐斟茶后，莘酉开口道，"尹正大人，父君已年迈，国中诸事现已均付与敝人打理。您的父亲身体还硬朗，这次来毫都本想将老人家带来，但老人拒不过来。口称他生是有莘人，死是有莘鬼，今生哪也不去。不过您放心，我们会照顾好他老人家的。""如此则多谢世子大人。""父君临行让我带话，欢迎您和二位夫人回有莘省亲，他希望在有生之年还能与您见上一面。""一定回去，请您转告老君侯，等方便了我回去向两位老人磕头去。""我一定将话带回去。"随即话题转到国事上，莘酉显得特别慎重，说道："尹正大人，父君早已料到朝廷会有免赋税及朝贡之赐，临行嘱咐必须推辞，此风不可开。为有莘宗族千秋万代计，不能豁免赋税，那样子孙将不懂得什么叫责任，会亡国的。"伊挚略加思索道："哦，当初只是想老君侯为商国提供的帮助，无人能比，只是报答这份情义，没有想到这么长远。这样吧，看天子的意思，如果可能，有莘国赋税和贡品减半。这样既给了天子面子，也打消了老君侯的顾虑，应该两全其美。请您回去向老君侯解释。""如此待我明天入宫向妹妹和天子辞行时，将父君和您的意思转告给天子，看怎么确定。依我看，此事最后还是由您来决定，我得顾及天子和纤宄妹妹的脸面，不是吗？哈哈。"莘酉停顿下来，喝了一口茶。伊挚携全家来看他，这是给他的荣耀，他知道天下诸侯除了他，别人没有这个身份和资格，因而心情特别好，显得非常兴奋。"昝单来看过我，我向他提出派人帮助我开发有莘国境内的黄河故道，他说等请示您之后，即可挑选人随我回去，不知……""此事他向我讲了，这本是他职权分内之事，他是顾忌有莘。凡涉及有莘的事，他都推到我这里，此事已经安排好了，人马随您回去。天子的意思，尽最大努力，帮助您开发好黄河故道，以增强有莘国的国力。""如此甚好，父君已经同意将公社解散，变井田制为赐田制，我回去后力争在开春之前完成此事。唉，只顾着说政事，我冷落了两位夫人了。"姝训原来就是有莘国的女奴，是纴亢郡主将她带到商国，故而她先说话："世子您谬称了，我是有莘人，老君侯和郡主的恩德，才有了我的今天，我没能在他老人家跟前尽孝，只能默默地为老君侯祈福了。""我可不是什么夫人啊，世子大人，您就叫我们姐妹名字就好了，叫夫人觉得生分啊。"尘际对莘酉说道，显示了东夷人快人快语的性格。"好，好，叫名字，咱们原来就是一家人。"伊挚说道："世子，我刚获分封还未建国，故无经济来源，之前奉职，就只单身，不纳俸禄。现只靠姝训的薪酬维持生活。故而只能托您带给老君侯和家父每人一袋干牛肉，一坛自酿的米酒作为礼物孝敬，不成敬意，但表心意，望两位老人家能够理解。还有，天下初定，千头万绪。待国事理顺，我们一定回去看望他们，伊挚在此给他们添寿了。""您放心，我一定将礼物和您的祝愿转告给两位老人。"伊挚起身抱拳道："如此则匆匆打扰，我们告辞了。"在他们相互施礼告别的同时，驭车的人将两坛米酒和两袋牛肉，送进了莘酉居住的屋子里。

第三十一章 成为引据

最终导致伊挚没有回到有莘国省亲的大事，是从大商王朝建国后的第一年开始，连续五年全国性的干旱。公元前1599年开春后，断断续续地下了几场雨，使得各地都按时将种子播下，之后就再没有一场有效的降雨。特别是进入伏天后，赤日炎炎，庄稼几乎全部烤死。百年不遇的干旱，使不少地方的农作物颗粒无收。进入秋天后，各诸侯国请求援助粮食以避免饿死人的报告，雪片似的堆满了伊挚的案头。

有一种解释是，这突如其来的大旱是昊天上帝对商国君臣的考验，看他们是否能做到爱民如子，保民如己。这对于作为商国尹正和大祭司的伊挚造成了空前的精神压力。由于受灾面较大，诸侯国之间相互调剂粮食的可能性已经不复存在。庆幸的是，商国贵族和民众之中还有不少余粮，可供购买和调往灾区。伊挚索性又住回了明堂，在那里昼夜不停地指挥救灾。在他心里，给自己定下了一个目标：绝对不能因干旱导致歉收，而饿死一个人。

最终帮助大商帝国彻底解决粮食问题的是三苗人。他们占据着汉江流域，干旱似乎是永远不和他们沾边的。他们给商国源源不断地运来了一车车的稻米。危难之际，见证了三苗部族与商国兄弟般的情义。

其实，伊挚住进明堂，主要是为了向昊天上帝虔诚地祈祷和忏悔自己。他觉得只有用心灵和诚实，才能在昊天上帝面前洗净自己的灵魂，才能和百姓一起渡过眼前的难关。既然昊天上帝用降灾来惩罚人们，那就说明天下的人肯定犯有罪过，退一步说，人们的所作所为起码不是符合昊天上帝的期许的。

伊挚是个身体力行的人，这在救灾过程中天下诸侯都已见证。贵族们虽然有些不适应他的工作风格，但在短时间内就获得了救命的粮食，使得他们对新的政权和这位尹正，从心里佩服和信任。他用信仰的力量来约束天下各地的官吏，从而使官吏们的灵魂高贵起来，以不起吞贪救灾粮食之念。当然，他甄选官吏的唯一标准就是信仰，如果没有对昊天上帝的信仰和敬畏一律不予录用。这是一个秋冬，全国的救灾过程中，未发生一起贪污案件的根本保障。在伊挚的认知中，律法固然重要，但那是天下人对宇宙万物恒定秩序的发现和应用。如果一个国家的官吏，因贪墨而触犯刑律，就标志着一个民族精神的堕落，一个狂狷先知阶层的消失和终结。

不管怎样，伊挚通过东调南借，总算筹到了灾民能够度过饥馑所需的粮食。在常人眼里，现在总算可以松一口气了，但他丝毫不敢有松懈之心。他必须考虑对策，想出长久抗旱救灾的办法。他凝视着一个巨大的沙盘，那是天下的地理沙盘，他好像要和这个沙盘要粮食，要和它寻求度过灾难的办法。

这天，晚秋的太阳已经没有三伏天那会儿使人害怕，但它一从地平线出来，依然向大地投出强烈的日光。伊挚在明堂的室内围着沙盘踱步，忽然他停了下来，双手握成拳头，相互捶击了一下又甩开，这说明他已经有了长远救灾的办法了。

门开了，是姝训。她端着一个长条盘子，上面有三个陶碗、两双筷子，那是他们夫妻的午饭，每人一碗饭，一份葵菜。自从遭灾以来，伊挚家里的饭食就变成了一饭一菜，并且晚餐还坚持喝稀饭。尽管姝训已经怀了身孕，但还是严格地节约粮食，与民众一起度过年馑。现在，伊挚的家里又搬回到了明堂。由于尘际带着小淳维，姝训就负责起了全家的生活和饭食。他们相互对视了一眼，谁也没有说话，各自拿起了筷子端起了碗，站在沙盘边上进午餐。伊挚看着身子略显笨拙的姝训，将自己碗里的饭往她碗里拨了一些。他熟练和敏捷的程度，足以使人联想到他经常把自己的饭让给夫人吃。姝训忙说："不可，您这样要伤身了，大商帝国可不能没有您啊。"伊挚坚持道："夫人，您是双身子，只是跟着我才受这样的苦。咱家的粮食定量是和一个普通民众一样的多，我是担心饿坏了孩子，您就吃了吧。""真不该在这种时候怀孕，连累了您。"姝训说着眼睛潮湿了起来。"没事，忍忍就过去了，您吃饭吧。"伊挚用手擦着姝训的眼泪。他的心里感到了一种从未有过的内疚感。见伊挚这样伤感，姝训勉强微笑道："我和尘际妹妹商量好了。开春，我们将养鸡，养猪，生产自救。不要封国的进贡，这样可以保证我家男人们的营养。哈，您就不用操家里的心了。""好，那就好，我们本就是奴隶，什么样的苦没吃过，还有什么熬不过去？"伊挚说着，感到了家和万事兴的喜悦，夫妻俩对视着笑出了声。

　　"是什么事儿让你们夫妻如此高兴？"随着开门声，尘际抱着小淳维，将天子和王后纤甙引了进来，伊挚和姝训赶忙施礼，恭敬地说道："主公，王后，这个时候您们来此……""我们夫妻来蹭饭，有没有剩饭？粮食金贵啊，不过，先生大可不必担心。我们夫妻是吃过饭来的，哈哈。"尘际插言道："主公给我们带来了三袋粮食，真不好意思啊。"伊挚歉疚地说道："王上，您们也不宽裕啊。""朕家大业大嘛，宫廷里每人省出一口，也就帮助我大商国尹正一家度过灾难了。先生家里如有不测，天下人要笑话我这个做天子的了。先生、姝训快快吃饭啊。"看着伊挚和姝训的饭菜，纤甙用衣袖朝着伊挚打了过来，恼怒地说："伊挚，凡事适可而止，姝训怀着身孕，淳维也需要营养，您将他们饿坏了，我一定将您发回有莘国做奴隶去！"姝训急忙劝道："小姐，万万不可见怒，我们没有饿着，您不要责怪他。""看看，我替她出头，她反而向着伊挚。我傻啊，你家的事我再也不管了。"子天乙在一旁笑道："夫人没错，这家人我们夫妻插不进去手了，您明白就好。"伊挚又将话题转到了政事上，说道："正好主公到来，臣原本要进宫去。昊天上帝降灾惩罚我们，臣料，断不是一年或一次的事。我们要做好长期防灾的准备。臣打算带着女房君和昝单君，三赴三苗，和他们商讨种植晚季稻的事。今年三苗帮了我们大忙，但他们也没有了余粮。如果可以，我们竭尽全力帮他们开垦水田，再种一季水稻，则可以解决我们因干旱而造成的粮食短缺。如果明年继续干旱，我们就干脆不种了，到三苗去开垦水田。现在唯一的困难是多种一季水稻，地力恢复的问题。臣相信我们可以克服这个难题的。""好啊，先生您何时动身？""臣打算准备一下给三苗王的礼物，就动身。臣走之后，朝廷的事，主公就依靠任仲虺君打理即可。那是位君子，完全可以信任。""行，如此有劳先生了，您尽可放心而去，您家里有朕和夫人关照没有问题。"

门口忽然有一道亮光，一位身披铠甲的军官走了进来，身上的尘土还没来得及掸扫。他进来躬身施礼道："王上、王后、尹正大人，臣是负责照管夏王妫履癸的。三天前，他得病死了。现停尸南巢，有关安葬事宜，待王上和尹正指示，臣特来报告。""啊？！"这突如其来的消息使子天乙、纴斿、伊挚大为震惊。还未等子天乙和伊挚反应过来，纴斿已经开口问道："王后呢？妹喜王后怎么样了？"她的声音里带着焦急。军官禀道："王后，王后也不太好，她在为原天子守灵，已经绝食，决定殉夫。这是王后托臣捎给尹正大人的。"说着他从怀里掏出一个小而不失精致的木盒，递给了伊挚。伊挚接过木盒后，手有点颤抖。但还是打开了木盒，只见里面装的是两片干了的桑叶。那是当年冼姑母亲以身献祭昊天上帝后，妹喜送给伊挚的。伊挚感到心里一阵颤痛，一种彻骨的痛。他拿着盒子，不由自主地流下了眼泪。子天乙安慰道："先生，莫要悲痛，王后毕竟还在嘛。"他看着那位军官，继而问道，"夏天子得的什么病，这样快就走了呢？"军官拱手说道："启禀王上，夏天子自从去了南巢，大概是心情不太好吧，一直忧郁，后来发现咳嗽吐血。臣找来医生诊治，仍无效果，他毕竟是年近七旬的人了。夏王临终，托臣转告对王上和尹正的谢意，感谢对他的不杀之恩和对夏族的宽容。""知道了。"孔天乙转脸对着伊挚与之商量，"先生，朕以为还按天子之礼安葬他吧，这样无论对先人还是对生者都是个交代，他毕竟做了近五十年的天子啊。"伊挚点头道："臣无异议，正好此去三苗经过南巢，臣去主持葬礼吧。夏天子入土为安，对夏人也是个安慰。""好，但凭先生处置此事，有劳了。""我也随先生去，我去看望我家小姐，还望主公允准。"尘际说着，竟然低声抽泣起来。子天乙应道："去吧，应该的。"纴斿提议道："王上，这样吧，这件事商王室不能没有代表去。我和伊挚、女房、昝单诸君去给夏天子送别。尘际、妹训也去，重要的是将小淳维也带去，我得去看看我那位苦命的妹妹啊。""如此，则更好。"子天乙说道。伊挚最后说道："那我们现在开始准备，明天一早启程。"

第三十二章　抢着上柴堆

1

如果说大商帝国的领土像一个王冠，那坐落在最南边的巢湖就是这个王冠上的明珠。几条清澈透明的小河，俨然是天上之水，在源源不断地注入这个湖泊中。阳光下的巢湖，碧波粼粼，辉映着天上的白云和岸上的桑树林，显现出一幅大美的水墨画卷。这是昊天上帝早些时惩罚有罪的巢州人，而使整个巢州城沉陷形成的湖泊。当时，生活在城内的巢州人全部葬身在湖底。只有一对被称为义人的母女在逃命时，不听使者的劝告，她们的身体化成湖中的两座小山。

巢湖北岸边桑树林中，有巢人为天子修建的离宫，正好实至名归。这是伊挚为废天子姒履癸选的隐居之地。他是一个政权的代表，同时又是一个政权的幻想。因而，他的结局注定有两条：或者是被残忍地杀掉，或者是被严禁在不为人知的地方隐居。商国的子天乙和伊挚选择了后者。除了众所周知的原因外，王后妹喜才是保全他的主要因素。

生活在权力里的人做梦都是权力的魔性。失去了权力，就等于失去了名位，失去了支配和奴役他人的资本。对姒履癸而言，尽管商室对他待遇优厚，衣食无忧，但在他的心里始终无法适应作为一个平民的生活。他的灵魂里无法承载信仰，故而难以消解失败的困惑。他的血液里没有反省自己错误的基因。因而他用愤怒来解渴，用仇恨来消饥。这成为他精神菜单上无法消化的积食。

他一生中直到最后，难以理解的一件事是王后妹喜在他失势后，选择在巢湖边陪伴他。还有一件他不明白的事是，他们最小的儿子淳维，妹喜没有带在身边，是妹喜自愿放弃，还是商室不容许？他没有问，也不能问。他有很多女人，但他自知那些都是肉体的过场，是权力的捎带，是地位的附着。妹喜，是他一生中唯一倾注了感情的女人，他现在感到他对妹喜的那种感情得到了回报。虽然妹喜曾经是那样的仇恨于他。

初到巢湖边居住，妹喜每天陪着他到湖边欣赏湖里秀丽的风光美景，也使得年近七旬的夏天子，决心忘记过去的事，而专心度过平淡的晚年。但不久他便厌倦了，他无法适应没有人奉承的生活，无法感受没有笑脸的环境。也就是夏秋交际时，他开始咳嗽起来，后来发现咳出了血，那是肺病的征兆。进入仲秋竟然不治，他的生命结束了。

他被称为桀王或夏桀，这是非常凶暴的意思。是子天乙送他的谥号。他成了后世儒生们效忠君王的史料，也成了士大夫们劝谏主公成名成功的引据。

现在夏天子姒履癸的灵柩就停在离宫的偏殿内，他的灵魂在等待着商室对他最后的安排。

当商王后纴妀和商尹正伊挚到来后，宣布了对他葬礼的安排。他获得了最高的礼遇，按天子之礼将他的灵魂送还到他的祖先身边。

东殿的床上，躺着已经没有力气坐起来的妹喜。在姒履癸生命结束的当天，她就决定不再进食，她要陪着他离开这个世界。其实在她决定把淳维托付给尘际，陪着姒履癸来巢湖时就已经下定了决心。也就是当她彻底放弃了生命中的价值时就有了这个主意。她觉得自己必须离开这个世界。姒履癸的离世，是她自绝的最佳时机。她希望有一个人能理解她，那就是伊挚，只有伊挚知道她的灵魂在索求什么。她是为天下的诚信救赎，因为昊天上帝不会收回一个说谎的灵魂。在姒履癸临终时，妹喜向她袒露了淳维的身世，并告诉他淳维的生身父亲是谁。她同时告诉姒履癸，她与伊挚，作为精神上的夫妻，在夜晚的油灯下举行过婚礼。她还告诉他，她最烦的就是宫廷的生活，而姒履癸，偏偏就成就了她的宫廷生活。她告诉他，她这一生只爱一个人，那就是伊挚。尽管姒履癸占有了她的肉体。她还告诉他，她不能够让姒履癸在另外一个世界不知道真相，那样就玷污了诚信。妺喜唯一的期盼是，自己的作为，并非是要毁掉姒履癸的尊严，而是人间情感交融的必然，也不求得他的谅解。姒履癸听着，不仅未发怒，反而露出了来巢湖后少有的微笑。这也是他最后一次的微笑。他挣扎着最后一点力气对她说："谢谢您对我的坦诚，是我毁了您的追求，您也还给了我贪欲的回报，我们算是扯平了，哈哈。""真是对不起，王上，从现在起，我将陪着您，永远也不分离。"姒履癸用平生最后一点力气拉着妺喜的手，慢慢地停止了呼吸。谁也不知道他是否听明白了妺喜对他说的话的含义。他落下了两颗豆大的泪珠。他的眼还睁着，是妺喜用手将他的眼皮合上。这个曾经驰骋天下的人，不会再抖着立眉霸着竖眼主宰天下了。

当纴㐰、伊挚一行人来到妺喜的床前时，妺喜挣扎着坐了起来。久病加上绝食，使她的身体迅速崩溃，她的嘴角干裂，目光呆滞，昔日的容颜早已不在。这使得尘际和姝训赶快上前扶住她。尘际适时地把淳维抱到了她的面前。淳维已经会走路了，他站在妺喜的面前看着。尘际柔声说道："淳儿，赶快叫娘，这是娘。"只见小淳维用小手揽着妺喜的脖子，脸几乎挨着妺喜，叫道："娘……娘……"非常清楚。妺喜不知从哪里来的力量，一把将孩子抱住，泪流满面，抽泣道："我的淳儿啊，娘不能拉扯你了，来世再补偿欠你的。"纴㐰走过来将妺喜抱着支撑着她："妹妹，你这是何苦呀？你完全可以有新的开始啊。听姐姐的，你想要什么样的生活，商国都可以答应你，你为了淳儿也要活下来，你听姐姐的劝行不行？"纴㐰看 着形容枯槁的妺喜，百感交集，也语无伦次起来。妺喜虚弱地说道："姐姐，诸事拜托。没用的，我必须用自己的生命来践行诚信，来为我的背叛和谎言谢罪，只有这样昊天上帝才能原谅我。谢谢你为我做的一切。我们在有莘的六个人，今天能够团聚，我死而瞑目了。"其实，妺喜非常清楚自己的身体状况，她知道她即将用自己的肉体，去昊天上帝面前为自己的灵魂谢罪。但在此之前能够面对这几个人来看她，也不失为人间的一件快事。她在用眼神示意伊挚过来，她知道与自己心爱的人，即将生离死别。

纴㐰让伊挚替代自己托着身体渐渐沉重的妺喜。他们四目相对。一直没机会开口说话的伊挚泪流满面："郡主，您……"他哽咽着，他们的灵魂似乎在拥抱着。"挚哥哥，不要难过，昊天上帝要您拯救天下，我在这世上就是您的累赘。我嫁天子，是强权逼着，我父亲用眼泪乞求我保全有施氏的宗庙。我生淳儿，就是对强权的报复。我背叛天子是为了天下每个人的尊严，我离开您是为了践行诚信。"妹喜断断续续地说着，她竟然伸出一只手撩起了伊挚的耳根，一个黑色的有莘烙印露了出来。她用手摸了摸那个黑色的"莘"字，脸上露出了笑容。伊挚腾出一只手，从腰间掏出一方叠着的绢帛和一个小方盒子。妹训上前，帮着他打开，拿到妹喜的面前。伊挚将两片叠着的桑叶拿过来让妹喜看，妹喜流着泪说道："挚哥哥，您记着您耳后的烙印，淳儿就能安全一生。这绢帛和桑叶，您就还给我吧。"说着她的手无力地垂了下来。那是失去了力量支撑的表现，妹喜走了。

她是躺在伊挚的怀里走的。伊挚感到全身酥软无力， 一股凉气从头顶蹿到脚底，他心中的圣女走完了跌宕起伏的一生。他痛哭起来："郡主啊……"大家都跟着哭了起来，小淳维吓得放声哭了起来，他还不明白这是为什么。

依据既定的礼仪，纤元、伊挚，他们在有巢君的帮助下，用天子之礼将姒履癸和妹喜合葬在一起，就近安葬在风景秀丽的巢湖北岸。

2

这是伊挚第三次造访三苗部族。作为大商帝国政府行政事务的实际负责人，没有人比他明白三苗对大商的重要性。从几年前夺取政权，直至今年度过饥馑，如果没有三苗提供的无私援助，真不可想象会是怎样的结果。因此，伊挚对于三苗是发自内心的感恩。

已是晚秋的汉江流域，一派静谧。一望无际的田中长满了硕果累累的水稻，已经开始灌浆了。那是应伊挚的要求，三苗人为大商栽培的晚稻。三苗部族所占据的汉江平原，是一处稻浪翻滚，荷叶连天的天府之地。而温婉平静的汉江赋予了三苗人俯仰天地兼济天下的济世情怀。这也使得历经沧桑的三苗人，能够以魂济天下的胸怀，来承载历史。

伊挚、女房、昝单和三苗王仡芈蚩等人，在稻田的田埂上查看着晚稻的长势。蓝天白云碧水间，稻花的芳香沁入了肺腑，似乎在激发着他们的雄心和壮志。这使得一路上很少说话表情凝重的伊挚，眼神活泛了起来。他对着三苗王，终于吐出了声音："王上，看来晚稻长势很好，只是恢复地力是大问题。如长久下去，产量不会太高。如亩产达到300斤，我需要100万亩的产出。中原那边的绢帛、陶器以及兽皮折价换粮，我们只能以物易物了。如果灾年还不了，以后好了再还你们，如果歉收了，每年还一点，子子孙孙也要还，我们不能寒了三苗兄弟们的心。"三苗王道："尹正大人您说哪里话？我们是兄弟，今年晚稻栽种了100万亩，旱地种植了几万亩葵菜，我们还能调剂一些其他杂粮。只是运输颇费周折。用马车费用太高，距离太远，水运需要大量船只，我国仅有几十艘无法满足需要。"伊挚："沿汉江北上经唐白河可将粮食运到洛阳附近，唯一的办法就是水运。我已经与淮夷人谈好，借调他们的货船100艘，包括船夫，您看够不？""够了，加上我们的船，我明年可向朝廷调3亿斤粮食和500万斤蔬菜杂粮。""真是谢谢您了，有此情义，大商臣民就可度过灾荒饥饿。昝单君，增加种植晚稻并大力培肥地力如何解决？"昝单答道："我与女房大人终于想出了一个办法，其实是向三苗的农民学习来的。种植一种叫作紫云英的野草作为绿肥。晚稻收获后即播撒种子，待春季开花后，即翻耕水稻田内，沤制之后为上好的肥料，可大面积推广。因为其种子还是一味中药，三苗人夏季采收，大量种植不成问题，只是需王上动员。"仡芈蚩赞道："二位真是心细啊，敝人还不知道用此办法来肥田，以增加稻米产出。敝国有此高人，予将赐予爵位以资鼓励。还请尹正大人放心，我们同心定可渡过难关，以接受昊天上帝给我们的洗礼。哈哈。"听着仡芈蚩爽朗的笑声，伊挚脸上露出了一点久违的笑容。

即此，伊挚为了运输救灾粮而开辟的这条水道，在公元前1558年开始繁忙起来，从春到冬，从冬到春，来往船只络绎不绝。他的开辟者也许当初只是为了运输救灾粮，而未曾料到这条水道开启了中华文明。它南起现今汉江平原腹地的钟祥，沿汉江向北经襄阳两河口，入新野，跨南阳，进入洛阳地区。它成为中原沟通南方的经线，它的宁静和从容，以及兼容并包的精神，承载着昊天上帝期许的诚信，即令中华的历史和文明独具兼济天下的特色，成为中华民族后世心灵中永久的珍藏。之后的三千五百多年，来往船只的号子从未在这条水道上间断。

3

商国亳都的明堂里，伊挚在自己居住的偏殿里，做完了每天的功课，十步功。尽管年复一年，套路熟练，但他感到今天做功时身体特别燥热。他站起身来走到窗前，推开窗户遥望满天的星斗。他多么希望在这一刻能够见到昊天上帝啊，但是没有，映入他眼帘的只有银河微弱的光辉，在力图点亮沉睡的大地。

这是公元前1594年的春天，一个寻常的夜晚。持续了五年的干旱，伊挚却无力去改变，这肯定是自己德薄有罪，而遭到的惩罚。该怎么办呢？伊挚现在在心里向昊天上帝进行默然的祈祷。他的脑海里闪现出了祝融威严的声音："记着啊，你只有用一分德才可能真正接到昊天上帝的一分功。"伊挚的脑海里浮现出汉江、白河、唐河。这条贯通生命的运粮水道，纤夫的号子每天响彻云霄，从不间断地向商国运输着拯救生命的粮食。养蚕纺织，青铜礼器的制作，总之，一切可以与三苗和南蛮交换的物品，都在抓紧生产，并运到三苗去。由此总算熬过了一年又一年。王畿及诸侯国内，没有因干旱缺粮而饿死一人，但总不能长久这样下去啊。

天空中一束耀眼的白光落了下来，凭着直观的判断，伊挚知道那是一颗流星，落到了北方有莘国的地面上，他的思绪跟着那颗流星回到了自己的童年、少年。有莘国，那是他的故乡，他的全部记忆，喜与乐、忧与愁、爱与恨都交织在那里。他的眼前忽然出现了母亲冼姑，被烈火映红了的脸，那脸上刻着永恒的母亲的笑容。这次母亲开口了，对他说："挚儿，你要有牺牲精神才能救万民，这才是兼济天下的大德。昊天上帝在桑树林中等着你们。"伊挚听着母亲的话，正准备回答，母亲不见了。

再明白不过了，这是母亲在告诉他该怎么度过这旷古未有的灾难。他的心里咯噔一下，似乎整个身子在往下坠，作为昊天上帝的使者和化身，终究有一天要回归昊天上帝之城。他想过多种方式，但唯一没有想到的是把自己作为牺牲来回归昊天上帝之城。作为商国的大祭司，其实早应该考虑到这种方式来结束苦难。他本能地不愿从这方面去想。他觉得尘世间在期许着他，他有好多未做的事业还在等着他去做。但是如果自己作为牺牲能够化解天下的痛苦，那他也是责无旁贷的。信仰的坐标就是责任，是一种崇高美德。这种责任和美德要求伊挚穿透生命，把生命看作人生的一个过程。伊挚，现在是三个孩子的父亲，两个儿子，一个女儿。除大儿子淳维外，尘际和妹训每人生了一个孩子，只是尘际生的是一个女儿。当发生大旱后伊挚就住到了明堂，故而，他的两位夫人再未能怀孕生子。他们是在为大商国节约粮食。

一番踌躇后，伊挚下定了决心。他决定效仿母亲冼姑，将自己作为牺牲，燔烧献祭给昊天上帝，以祈雨拯救万民。他将在明堂南边的桑树林中，在昊天上帝和自己生日那天，将例行的祭祀改为祈雨祭祀。在此之前，他需要做好两件事，即通知天下诸侯和贵族以及亳都的百姓到时来参加祭祀；再者就是在树林中修筑祭坛，准备好足量的柴火，以便祭祀的时候焚烧。他决定不把自己作为牺牲的事告诉家里的两位夫人，这件事只告诉一个人，那就是天子子天乙。

他拿出了昊天上帝赐予的木铎和金铎，用白绢包好。这是他交给子天乙的东西，以便接任他做尹正的人，作为身份的象征。应妹喜临终前的要求，他把装着两片桑树叶的盒子，已经作为妹喜的随葬品。他献祭自己时唯一可以带走的东西就是妹喜送给他的那片绢帛。伊挚打开绢帛看着，洁白的丝面上呈现着红色的"挚"字和"喜"字，忽然他看到那两个字连在一起，仿佛变成了妹喜那张美丽的脸庞。他看着妹喜笑容可掬，好像在鼓励自己。他听到了她的心声："您做得对。"

4

四月初八，是伊挚选定把自己作为牺牲向昊天上帝祈求降雨的日子。商国都城南边的这片桑树林内，一大早就聚集了近万人。除了受邀的诸侯和贵族外，闻讯赶来的民众不计其数。他们都怀着一颗虔诚敬奉昊天上帝的心，来参加祭祀昊天上帝以祈雨的活动。人们的眼睛，在不由自主地盯着祭坛上堆着的一捆一捆的柴火，同时在企盼地抬头向天空望着，他们有一个共同的念想，就是今天能够如愿降一场大雨。

天空似乎不像早晨，既没有绚丽的朝霞，也看不到昔日的袅袅炊烟。它像老年人的眼睛一样，浑浊而没有生气。几朵翻滚着的白云，携带几乎感觉不到的一丝丝微风。看来昊天上帝在自己的生日时也没有心情来打理天气。

尽管朝廷未向外界说明祈雨的细节，但在桑树林中祈雨而且没有牺牲，不免引起了诸侯们的好奇与猜测。不论大家的思绪怎样，但有一条是肯定的，今天祭祀祈雨肯定不同于往日，因为惯用的祭祀方法没有得到昊天上帝的回应。

时间刚到辰时，天子子天乙、王后纴氽及三位公子，太师兼大祭司商国尹正伊挚携二位夫人和儿子淳维、商国亚尹任仲虺、师保夏革、大将军石渚等大臣，来到了祭坛东边的广场上。当他们君臣一行站定后，桑树林里马上静了下来，静得掉下一根针也可以听到。今天来参加祭祀的男人们都身着白色的衣服，这导致整个祭祀的气氛庄严而肃穆。

师保夏革，站在祭坛上大声宣布："商国的诸侯们、臣民们，昊天上帝在惩罚我们的罪恶，因而连续降下五年的旱灾。为了应许昊天上帝的惩罚，我大商国的太师，尹正伊挚决定把自己的身体作为牺牲献给昊天上帝，代表万民接受昊天上帝的惩罚，以身祈求昊天上帝解除旱灾，为民赎罪。燔烧仪式开始，请伊挚登位！"夏革的话音未落，人们都惊愕起来。各种声音混杂着，林中引起一阵骚动，人们好像不相信自己的耳朵，大商国一人之下、万人之上的伊尹，要代表大家燔烧自己向昊天上帝请罪，真是令人感动，同时又是难以直面的事。

人群中最感到惊愕的就是伊挚的两位夫人：尘际和姝训。在此之前，她们只是听闻伊挚对于今后生活的安排和打算。她们感到惊奇，平白无故，伊挚说的这些不着边际的话。现在她们明白了，原来他早已打算将自己作为牺牲献祭。她们想哭，但在这种场合她们不能哭，她们从小在贵族阶层长大，耳濡目染使她们懂得什么是尊贵，什么是荣誉。她们二人紧紧地搂着小淳维，她们将目睹自己那位令人敬畏的丈夫，将献身昊天上帝。

伊挚走了过来，他弯腰抱起了小淳维，用一只手将自己的两位夫人搂进了怀中，平静地说道："对不起你们了，今后的生活我已经安排好了，有王上、王后护佑，你们的生活应该衣食无忧。只是我走之后你们形单影只，方便时可将自己嫁出去。我这样做请你们理解，这就是信仰，这就是责任。"尘际和妹训默然地听着，她们用力拥抱着他。他们全家紧紧地抱着，却没有流泪。

渐渐地，伊挚和他们分开。他走到子天乙和纤宛跟前，他要和他们告别。在伊挚的后边，大将军石渚紧跟着他，就像护送一位醉汉。

伊挚双手并拢躬身施礼："主公、王后，但愿臣此举能获得昊天上帝的谅解，以解主公与天下人之忧。"子天乙和纤宛行礼，沉静而面带城府。天子子天乙，已经七十高龄了，他登基成为天子后连年大旱，简直没有过上一天舒心的日子。他已经须发全白，站在那里就像一位下凡的神仙。他的随从拿过酒来，斟满三杯。他递给伊挚一杯，王后一杯："大商国因先生而兴，今生能遇见先生，乃是我先祖之德。此为子天乙平生一大快事。干旱无雨天下饥馑，全是朕失德，何以连累先生？既告别，请先生与我们夫妇饮下此杯米酒，来生我们还做君臣，还做朋友。来，干！"他说着用眼斜视了站在伊挚身后的石渚。只见大将军石渚在伊挚仰头喝酒之际，技术性地猛然一击，将伊挚击倒在地。就在此时，不知道从哪里跑过来几个士兵，抬来一副担架放到地上，将昏倒在地的伊挚放了上去。看来一切都是有计划的。子天乙吩咐道："石渚将军，你陪两位夫人护送先生回明堂休息。他要是醒来，断不可让先生来此处，只有你能看住他，快走。"

子天乙看着石渚等人离开后，迈步走上了祭坛。他回过头来，望着这人山人海，脸上挂着欣慰和自信的笑容，朗声道："诸位臣民们，神告诉国家的尹正，要他燔烧自己，献祭来祈求昊天上帝原谅我们的罪行。上天降灾是朕失德，无关他人。朕与王后商量，由朕代祭。故而采取这样的手段，将伊尹换下去。大旱五年没有饿死人，这全是尹正的功劳啊，来，给朕准备。"夏革带领几个人，为子天乙做燔烧前的准备。夏革拿着剪刀，将子天乙头上的白发一缕一缕地剪了下来，最后用绳子将子天乙从背后捆了起来。皓首白发的子天乙背着手信步走上了柴堆，他跪在上面大声地祈祷："光明的昊天上帝啊，天下之罪，我都应承担。如果我一人有罪，请您不要怪罪万民；如果万民有罪，由我一人来承担，我自愿作为牺牲献祭给您，望您解除对天下的惩罚吧。"他说完磕了三头，闭上了双眼。夏革用火把将柴火点着，连年的干旱使得柴火也变得干燥易燃，随着一阵浓烟升起，柴堆噼噼啪啪地燃烧了起来。

近万人咋舌地看着大商国天子与尹正抢着用自己的身体献祭昊天上帝。尽管诸侯们也有这样那样的想法，但祭祀昊天上帝的规矩严苛，闯祭坛者，立即处死，因而无人敢上前一步。大家全盯着燃烧的柴堆，转而望望头上的天空，每个人都在心里默默地祈祷："昊天上帝啊，请您降下甘露吧！"

火在燃烧着，透过浓烟，可以看到跪在柴堆上的子天乙，他的脸在烈火的映照下，忽闪着变得通红，但他就像一座石头雕塑成的雕像，屹立于柴堆上，屹立于人世间……

天空中忽然刮起了一阵凉风，紧随着聚集起了翻滚着的黑云。人们似乎感到回到了夜间，一个闪电又将人们带回了白天。"轰隆隆"的雷声在头顶炸开，瓢泼大雨倾注而下，雨水犹如瀑布一样倾泻下来，竟然浇灭了燃烧着的柴堆。人们再也忍不住了，他们拼命地冲上了柴堆，将已经昏迷的天子子天乙救了下来。大雨使劲地下着，在场的每个人都成了落汤鸡，但人们高举起双手来迎接雨水。已经五年没有见过这样的降雨了，大家都在喊着一句话："我们光明的昊天上帝啊。"没有人知道，人们脸上流的是雨水还是泪水。

明堂的偏殿里，已经苏醒的伊挚，半躺在床上听着尘际和姝训一句接一句地说着他被击倒以后的故事。窗外大雨正在起劲地下着，在微风的吹拂下，雨水形成一道道的雨帘，在扫荡着干旱。昊天上帝终于原谅了天下人的罪过，降下了人们久已期盼的甘霖。坐在伊挚对面的商国大将军石渚，他知道已经不用再防备伊挚醒来往桑树林里去，因为祭祀活动已经结束。天子子天乙的壮举，已经得到了昊天上帝的谅解，在即将焚烧到他的时候，大雨将燃烧着的柴火浇灭。他只是被烟熏晕了过去，未曾烧伤身体，现在已经回到宫里休息。"尹正大人，您好点了吗？我那一拳是重了点儿，只有这样才能保全您，这是君命，我不得不为之。"伊挚恍然大悟道："原来主公和您早计划好了，只是我未曾防备主公会这样做，此事还有谁知道？"石渚回答道："王后知道，此外再没有人知道了。"伊挚由衷感叹："好一个爱民如子的天子啊，他的品德足以配享昊天上帝。走，将军，还有二位夫人，我们现在进宫去看看主公去。他的苦心，我们应该时刻铭记在心。"

原来，在伊挚决定把自己作为牺牲而祭祀昊天上帝以求降雨的次日，他去子天乙和纴冘居住的宫里做了汇报。当听完他的打算后，子天乙似乎感到了这是解决干旱问题的唯一办法了。但他看到了伊挚坚决的神态，他并没有把自己的打算告诉伊挚，他人性化地表示了同意，并让伊挚着手安排祭祀的事宜。

当伊挚离去后，子天乙把自己的想法告诉了纴冘，他知道王后的性情，既着眼大局，又能理解他的作为："王后，先生的打算不能更改，只是不能让他作为牺牲。作为牺牲最合适的人选应该是朕。连续五年的干旱应该是朕有罪，失德而导致的，这不能让先生代替。朕没有反对他的决定，是因为当年朕与先生有过约定，格于皇天是他的职责，朕不过问。所以，朕须在祭祀的那天代替他。只是王后您需要理解朕。朕老了，余生不长。唯此事此时，才是作为君王的担当。商国不能没有先生。"纴冘走近子天乙，依偎在他的怀里，她抬起头仰望着子天乙，眼里含着泪花，但神情是那样的刚毅，温柔地说道："王上，您此举定能感动昊天上帝，我情何了？天子的责任和担当岂能为儿女私情所误，我不能拦着您。只是我们做夫妻的缘分完结了。您记着，您下辈子还来找我，我还嫁给您。"子天乙听着纴冘的话，老泪纵横，感动地说道："王后，商国的福祉全是您给带来的，有您在，商国的国运肯定昌盛。朕将恳求昊天上帝，如有来生，还让您做我的妻子。朕愿保全先生的事请王后保密，朕将让大将军石渚在祭祀开始时将他击晕，让他不能参与祭祀。唯此办法，才能代替他。"

商国君臣争着把自己作为牺牲献祭，最终感动了昊天上帝而降下大雨。在最初的暴雨之后转而成为连绵细雨，一直持续了两天一夜，从而彻底解除了全国性的干旱，商国上下，人们的脸上露出了久违的笑容。

天子子天乙击晕太师而以身献祭昊天上帝的壮举，随着这场大雨，迅速传遍了全国以及周边的部族。人们在茶余饭后谈论着这件事，一时间成为全国性的话题，愈传愈神，且经久不息。有人竟然说那天不少人看见了昊天上帝现身，昊天上帝亲自把子天乙拖下了柴堆；有人说亲眼看见了昊天上帝降雨的过程，昊天上帝一挥手大雨瓢泼而下，浇灭了燃烧着的柴堆……总之，是昊天上帝原谅了天下人，才救了天子子天乙。

5

旱灾解除后，伊挚搬回了自己的家，大商帝国的尹正府。大灾之后百废待兴，但作为大商帝国的太师，作为宗教的领袖，千头万绪中，国家最大的事，就是把信仰昊天上帝、宗教立国的宗旨落到实处。

这次以身献祭求雨，让天子子天乙取代了自己，是伊挚没有料到的事。现在唯一祈求的是天下民众如果能理解他的初衷，不对他有所訾议，便可谢天谢地了。他理解天子的保全之意，更钦佩贵为天子的子天乙竟然有如此虔诚的昊天上帝信仰。天子对昊天上帝的敬畏超越了对自己生命的敬畏。这从他把自己作为牺牲而牺牲自己得到了印证。他是一个勇于担当罪恶并承担责任的君主。但这良好的愿望往往会产生不良的结果。在天下人盛赞天子的为民牺牲精神之时，没有人潜意识地想到天子将君权与神权集中在了自己的手中。他在保全伊挚的良好愿望中破坏了自己与伊挚的约定，这为后世中国君王垄断祭祀昊天上帝之权奠定了基础，也为后世中华民族远离昊天上帝，做好了心灵上的准备，更为后世中国贵族阶层的消失，准备好了理性的自觉，这成为后世中国能够产生等级制的儒家和强权制的法家的直接诱因，它成为后世每个中国人心灵结构中外儒内法的精神源泉，完全成为后世中国社会制度走向中央集权，即秦朝制度的发端，还成为后世中国人走向蝇营狗苟、低级趣味的桥梁。这是一种信仰文明脱离自身原有轨道的扳手，造成君权独大的负循环。它直接导致了一个民族诚信的崩塌。

也许伊挚没有意识到这件事情，对于后世中国君权与神权走向的影响，或者意识到了，但有所顾忌。人性中最黑暗的东西就是追名逐利，一个人地位的上升和变化，也就是人性中黑暗物质释放和放大的过程。在这个定律中，伊挚不可能置身于天地之外，这应该是他终生的内疚。

师保夏革的到访打断了伊挚的思绪。夏革是祭司阶层的执法者，如果有违反宗教道德者，不论君臣，他都铁面无私地执行神权。这是一个圣人般的长者，在商国的庙堂中，他是被人们尊重的人。

温暖的阳光将夏革送了进来。伊挚赶快施礼："请，请，师保长兄。"夏革还礼道："客气客气，不请自来想必打扰您了。""哪里哪里，请还请不到您，我们坐下说话。"夏革直截了当地问道："伊挚君，此次祭祀，王上代替您献祭我也被蒙在鼓里，但不管怎样，总算成功地求到了降雨。天子说只能采取那样的手段来保全您，否则就违约，我想知道你们之间有什么约定？"伊挚直言相告："很简单，神权我掌握，天子不得逾越，君权王上掌握。如果不同意，我就做我的厨子。"夏革追问道："您这样做为什么？""为了制约君权的无限膨胀，为了祭司阶层，为了贵族不被消灭，仅此而已。"夏革点头道："我明白了，您看得远，但是现在这种格局被打破了，该怎么办？"伊挚不无忧虑地说道："这正是我忧愁的事，我们不能为王上定制度，只能认命。后世的君王如果侵犯神权，这就是很好的例证。我们当引导民众修正信仰，则确保无虞。"夏革分析道："昊天上帝在赏善罚恶五年的旱灾已经给人们以警示，神的光辉已经照亮了中华大地。因而教化民众信仰昊天上帝是治国的首要。"伊挚表示赞同："您讲得对，我们必须让民众明白信仰可以决定社会的秩序，因为人性深处有精神和世俗两个世界，精神世界应当支配世俗世界。这次赏善罚恶无疑会增加民众对昊天上帝的敬畏和信仰。夏朝当政，垄断了对昊大上帝的祭祀，原来夏朝民众都成了无神论者，成了无信仰者。他们否定和怀疑昊天上帝就必然会释放出人性深处的邪恶，这就是夏朝混乱衰败的根源。现在我们工作的主要对象是夏朝遗民，其实也很简单，就是恢复祭祀，每个人在昊天上帝面前是平等的，都可以直接祭祀他。我将与主公商量再裁汰一万士兵，用这部分军费在全国建设明堂，以方便民众向昊天上帝倾诉、祈愿和忏悔自己的罪恶。让他们在丰收之余，感恩昊天上帝。这件事情就交给您办。世俗世界里还需要制定律法来规范人们的行为。我正着手制定律法，我知道您来这里心中的担忧，我现在就解释给您听。这部大商律法，其宗旨就是依据昊天上帝的意志和期许，以确认昊天上帝的善恶准则，而非仰望君王和贵族的意志。这样就可以避免昊天上帝神圣的准则与人性的黑暗相冲突，而导致社会冲突动荡。律法是昊天上帝的期盼在人间的体现，也是世界上恒定秩序的发现和运用。它必须能激发人们内心的积极性，约束生命的原始冲动。"他说着抬头望向窗外，继续言道，"我们所要建立的国家是每个人都有自由，都有尊严。今后国家的司法也由您司职，因为再没有比您更适合的人选，望您不要推辞。"夏革拱手道："与君一谈，胜读十年书，我疑惑全解。至于这两方面的工作，我不会推辞，而且乐意去做。这也是我的志向。我将通过祭祀，将昊天上帝信仰，将他浩大的力量传入每个人的心中。伊挚君，告辞了。"

第三十三章　面对上帝

　　商国全国性的政权建立后，在伊挚的主持下终于度过了最初极为困难的几年，勉强通过了昊天上帝的考验，这就像在激流里漂流的一艘大船，在经过了险滩后，终于驶上了平稳的航道。时间像桑树林中的桑叶春长秋落，同时又像一条长鞭，驱赶着田里的耕牛进行着一年一度的劳作。

　　车轮碾过了公元前1587年，这一年刚刚立秋，天子子天乙病倒在王宫里。他是没有经受住太子太丁突然暴病而亡的打击而病倒了的。桑林献祭后，年过八十的子天乙基本上不再过问政事，他将朝政悉数交给尹正伊挚打理。在伊挚的提议下他举行了隆重的册封仪式，封长子太丁为商国太子，以便代替天子摄政。未曾想到的是天命不假，太子竟然在没有任何病象的状态下突然暴病而亡，连曾经作为大夫的伊挚也没有弄清楚，太子是因何而亡。

　　这天是立秋后的第十日，伊挚在给子天乙把脉后，与宫里的几位大夫商量后下方煎药。王后纴斺守在子天乙的床边，双手握着他的手，一脸焦虑。失子之痛，再加上天子病重，使她形容憔悴。但她表情是焦虑后的刚毅。子天乙躺在床上，似睡非睡。白色的须发，在纴斺的梳理下，整齐而柔顺。懂得他的人都知道，那是他阅历的象征，是他开朗的性格和博大的胸怀的写照。

　　宫人端来熬制好的汤药，伊挚和纴斺将子天乙扶起来，仰坐着靠在床上。纴斺接过盛着汤药的碗后示意子天乙该喝药了："王上，您该服药了。"子天乙慢慢地睁开眼睛看着他心爱的王后和他的帮手伊挚，脸上露出了孩童般的微笑。他摇了摇头，并抬起一只手，示意纴斺把碗拿走，从肺腑使出最后的力气开口说话，没人看出有多吃力："王后，先生，朕不再吃药了，昊天上帝要我回去了，请你们让大家都进来，朕想看看他们。"纴亢和伊挚对视一眼，赶快让宫人去传话。

商国的重臣，夏革、任仲虺、女鸠、女房、石渚、义伯、义仲、昝单、邿及等，迈着沉重的步子走了进来，一一来到床头点头施礼。子天乙微笑着说："舜帝封先祖于商，传十几代到朕，历代先祖虔诚地敬畏昊天上帝才得到了昊天上帝的庇佑。朕才薄德浅，赖诸君辅助才成王业。分别之际，朕代先祖感谢诸君了。"大家听着，看着虚弱的天子，无不眼里含着泪花。子天乙对纴亢说道："王后，朕走之后，您要照顾好饮食起居，保重身体。商国兴，王位定，始由旧姻。要说人留恋生活，朕无时不想，和您还没有生活够。朕先走了，跟您道歉，真的对不起。"纴亢哽咽道："王上，我早已说过，下辈子咱们还做夫妻，您在那边可要等我啊！"子天乙："一定等，但您别急着来，哈。"子天乙用尽平生最后一点力气，转过头来看着伊挚，握着伊挚的手，"先生，今生遇见您乃是人生一大快事，昔日尧舜禅让，那是天时，朕传子孙，为了人和。先生聪慧无须多言，朕将这大商国及子孙都托付给先生了，朕知道先生必不负昊天上帝。"他转过头来对站在纴亢身后的两个儿子外丙、仲壬及太丁遗孀妣戊和长孙太甲说："你们快给伊尹施礼，天子由外丙做。"说罢，他握着纴亢和伊挚的手掉了下来。一代天骄，慈父般的天子子天乙走了，他离开了他眷恋的亲人，离开了他的臣民，像睡着了一样，走得安详。

在场的人全都跪了下来，号啕大哭，声音訇然。伊挚握着子天乙的手，伤心得竟然哑了，哭不出声来。他的心在哭，在痛。这种离别，他感到彻骨的心寒，无人能分辨此时的痛苦与妹喜离别的区别。他的脑海里全是天子的影像，作为天子的子天乙从不拘小节，不与他的臣民争过一个贝币。他豁达大度，性格开朗，多少大事谈笑间握定。他敬奉昊天上帝爱护臣民，他典雅高贵注重荣誉……总之，在伊挚眼里，世上再也不会有这么好的君主了，他哽咽着："主公啊，臣将不遗余力，定不负您所托。"

子天乙的崩逝，举国悲痛，天下诸侯闻讯，不约而同地来到亳都，吊唁这位舍身为民的开国领袖。祭奠之余大家都在传言着这位天子的逸闻趣事：为鸟逃生而劝人网开三面；不计出身唯才是举，简拔奴隶出身的人当尹正；采取非常手段而代替伊挚以身献祭；豁达大度，为夏民修筑明堂；从谏如流举国废除奴隶；等等。而人们谈论最多的是他简拔伊挚和以身为昊天上帝献祭的事。

对伊挚而言，这两桩事情都与他有关。他在回忆着已故的天子，那是一个充满激情和活力敢于自我牺牲的人。他用激情来诠释牺牲，他用自我牺牲来成就自己的激情，这就是子天乙能够成就帝业的诠释。伊挚，这时才终于明白过来，纵然自己的聪明和才智再高十倍，如果没有子天乙这样一位君主，那也只能像滚滚而来的黄河水，带着浑浊的泥沙向东流去，无声无息地消失在历史的浪花中。

大商帝国臣民在尹正伊挚的主持下，按照既定的礼仪安葬了这位震古烁今的君王。按照子天乙的遗嘱，丧事一切从简。在举国悲痛的氛围中，子天乙的次子，子外丙登基成为商国的第二代天子。子外丙少年老成，在接受诸侯和百官的朝贺中，尽显雍容。但唯一令人担忧的是年轻的新天子，身体状况不是太好，这在诸侯贵族们的朝见中留下了印象。

现在伊挚又多了一个身份，天子的老师。他必须谨慎地引导天子熟悉政务以不负子天乙的托孤之重。子天乙留下的重臣也就是他的同僚，个个品性端良，得力干练，伊挚感到诸臣尽职尽责，施政有为而无为，一个崭新的、欣欣向荣的大商国已经到来。

在大商国繁荣的背后，隐藏着一种由子天乙亲自缔造的担当责任的力量，这就像人体中的经络，无形而催生着有形；就像春天里的柳絮，随风飘荡在天空中，并将在任何适应生长的田野中发芽植根；又像天蚕的触角，在探触着一个民族的心灵。天子子天乙把自己扮成担当责任的孩子的父母，在罪过面前全部承担应负的和不应负的责任。这种伟大的白我牺牲精神令后世人民感恩。人民在自我陶醉的快乐中，不知不觉地放弃了责任和担当。读书人在工整对仗的游戏文字的逍遥自在中，放弃了属于自己但又难于把握的权利。人们在敬畏权力中被权力奴役。一个群体被权力奴役而个体上拼命奴役他人的民族孕育在中华大地上，心灵中的结构是：自私，虚弱。伊挚没有意识到这一点，也不可能意识到，这是人性深处的力量，在削弱信仰。这种削弱进而演化成神权在君权持续不断的剥夺中消失。他作为朝廷的实际负责人，犹如航行在大海中船上的大副，在船长不能履行职责时指挥航行，他知道自己永远也不能成为船长，但他必须永远应负起船长的责任。权柄在握是历史形成，责任在肩则是现实必需。

他在按照昊天上帝的启示为人民广布信仰，以便规范和慰藉人们饥渴和混乱的灵魂，同时他又在为体现昊天上帝的意志而制定刑法，以便在人性深处黑暗的巷道中，播撒一束光明。他力图用昊天上帝的力量率领他的同事和人民沿着愿望的航道前进，不偏离最初既定的方向。他在把信仰和刑律融合成道德，从而还原成人们精神上的高贵。但这一美好的愿望在轻松放弃责任和不愿承担责任的一个民族面前显得既软弱又无力。君王的承担和人民的放弃像是酵素，无时不在发酵。强权遮盖住人们心灵中的信仰之光，进而形成了世界上独有的官场文化，那就是以无限权力为崇拜的对象，而官员和读书人成为奴仆。

愿望是美好的，人性是顽强的。对于愿望来说，人性是难以逾越的屏障。当行进中的愿望又饥又渴时，人性就是一桌透着诱人香气的美味大餐，享受了人性美味的愿望，其灵魂中的信仰，被人性中的名利置换，变得冰冷而狡诈。名和 利凝结成的黑色血液在滋养着看似红润的愿望的面容。这种改变了初衷的愿望， 逐渐形成了一个民族的基因，它的惯性裹挟着人性，向既定的目标反方向全速地奔跑，其结果必然是偏离既定的美好方向。

在这个历史的拐点中，伊挚扮演了一个失败的角色。他祈求的初衷和目标似乎永远在背离。他把权力作为营养滋养和培育信仰的肌肤，但结果是权力的骨骼发育得异常强健。此二者共同生活在一个躯体里，但从来没有过兄弟般的情谊。与对方相遇时往往表现为本能的排斥。在共同拥有的精神家园里，它们是一对先天的冤家，因为信仰选择了超越和理性，而权力选择了占有和奴役。这也实实在在地为难了伊挚。他作为昊天上帝的先知，却生活在光鲜荣耀的现实世界中，他在迷离中拒绝着信仰的衰落。但在精神家园的街巷中，权力和信仰不时地在与他捉迷藏。对他个人而言是万幸的，但对于一个民族而言则是不幸的。

第三十四章　精神彗星

公元前1574年夏历十二月初一，位于亳都东北三十多里的子天乙陵寝桐宫，一间平房里，一位少年天子站在窗前。他手里拿着伊挚赠给他的木铎，若有所思地看着窗外。从早晨开始飘落着稀疏的雪花，一会儿工夫变成了鹅毛大雪，飘飘洒洒地下着，像在涤荡着他心灵中的污垢。他是太甲，是子天乙长子太丁的儿子，三年前他接替因病早逝的三叔仲壬成为天子。昊天上帝俨然是不太情愿让子家父子作为天子管理天下，十年的时间里，让子天乙父子四人全部回到了天堂。先是继位子天乙的外丙，做天子只有三年便得病不治而亡。之后便是仲壬，也只做了四年的天子，在三年前驾崩。太甲作为长孙，在伊挚和祖母纴巟的主持下由他继任成为大商国的第四任天子。

桐宫中这一排极为普通的平房，是用于管理陵寝的人员居住和祭祀子天乙用的。这一切都体现了陵寝的主人子天乙一生勤俭的生活习惯。太甲在这里居住是伊挚和夏革以及纴巟协商用神权——以昊天上帝的名义，将他强行迁居于此的。目的是让太甲面对自己那位形象高大的爷爷来反省自己的过错。

太甲生在王宫，长在王宫，长子长孙的位序，使他一离娘胎便被封为诸侯。爷爷了天乙创业的艰难，天下万民生活的艰辛，似乎都与他遥远无关。在权力的衬托下，他从小到大生活在俯视一切的优越中。自幼丧父的遭遇又使他生活在长辈们的万般宠爱中，他身上集中了所有膏粱子弟的通病：任性，浮躁。导致他在桐宫反省的原因是他与伊挚实行的宗教立国意见相左。他继位的第三年由于畏惧辛苦，不耕籍田，死活不去参加祭祀昊天上帝。他认为大商国需要的是理性治国。让伊挚和夏革下决定让他离开王位去反省的一件事是，太甲以天子的名义，下旨为夺取别人的耕田而将原主打死的舅舅开脱，将其无罪释放。而地方官员根据其所犯的罪行，判处的是死刑。一时间全国的舆论大哗。太甲的作为已经突破了子天乙和伊挚治国理念的底线，这就是：慢神虐民。因此事而受到牵连的还有他的母亲姒戊，处分是随着她的儿子一起来桐宫反省。

这是中国历史上首开的神权制约君权的先例。昊天上帝之光终于冲破了权力的黑暗，留给了人们可以体会到的公平和正义，是一次精神上的真正超越。它更是信仰的回归，是一个民族的高贵。它标志着中华民族在精神上的升华。遗憾的是，这次超越没有用宪章的形式固定下来。

太甲的母亲姒戊走了进来。她身上还残留着未拍打尽的雪花。她边往炭火中加炭边对着太甲说道："漫天大雪，恐怕尹正他们不会来接我们了。儿子，你想吃什么饭，为娘为你准备去。"太甲答道："不劳母亲辛劳了。他们肯定来，否则他就不叫伊挚了。我现在终于明白了一点，宗教立国的内涵就是诚信，并且说到做到。我想的是祖母今天也要来。都是孩儿不贤不孝，害得祖母和母亲跟着我受累。"姒戊摇头说道："我儿不可这样说，是为娘连累了你。只能怨我没有规诫好母族，这是心灵的低贱和势利，望我们母子永远记住这次教训。我知道你爷爷也在这样期许着你。"就在他们母子对话之际，屋外传来了战马的嘶鸣声，一队车马停在了陵寝外。他们意识到是伊挚来接太甲回宫复位了。也许祖母也来了，太甲和母亲姒戊赶快出去迎接。陵园的正门，其实就是几根粗大的木头桩子和几片横木卯榫起来，酷似日后牌坊的门。虽然大雪已经覆盖了门顶，但它们现出高耸威严的气势。已近六十岁的大商国老太后在姝训的搀扶下下了辒车。在她身后是一辆辆辒车按顺序停在那里。商国的重臣，悉数来到了王陵，包括伊挚、夏革、任仲虺、石渚、女鸠、女房、义伯、义仲、昝单、邦及等。

太甲和母亲姒戊，走出大门对着纤亢跪了下去："祖母！母亲！"便哽咽起来。纤亢弯下腰，一手拉着儿媳姒戊，一手拉着孙子太甲，对着他们说："快起来，你们看大家都来接你们母子回朝了。"说着，她将姒戊和太甲搂在了怀里，竟然老泪纵横。纤亢现在是大商国的老太后。她不仅是大商国的缔造者之一，更是发起者、赞助者。子天乙的天子之事业因她而起。故而她在商国朝廷和子姓宗族中，以及天下诸侯的心目中，享有无人可及的威望。她富有人情味而不乱规则，遵从律法而不失理性。她是子天乙可心的挚爱，同时又是称心的帮手。理性和沉着是她固有的性格。顾全大局，又使她果断刚毅。十年多的时间里，她失去了亲爱的丈夫和三个儿子。那段时间里，纴沅真的是悼心疾首，风雨凄凄。这十年当中她会同伊挚的主要工作就是最高权力的交接，那就是一旦新王成为先王，再立新王。待到她的长孙太甲成为新王之后，太甲必然是需要学习和反省，才能成为一个合格的天子。三年前，当伊挚和夏革用昊天上帝的名义让太甲反省时，是她选定把子天乙的陵寝作为太甲母子的反省地。

昊天上帝的昭昭之光，穿透了太甲的心灵。三年里，他进行了一次灵魂的全程感知旅行。这次旅行，使他的精神境界从原始的名利追求升华到信仰的穿越。他在信仰中塑造着自己，他在穿越中点亮了自己的内心之光，从而照耀着他走出了心中的黑暗。

他将伊挚写给他的训词阅读了无数遍，以至写着训词的绢帛，被他翻成了铺衬。每当阅读时，他的脑海里就映出了那个终身穿着一身白袍的伊挚的影像。那是一位顶膜信仰，胸中有高山大海的导师，他的传奇励志故事，足令天下人仰慕。伊挚的经历为他自己打造了无可撼动的权威。三年里，太甲经常回忆起伊挚流着泪水的告诫："让您停职反省，与其说是天下苍生的无奈，更是昊天上帝的旨意。望您顾念爷爷创业的艰辛，来重新储备您的德育。王位将虚置，不立他人，我摄政，君权将由您祖母代行。能否复位就看昊天上帝之恩是否环绕在您的身旁，相信您身上有昊天上帝的力量。这把木铎赠予您，它可以传来昊天上帝的声音，昊天上帝期许着您。"每每当他读着伊挚写给自己的训词时，他就感到周身燥热。他觉得这不是写给自己的文字，而是伊挚在把思想的血液输给自己，从而触动着自己的心田："唯昊天上帝不常，作善降之百祥，作恶降之百殃。唯天无亲，克敬唯亲。民罔常怀，怀于有仁。天位艰哉！德唯治，否德乱。先王惟时懋敬厥德，克配昊天上帝。慢神虐民，皇天弗得。""愿我王成为法天之君，而非灭社之君啊。"（译文："昊天上帝不会永远地对待一个人和他的政权。你行善关爱百姓，昊天上帝就会把各种吉祥的事降临在你的这个政权上。如果你行不善虐待百姓，昊天上帝就会把各种灾祸降临到你的政权上。昊天上帝不会偏爱谁，昊天上帝亲近那些能够敬畏他的人。万民也不会永远爱戴谁，万民怀念那些有仁德的人。守住昊天上帝给予的君位好艰难啊。有德就天下治理，无德就天下大乱。先王子天乙总是把自己敬畏昊天上帝这个品德做得非常好。这样才使得他能够匹配昊天上帝的要求。怠慢神虐待百姓，昊天上帝一定不会保护你。""愿您成为效法上天，用法律保护民众的君主，不做毁灭掉江山社稷的君主啊。")

在太甲的心里，渐渐地凝成了四个字："敬天爱民。"他脱下了锦缎做的衣服，换上了粗布麻衣。他到桐宫附近的农民家里，在田间地头了解他们的疾苦。他出去的时候常常带着干粮，在农民的田里学习做农活儿。久而久之，他的脸晒黑了，身体也结实了，他成了附近农民的朋友。

他做了一件口碑载道的事，也使自己得到了心灵的超越。

沱河像一条玉带在桐宫附近飘然流过，它静静地流淌着，逶迤清亮。但这条美丽的河流从来不参与岸上的农业生产。两岸的农田由着自己的性子来挑战庄稼人对丰收的期盼。干旱似乎是中华大地上永远也摆脱不了的梦魇。每当遇到干旱时，农民的脸上便充满了焦虑的神情，那是一种希望破灭的神情。太甲了解后，虽然内心非常着急，但他只能表示同情。但当他注视着悄然流淌的沱河水时，心中涌上了一种希冀，何不引沱河水灌溉两岸的农田呢？他找到了附近有名的木工、水工和农民商量办法，用自己的生活费购买木料等材料。他发明建造了几十架水车来引水灌溉两岸的农田，使其在春旱之年获得了丰收。他赢得了人们的好评，尽管人们还不知道他真实的身份。太甲的所作所为，地方官员上报朝廷后，伊挚和纴兖感到无限的欣慰。他们感到几代商王用生命的代价终于通过了昊天上帝的考验。昊天上帝之光终于又重新垂青，顾怜着大商政权。伊挚在明堂占卜和祭祀以感谢昊天上帝，感谢他的恩惠。他们根据占卜选定了十二月初一这个吉日，将太甲迎回亳都，复位重做商王。

太甲从祖母的怀里抬起头，他看到了伊挚，纴兖示意他该向大臣们见礼了。他紧走几步来到伊挚面前，抱拳施礼道："老师。"他的眼睛模糊了起来，那是泪水交融着雪水。"君上。"伊挚深情地呼唤着太甲,君臣二人拥抱到一起。太甲由于过分激动,说话的声音甚至变了腔调:"感谢老师的劝诫,使朕这一个不懂事的人明白了事理,这犹如从黑暗中走到了光明。'天作孽,犹可违;自作孽不可活。'朕将像爷爷一样做一个敬天爱民的明君,期盼老师用神的力量来监督朕。""您能如此,我可以对先王之托有所交代了。明明慈祥的昊天上帝啊,天下臣民感恩您。"伊挚甚感欣慰转过头来对着纴疙说,"郡主,我们现在就先去拜见先王吧。"纴疙应道:"好啊。"她手拉着儿媳妣戊,对太甲说道:"甲儿你在前面带路,我和你爷爷说几句话去。"漫天大雪中太甲搀扶着祖母纴疙走在前面,后边跟着妣戊、伊挚、夏革、任仲虺等一行人。

子天乙的陵墓坐落在桐宫的中央。根据他生前的遗嘱,他的陵墓修建得极其简陋。只有一个不大的黄土堆,甚至连墓碑也没有立,更没有任何随葬品。他是昊天上帝的孩子。玄鸟图腾展现着这样的信息:他已经完成了人生的超越。他的心灵窗户再也无须为人性深处的光明与黑暗开启和关闭。五百年后,取代他的王朝的周人尊称他为哲王。

大雪已经厚厚地覆盖住了子天乙的陵墓,隐隐约约地可以看到陵墓上干枯的杂草茎秆,在风的吹拂下摇晃着,好像在向他们一行人诉说着什么。此刻,大商国的权力中枢全部跪在了子天乙的陵墓前,这是现行的权力在向永久的权力顶礼膜拜,也是神权自然别无选择的归宿。尽管拥有权力者,同时也拥有信仰。

跪在前面的太甲,嗓子沙哑地说道:"爷爷,孙儿知罪了。"伊挚跪着,眼前出现了他与子天乙相交的历历往事。那个性格开朗,谈笑间纵横捭阖的创业天子,涌进了他的脑海。子天乙是他的提携者,感恩的心情瞬间转化成了悲伤。他声泪俱下道:"主公啊,臣总算没有辜负您的托付啊。"一行人中只有纴疙没有下跪,她站在风雪中,望着面前自己深爱着的丈夫的陵墓,她刚毅地站着,她在和伊挚支撑着大商的这座大厦。

起风了,风吹起的雪花裹挟着他们将走向未来……

第三十五章　未竟

　　亳都，尹正府里，伊挚躺在床上，他在把身体中仅有的一点能量，挤兑到眼睛和舌尖上，以便用眼睛打量着他即将再也看不到的世间和他生活在一起的人们，同时用舌尖话语着遗言。

　　这是公元前1539年初冬的一个上午，也是太甲之子沃丁登基做商王的第八个年头。阳光透过窗户照射到了伊挚的身上，给他补充着必需的能量。这是他一百岁高龄将要走过的最后一个冬天。他穿着白色的麻布衬衣，以往红润的脸颊已经失去了应有的光泽。唯一堪称奇迹的是，他竟然没有一根白发。

　　当大商国的老祖宗纴伉拄着拐杖，在她的重孙子商王沃丁的搀扶下来到伊挚卧室的时候，伊挚试图挣扎着起来施礼，但他没有完成这个愿望，最后是在尘际和姝训的帮扶下，靠着枕头坐了起来："郡主，王上，恕臣不能起来礼迎。"他说得很吃力，上气不接下气。纴伉叹道："唉，还有那必要吗？我和天子来看看您。"纴伉和沃丁坐下，她接过了尘际递过来的热茶，啜饮一口后，打量着这位她曾经的陪嫁奴隶。看着伊挚即将离开自己，这个大商国素来坚强的老人，今天说起话来有些哽咽："您安心养病，朝廷的事终究要靠后辈人去做，今后您和我就不管他们的事了。"伊挚用力地点了点头："郡主。"他在没有外人的场合从来就没有改变过称呼。"没有今后了，我将成为过去。昊天上帝终于想起我了。我要去见主公了，您可要保重自己啊。""我也做好准备了，我们要去那边再重逢。只是在来世，您恳求昊天上帝不要以奴隶的身份转世了，哈哈。"已经九十多岁的纴伉故意轻松地说着。伊挚应道："要不我们就致力于消除奴隶制度，这是昊天上帝的期许。"一直默默喝着茶的天子沃丁听着太祖母和老太师的对话，他意识到这位帮着祖爷爷开创大商帝国的尹正，这位格于皇天的大祭司即将行将就木。他继位已经八年了，由于商国的太师已经无法出席祭祀，故而将祭祀昊天上帝的权力交给了自己。他现在是名副其实的集宗教、行政、军事三位一体的君王。尽管如此，沃丁不知道今后大商帝国在没有了伊挚之后是什么样子。他突然感到了有些孤单："老太师，朕今后该如何治理这个国家啊？""王上，"伊挚说话已经很困难了，"您能够做到敬畏昊天上帝，不扰民，给民众以自由。您……就是昊天上帝的好孩子了。"沃丁答应道："嗯，请您放心，学生记住了。"伊挚听着轻轻地点了点头。

伊挚用手从身边拿起一片绢帛闻了闻，那是妹喜亲手织好送给他的。他努力地看着纴亢、尘际、姝训等人，用尽最后一点力气大声说："东方的太阳照亮了我，中华为民不为我，我为中华唱支歌。"谁也没有料到伊挚最后竟有如此宏大的声音。他们看到伊挚握着绢帛的手松了一下，那块绢帛从床上飘到了地上。大商国的太师尹正伊挚走完了生命的旅程。他逝在了职务上。纴亢颤颤巍巍地走过来，摸了摸伊挚的脸，她伸手撩起了伊挚耳后的头发，露出用青铜模型铸就的一个"莘"字。纴亢看着，抬头望了望窗外。她已经流干了眼泪，一脸的冷峻。

不时，尹正府的家人们大声哭吼起来。

纴亢指示沃丁，把伊挚安葬在距离桐宫子天乙陵墓不远的地方。也许是伊挚没有完全达到昊天上帝对他的期许，下葬时亳都弥漫了三天的大雾。

后记

　　伊挚去世后不久，大商国的那位老祖母纴冘也接着去世了。商王沃丁把她安葬在桐宫，与子天已合葬在一起。

　　到了这里，我觉得我应该把伊挚称为伊尹了。同时他的故事也该讲完了。我知道，我智慧的触角无法不遗漏地去探究三千六百多年前伊尹生活的每一天。故而，我无法确定我所讲述的伊尹，是否是完全真实的他，或者是我无法自主和希望的他。有一点可以肯定，我讲述的伊尹，绝对不是几千年来儒生所期许的他，更不是心中无有信仰的人笔下的他。

　　讲述他的故事，给了我一个启示：一个民族失去了信仰，是无法探究我们祖先的生活和他们生活的时代。

　　我生活在一个名叫大同的塞外古城。它曾经是北魏王朝的都城。市政府投资几个亿恢复修建了当年拓跋氏祭祀至上神的场所——明堂。那天当我的写作需要翻检历史的时候，乘兴去参观了一下。我佩服工程的壮观，更期待我所期待的信仰信息。但结果对期待不负任何责任。上圆下方的明堂里展出据说是北魏时期地下出土的遗物。这个坐落在市中心的明堂完全成为一个市民休闲娱乐的场所。我走出这个华美的曾经是人间灵魂寻找慰藉的地方，不由地抬起头来，仰望着阴沉的天空。我向自己发问：明堂里除了由当年的青少年在岁月的驱使下转变成了现在的街舞大妈们，在扭动着已经显得僵硬的腰肢，是否还埋藏着信仰的种子呢？这种子在雨露适宜的环境中，可否期望生长出摇曳的小树苗呢？我不得而知。我站在明堂外边宽阔的广场上，恰逢此时天上下起了淅淅沥沥的小雨。我张开双臂敞开胸膛迎接着有点凉意的秋雨。雨水打湿了的衣服逐渐贴紧了我的肌肤，我感觉到的不是寒冷，而是一种从未体验过的力量。这种力量促使我看到了光明的未来。

我在体验着一个强大的精神惯性。君权的拥有者像父母一样承担天下臣民的罪过，而最终导致人民逃避责任，甚至放弃权力。神权的拥有者在享受着权力带给的荣耀中跪在了君权的脚下。权力在把信仰当作猎物来咀嚼和消化，而当他品尝到这个猎物的特殊营养后便再也不能撒手，最终权力独自占有了信仰。这就是生活在黄土地上的人们，精神生活的独特景观——君王垄断了对神的祭祀。

我在品味着，生活在黄土地上的人们精神世界的成长轨迹。人性深处的精神世界似乎比现实的世俗世界更加难以满足，失去了信仰的人们必须找到一种填充物来弥补精神上的空虚。这种填充物就叫作思想。漫长的岁月里，放弃了责任和权力的大众，将思考思想的责任推给了善于思考的思想家们，而思想家们思考一种思想的依据和胸腔里的底气，仍然是子天乙和伊挚留下来的精神惯性。

这个我们民族特有的精神惯性，驱使着一个民族的精神车轮碾压着时间，向前行进了一千多年，黄土地上出现了众多的"家"。当然，全部是思想家思想的理性追求。主导着中国人精神世界的思想主要有四家：道家、儒家、墨家、法家。我们的祖先在不负责任的驱使下，在放弃了荣耀的博弈中，为我们在这四家中选择了两家，就是儒家和法家，直言之，就是崇拜等级，不要诚信。从此我们变成了一个完全放弃上帝信仰，其灵魂被儒家等级之汁浸泡，同时又被法家强权之烟雾熏制了近三千年的民族。我们的精神长袍是在儒家的布料上打着法家的补丁。外儒内法的大脑皮层形成了一种固执的中华文明中的人的性格：在权力和金钱面前腰弯腿软。精神的心脏已经无法泵上高贵的血液。这种性格的集合就是君权的无限放大。而与之相对应的是祭司阶层的消失。商鞅的强权战车彻底摧毁了信仰的诚信藩篱，迫使一个农耕文明转身成为一个强大的杀戮军营，导致了贵族阶层失去了应有的保护。在权力之光的照耀下，贵族，这个和祭司阶层联手制约君权的阶层，开始走向了毁灭之旅。这直接导致社会组织的形成，确立为秦制。

这种特有的精神惯性，碾压着时间又向前行走了一千多年，来到了李唐赵宋。新儒生通过科举考试，在皇帝的食堂里端上了饭碗，顺理成章地成为"天子"的门生，孔子时代具有的信仰精神的源泉已经干涸。在朱熹的引领下，他们由从过去崇拜"天"变成了崇拜"理"。"理"代替"天"，成为生命中实实在在的精神寄托。"理"里有权力的光环，读书做官，追求权力，是新儒生的最大追求。少数挤进权力里的人们，唯一能够消解精神上的空虚的办法就是文字游戏。他们给我们留下了极其华丽的唐诗宋词。但其中并无半点信仰的信息，他们在酒香妓柔的消遣中，在官场失意的遣谪中，把问"明月几时有？"以及辛弃疾的梦幻般的书生式的"金戈铁马"。以致给今天中华民族的孩童留下了无法承受的但必须承受的负担，背诵唐诗宋词。而在这些新儒生人格虚伪的背后，是一个民族心灵的招安。精神下坠的结果，体现为整体的虚弱。

这种特有的精神惯性，碾压着时间继续向前走去，来到了朱家和爱新觉罗氏。由于新儒生们在"理"的路径上走得不太通畅，又在王阳明的引领下开出了"心"的路条。"心"代替"理"成为生命本源。中国人的思想已经无法超越自己。我们这个民族的精神长袍上又加上了"理"和"心"两块补丁。这就为人们心灵深处彻底释放黑暗创造了条件。心灵中最后的支撑，信仰所应许给我们的责任和诚信，彻底崩塌。

说了这么多，理智使我感到该结束了。在写伊尹的故事时，有许多次在深夜里我热泪盈眶，我觉得我在感情上深深地喜欢上了他。但不知道他是否喜欢我，或者说为我在信仰的感召下寻找到他而感激我。

2018年10月